プルースト

—世紀末を越えて—

増尾弘美

朝日出版社

目次

第二章 プルーストと世紀末

凡例

プルーストの著作と書簡に関しては、次の略記を使用し、数字はページ数を示す。

R: *A la recherche du temps perdu*, texte établi sous la direction de Jean-Yves Tadié, la Pléiade, 4vol., 1987-89.『失われた時を求めて』

RI: 第一篇『スワン家のほうへ』、第二篇『花咲く乙女たちのかげに』（第一部）

RII: 第二篇『花咲く乙女たちのかげに』（第二部）、第三篇『ゲルマントのほう』

RIII: 第四篇『ソドムとゴモラ』、第五篇『囚われの女』

RIV: 第六篇『消え去ったアルベルチーヌ』（『逃げ去る女』）、第七篇『見出された時』

CSB (B de F): *Contre Sainte-Beuve*, texte établi par Bernard de Fallois, 1954.『サント＝ブーヴに反論する』（ファロワ版）

CSB: *Contre Sainte-Beuve*, texte établi par Pierre Clarac, Gallimard, la Pléiade, 1971.『サント＝ブーヴに反論する』（プレイヤード版）

PM: *Pastiches et mélanges*.　上記 *CSB* に収録されている。『模作と雑録』

EA: *Essais et articles*.　上記 *CSB* に収録されている。『エッセーと評論』

JS: *Jean Santeuil*, texte établi par Pierre Clarac, Gallimard, la Pléiade, 1971.　『ジャン・サントゥイユ』

PJ: *Les Plaisirs et les jours*.　上記 *JS* に収録されている。『楽しみと日々』

Corr: *Correspondance de Marcel Proust*, texte établi et annoté par Philip Kolb, Plon, 21vol., 1970-93.『マルセル・プルースト書簡集』

引用に際しては、『失われた時を求めて』全一三巻（鈴木道彦訳、集英社、一九九六－二〇〇一年）、『プルースト全集』全一八巻別巻一（筑摩書房、一九八四－九九年）をはじめ、諸氏による翻訳を十分に参考にさせていただいた。

プルーストの研究論文に関しては、次の略記を使用する。

BIP: *Bulletin d'Informations proustiennes*, Institut des textes et manuscrits modernes (ITEM), Éditions Rue d'Ulm

BMP: *Bulletin Marcel Proust*, Société des Amis de Marcel Proust et des Amis de Combray

Dict. M. P.: *Dictionnaire Marcel Proust*, publié sous la direction d'Annick Bouillaguet et Brian G.Rogers, Champion, 2004

序章

マルセル・プルースト（一八七一―一九二二）の『失われた時を求めて』（以下、『失われた時』と略記）は二十世紀フランス文学の金字塔である。フランス国内、フランス語圏内に留まらず、その後の小説家はこれを読まずして作品を書くことはもはや不可能になった。ヴァージニア・ウルフをして「この作品の後に、もはや書くべきものは何もない」と言わしめているほどである。しかし意外にもこの作品が本国フランスで認められるには、作者没後、それなりの時間を要したことも事実である。フランス文学でありながら、一見するとフランス精神の真髄とも言うべき秩序、均衡、簡潔さから程遠いのだ。実はプルーストは教会の大聖堂をイメージして厳密な構成を目指していたのだが、「コンパスが大きく開いている」だけに、一読しただけではその構造が見えにくいのである。綿密で詳細な設計図をあらかじめ作った建物であれば、なるほどどこれはこういう構造になっているのだな、と初めての訪問者にも分かるが、次から次へと建て増しし、必要に応じて改築し……というふうに細胞分裂を起こすがごとく書き進められているのでこの壮大な建物全体を視野に収めた上で再度、全体を読み直してからでないと、構造は見えてこない。次から次へと読者に再読を要求する作品である。それでもこの小説の全巻が出そろうずっと前、一九一九年に第二巻『花咲く乙女たちのかげに』が出るやいなや、早々と栄誉あるゴンクール賞を獲得していることから、全貌が明らかにならなくても、これまでにない希有の作品だということで既に魅力を放っていたことも事実である。さて、プルーストを敷居の高いものとしているもう一つの理由に、彼の特徴である延々と続く長い文が挙げられる。

一つの名詞に次から次へと関係節やら従属節をたたみかけ、待望のピリオドが出てくると、そこで読者はようやく安堵し、ホッと一息つけることになる。しかしこのような一文の長さ、途方もない作品そのものの長さ（単行本ないし文庫本で一三巻）、一筋縄ではいかない複雑さゆえに、読み応えのある作品を求める読者や翻訳者にとっては魅力的な作品であることこの上ない。

日本でも本作品は小説家や文学者たちによって早くから読まれており、次々と出版される翻訳や研究書、一般向け解説書の引きも切らない盛況ぶりをみても、この作家への並々ならぬ関心の高さを物語っている。世界に誇る膨大なスケールの『源氏物語』を生み出したわが国ゆえの嗜好と精勤さと息の長さであろうか。それからこの作品の随所に見られる美しい自然描写も、昔から自然を愛でてきた日本人を引きつける大きな要因となっている。

本書はこの『失われた時』に並々ならぬ高い関心を寄せる日本の読者に向けた、一研究者による案内書である。果敢にも「読んではみたけど、壮大な作品であることは分かったが、やっぱり訳が分からない」とか「美しい自然描写には共感できるが、あのうだうだ続く同性愛の描写が始まると迷宮に入ったようだ」とか、「時折、こちらが辟易するほど登場人物が長々と蘊蓄を傾けだすので、一体どこへ行こうとしているのか予測不可能になり、大海を漂流しているようだ」とか、「思わせぶりな表現が多くて、どうもかゆい所に手が届かない」と感じられる読者に、本書では一つの羅針盤、読みのガイドを提供したいと思う。その際のキーワードを、若きプルーストが思いの限り吸い込んだ空気、「世紀末」と設定したい。

プルーストは一八七一年、パリのブルジョワの家庭に生まれている。世は普仏戦争による敗北で、ルイ・ナポレオンによる第二帝政から第三共和制へと移行し、フランスが大きく変わっていった時代である。産業革命により有産階級が出現し、フランスを含む列強諸国が外地に活路を求め、来る帝国主義へと邁進しつつ、物質的に豊かになっていった時代だ。成金や俗物が跳梁跋扈すると「これでいいのか」という精神的な貴族層が必ず現れ、凡人との違いを際立たせようと芸術作品を通して抵抗をあらわにする。この世紀末の時代の空気を吸ってプルーストは成長していった。我々がフランス文学史を学ぶ際に、最も分かりにくくとらえどころのない、しかしそれゆえに謎めいた美を秘めているのが、この「世紀末」ではなかろうか。「世紀末」は時代を画する言葉にすぎず、「ロマン主義」や「自然主義」のように「〇〇主義」として確立しているわけではないので定義は不可能で、その時代の作品の特徴をとらえて「これこれこういうもの」と説明するしかない。ロマン主義を代表するユゴー、自然主義を代表するゾラ、では世紀末を代表する作家は、と聞かれるとユイスマンス、レオン・ブロワ、バルベー・ドールヴィイといった名前が挙げられるが、これらは特定の熱狂的なファンに愛好される、マイナー文学と言ってよいだろう。

このように一言ではとらえにくい世紀末だが、時代背景、思想、源流をつかみ、個々のキーワードを見ていくことで、まずは周辺部からアプローチしていきたい。それが第一章である。第二章では世紀末とプルーストの関わりを見ていくが、前述したような世に言われる狭義の「世紀末」もさることながら、プルーストは十九世紀を越えて新しい文学を打ち立てたので、プルーストが自らの課題として克服する必要があったものも含めて広く考えたい。ロベール・ド・モンテスキウはいいとして、「世紀末」のレッテルには多少違和感のあるバルザックやラスキンなどもここにおいて同時に扱うこととする。本書の目的は世紀末がいかなるものであるかを浮かび上がらせることよりも、プルーストが世紀末やそれに付随するものをどのように越えて独自の二十世紀文学を打ち立てたかを考察することにあるからだ。第三章では世紀末を体現した芸術家であるワーグナーを取り上げる。ドイツ人のワーグナーが隣国フランスに、またプルーストにどのように受け入れられ、作品の中に生かされたかを見ていく。そして本書の全篇を通じて、あちこちに顔を出すのが「偶像崇拝」である。これはいわゆる宗教的な意味の「偶像崇拝」とは異なって、プルースト独自の広義の使い方をしている。結果的に世紀末を越えていったプルーストが、そもそも越えるべき課題として設定していたのが「偶像崇拝」だった。「偶像崇拝」と並んで「博識」、「ペダンティスム（衒学的な様子）」、「同性愛」などのキーワードもあちこちに見られることだろう。そしてこのような課題を越えるために彼独自のやり方で編み出されたのが、紅茶に浸したマドレーヌの味と匂いから過去がありありと蘇ったという有名なエピソードをはじめとした一連の「無意志的記憶」ではなかろうか。本書は以上のような構図になっている。

第一章

世紀末

1 時代背景

まず、世紀末とはどういう時代であったか。それには世紀末に先立つ時代がどのようなものであったかも含めて見ておきたい。一八五二年から一八七〇年までは、ナポレオン三世による第二帝政の時代であった。セーヌ県知事のオスマンにパリの大改革を命じ、壮大な都市計画のもと、今日に見られるような形のパリをつくりあげたのは、かの有名なコルシカ島出身のナポレオン・ボナパルトの甥、ナポレオン三世である。民意を反映したとは言い難い帝政ながらも、物質的な繁栄の道を歩んだ平和な時代であった。一八六〇年にはナポレオン三世がキリスト教徒保護の名目でシリアに派兵し、これにエルネスト・ルナン（一八二三—九二）も同行したことから、ルナンのベストセラー作品である『イエス伝』（一八六三）が生まれることとなった。ところがフランスは一八七〇年から一八七一年にかけての普仏戦争で敗れると、アルザス・ロレーヌをドイツに割譲するという屈辱的な結果に忍従することを強いられる。それはあたかも東ローマ帝国にたとえられた第二帝政が、蛮人であるビスマルクのドイツに侵入されたかのような、ラテン世界の終末を思わせる政治的失墜の時代であった。そしてフランスはナポレオン三世がイギリスに亡命し退位した一八七一年から、第三共和政の時代となるのである。この政体は一九四〇年、第二次世界大戦でドイツに占領された際の傀儡政権であるヴィシー政府成立まで続く。だから「世紀末」の時代は、物質的に繁栄した第二帝政の余韻が残る、第三共和政の十九世紀末のことである。

この時期に忘れてならないのは、フランス革命で没落した貴族に代わって台頭してきたブルジョワジーの存在である。一八八〇年代のフランスは次々と海外に進出してイギリスに次ぐ大きな植民地をつくりあげた。産業革命や科学技術の進歩による経済的繁栄が、実証的で科学万能の物質文明を生み出した。実験と観察を基礎とする実証主義がオーギュスト・コントにより提唱され、文学では科学的であることを標榜する自然主義が興隆を極めた。一八八九年に開催されたパリ万国博覧会とそれに合わせて建設されたエッフェル塔により、「花の都パリ」が生まれたのは、まさにこの時期である。「ベル・エポック」とは十九世紀末から第一次世界大戦までの二十〜三十年を指すが、それはこのような物質的繁栄に基づいた「美しい時代《ベルエポック》」である。

普仏戦争の傷跡は、その後何十年もフランスとドイツとの関係に尾を引くこととなる。フランスのドイツに対する怨念は容易に消えるはずがなく、国粋主義的な右翼が相次いで陰謀を画策しては失敗するという、スキャンダルに事欠かない時代であった。一八八五年前後には、ブーランジェ将軍を擁して右翼が反政府運動を起こし（ブーランジェ運動）、一八八九年にはついにブーランジェ将軍が王党派や右派と組んで、対独報復・軍備拡大を唱えて共和政を覆そうとするものの、未然に失敗して自殺するという、いわゆるブーランジェ事件が起こっている。しかしその後もブーランジェ派の代議士は強固な右翼ナショナリスト陣営を構成し、一八九四年にはかの有名なドレフュス事件が勃発した。ユダヤ人将校ドレフュスがドイツに機密を漏洩したとのスパイ嫌疑を受けて終身刑に処せられるが、王党派の陰謀と分かり、一八九九年に特赦される。右翼の絡んだスキャンダルはフランスだけに留まらない。ドイツでは、オイレンブルク事件が一九〇六年に起こっている。右派のジャーナリストでユダヤ人であるマクシミリアン・ハルデンが、皇帝ヴィルヘルム二世の側近でとりわけ親フランス派であったオイレンブルクやモルトケの同性愛を暴露した。これを機に独仏間の平和交渉というパイプが断ち切られ、ドイツは植民地拡大の政策へと傾斜し、第一次世界大戦へと邁進することとなるのである。

2 世紀末思想

一般に世紀末思想とはどんなものを言うのであろうか。定義からすれば、十九世紀末に現れた、物質主義的社会や個人道徳に対する否定的傾向を帯びた文学思想ということになる。当時盛んであった実証主義やそれに基づく自然主義へのアンチテーゼとして象徴主義が生まれた。物質的満足にうつつを抜かす社会の大勢に反して、感受性の強い繊細なエリートたちは死や憂愁の方を敢えて尊重した。成り上がりのブルジョワジーに対して耐え難い嫌悪感をもっていた文学者や芸術家には、ルナン、シャルル・ボードレール（一八二一―六七）、テオフィル・ゴーチエ（一八一一－七二）、ギュスターヴ・フローベール（一八二一－八〇）、ギュスターヴ・モロー（一八二六－九八）、ヴィリエ・ド・リラダン（一八三八－八九）と当時のそうそうたるメンバーが名を連ねている。因襲的道徳観への反抗、反俗精神、ブルジョワに抗する精神的貴族精神が基となって耽美主義、ダンディスム、デカダンスを生み出した。象徴主義にせよ耽美主義にせよ、十九世紀から二十世紀初頭にかけての文学的な潮流の源流をたどっていくと、結局のところボードレールに行き着いてしまう。また同時に、異国趣味やエロティスムも流行し、腐敗した物質主義的社会の病理現象を記述する際には、ショーペンハウアーの厭世哲学が格好のモデルとなった。

「世紀末思想」なる語はパリで流行したのだが、それが国境を越えて広まることになるのは、フランス以外の国でも同様に、それを受けいれる下地が十分にできていたからにほかならない。たとえばイギリスでは、ヴィクトリア朝時代（一八三七－一九〇一）という、いわゆる黄金時代であった。家父長制を柱として、ブルジョワジーの鏡とも言うべき道徳律が出来上がったのはこの時期である。経済的・政治的発展は目覚ましいものがあったものの、その半面、産業革命が出現させた俗物根性、英国国教遵奉運動、弱肉強食の自由競争などで息詰まるものを感じ、デカダンの方向へ傾斜していった人たちも少なからず存在した。当時の因襲的な中流階級層の価値観を体現しているマックス・ノルダウの『退化論』（一八九二、九三）[1]が世紀末のデカダンな文学・美術・音楽を激しく弾劾してベストセラーになっていることから、国家が理想として掲げる体制に順応する多数派と、それに異を唱える少数派としてのデカダンという構図が浮かび上がってくる。

3 世紀末に見られた同性愛

もともと旧約聖書には、男色はびこる性的退廃の町ソドムが神の命により焼き払われ、信仰心の篤いロト一家だけが脱出に成功したという記述がある。同性愛が悪とみなされる発端がここにある。キリスト教では悪とみなされる同性愛だが、異教のギリシャやオリエントではそうではなかった。世紀末のイギリスにおいてヘレニズム学が同性愛的志向の青年たちにもてはやされていた所以である。ところで「同性愛」という言葉が初めて使用されたのは一八六九年のドイツであり、一八九六年以降、医学用語として使用されるようになった。それ以前は悪徳の町ソドムにちなんで「ソドミー」と呼ばれていた。だから同性愛行為を行うと「ソドミスト」とみなされ、宗教的かつ倫理的な罪として断罪される。プルーストが生きた時代は、同性愛が刑事的な罪として裁かれ、大きなスキャンダルとなったことを確認しておこう。オスカー・ワイルド（一八五四－一九〇〇）は美少年アルフレッド・ダグラスとの同性愛関係をダグラスの父クインズベリー侯によって告訴され、一八九五年、有罪判決を受け、二年の懲役に服した。ドイツでは一九〇六年に皇帝ヴィルヘルム二世の側近オイレンブルクやモルトケの同性愛が対フランスとの政治絡みで暴露されるというオイレンブルク事件が起こった。この時代に同性愛が罪悪として危険視されたのは、同性愛が社会的侵犯となり、階級や国家の境界をまたいでしまうからだ。オイレンブルクとフランスのルコントの関係は、フリーメーソン的秘密結社の絆となり、国家機密が漏洩することにもつながってしまうのである。

十九世紀末、このように同性愛が次々と裁判沙汰となった背景には、当時の社会情勢も大きく影響している。言い換えれば同性愛を忌み嫌う風潮があるがゆえにスキャンダルとなるのである。生殖を伴わない同性愛が、近代家族主義を基盤とする国民国家構築を揺るがすものゆえ糾弾の的となるのだ。エミール・ゾラ（一八四〇―一九〇二）は同性愛が人類そのものにとって悪であると言い切る。「倒錯者は家族と国家と人類を混乱させる。この世に男と女が存在するのは、子供を作るためであり、子供を作るために必要なことをやらなくなるとすれば、その日彼らは生命そのものを殺すことになる」(2)。同性愛が社会の上層階級により多く見られるのは、彼らには生殖を伴わない性行動を行う余裕があるためだと考えられる。だが、社会は社会を成り立たせる秩序を乱すものを容赦なく弾劾するのである。その証拠に一九六八年以降、違いが尊重され流行にまでなり、性風俗が解放されてからは、もはや同性愛だけを理由に批判されることはなくなった。ジェフリー・マイヤーズが一九七七年に『同性愛と文学』で明確に指摘したとおり、文学が社会から分離せざるを得なくなり、分かりにくく、限られた人たちのためのものとなった世紀末の典型がまさに同性愛文学なのである。《戦闘的同性愛者》であるドミニック・フェルナンデスは、《同性愛文化》を「ブルジョワたちの新しい掟によって社会からつまはじきされながらも、気を取り直し、自分を理解し、芸術作品の力を借りて自己同一性を取り戻そうと努めた人々の文化」と定義している。(3) マイヤーズは、それを一八九〇年から一九三〇年の間に限定しているが、それはプルーストが青年となり他界するまでの時期と見事に重なっている。だからこそこの時代の同性愛文学では肝心なところが敢えて隠される。それは作者の思考が混沌としているためではなく、全く逆に明晰であるがゆえに読者を煙に巻く必要があるのだ。暗示的表現や偽装こそが作者を守る手段であり、核心に至る前で立ち止まるという分かりにくさが文学的魅力の要因となる。知的クライシスが複雑で精巧な作品の創造意欲をかきたてるのだ。

星及治彦氏の『男たちの帝国―ヴィルヘルム二世からナチスへ』(岩波書店、二〇〇六年)を参考に、同性愛の歴史をまとめてみよう。同性愛が単なる興味の対象ではなく学者の研究対象となったのは十九世紀末のドイツでのことであった。同性愛解放運動の始祖カール・ハインリヒ・ウルリヒスは、プラトンの『饗宴』の第八・九章で異性愛を司るヴィーナス(金星)と対照的に同性愛を司るウラニア(天王星)に触れていることから、自らをウルニングUrningと呼んだ。「他のエロスは天の娘(ウラニヤ)から出た者であるが、この女神は第一には、女性にあずからず、ただ男性のみにあずかり(これすなわち少年に対する愛である)、次には年長で、放縦に流れることがない。それだからこそこのエロスに鼓舞された者は男性に向うのであるが、それは彼らが生来強き者と理性に富める者とを愛好するからである」[4]。ウルリヒスによれば男の体をした女性の魂も女の体をした男性の魂もごく自然なものであって、同性愛は「自然権」だと主張している。その後、性科学の始祖マグヌス・ヒルシュフェルトが現れ、一八九六年、ラミーエン **Ramien** のペンネームで同性愛を論じ、裁判においても同性愛を「犯罪でなく、先天的な抗し難い自然の力」と主張した。一九〇五年、スキャンダラスなファム・ファタルの歌劇『サロメ』がドレスデンで初演されると、男性同性愛は女性嫌悪を伴う男性同盟論へと変容していく。知的なエリートであるキリスト教徒のアーリア人男性が、情欲に流され淫乱で女性的だとするユダヤ人と差別化を図り、女性嫌悪は反ユダヤ主義と結びついていくのである。軍隊は男だけの世界であるから同性愛と容易に結びつく。だから、『失われた時』の同性愛者シャルリュスはドイツ兵が行進するときの美しい男らしさを語り手に話して聞かせるのも偶然ではない（*RIV*, 387）。男子用トイレ、浴場、海水浴場は、恋愛とは異なり、匿名を保持しながら射精にいたる性的興奮を得られることから、同性愛者の好む場となる。『失われた時』でサン＝ルーが所属する軍隊の駐屯地ドンシエールが舞台になったり、男性トイレが出てくるのも合点がいく。

世紀末のフランスでバレエ・リュス（ロシア・バレエ）が流行したのもこの同性愛とも無縁ではない[5]。セルゲイ・ディアギレフのホモセクシャルなネットワークがバレエ団の仕事を助けた。新しい前衛的な芸術は、伝統的な社会通念からはみ出した同性愛者たちが支えていたのである。フランスでは、プルースト、ジャン・コクトー（一八八九－一九六三）、リュシアン・ドーデ、モーリス・ロスタンなどのグループがバレエ・リュスを支持した。ニジンスキー主演のバレエ『青い神』（一九一二）を作曲したのはプルーストの同性愛の友人レーナルド・アーンである。当時、同性愛者のパトロンが若い芸術家を庇護し育てて世に出すことは日常茶飯事であった。たとえばシャルリュスのモデルとなったロベール・ド・モンテスキウ＝フザンザック伯爵（一八五五―一九二一）はアール・ヌーヴォーのガラス職人エミール・ガレを庇護した。バレエの世界へ向かったディアギレフがヴァツラフ・ニジンスキーを発見しお気に入りとなったため、彼をスターの座に据えた。(6) バレリーノであるニジンスキーの両性的な男の美しさ、魅力にとりつかれて彼の周りには端麗な若い男たちが集まってきていたのである。

4 世紀末の源流

世紀末が第三共和政開始から十九世紀末までを指すことは先に述べた。しかし十九世紀前半からこの潮流は脈々と準備されてきたのだ。

ゴーチエ

ゴーチエはもともとロマン派の領袖ヴィクトル・ユゴー（一八〇二―一八八五）と志を同じくして

いた。一八三〇年、ユゴーのロマン派劇『エルナニ』上演の際、聞き慣れない詩句の連続が並居る古典派を挑発し、予想通り物議をかもして大騒ぎとなった時に、ピンクのチョッキに水色のズボンといういでたちで長髪をなびかせ、ロマン派の陣頭指揮を取り、古典派を抑えてロマン派を決定的な勝利に導いた、いわゆる「エルナニの戦い」の中心人物が若き日のゴーチエである。絶筆となった回想録『ロマン主義の歴史』(一八七二)の著者でもあり、時代的にも思想的にもロマン主義を生きた人であった。そもそもロマン主義の敵が古典主義である以上、古典主義が無視してきたフランス中世の代表的詩人であるフランソワ・ヴィヨン(一四三一頃－一四六三以降)、バロック期の詩人サン＝タマン(一五九四－一六六一)、テオフィル・ド・ヴィヨー(一五九〇－一六二六)などを研究した批評書『レ・グロテスク』(一八四四)をゴーチエが著していることは十分納得のいく話である。古典主義においては語彙を万人が理解可能な、普遍性のあるものだけに限定していた。古典主義が信奉する合理的理性のふるいにかけられる前の、中世やバロック期の多様な詩形と豊富な語彙に注目したのがゴーチエである。ところが彼は、ロマン主義を体現しつつ政治的にも共和派として民衆を導くユゴーとは異なる道を歩み始める。早くも小説『モーパン嬢』(一八三五)の序文にて提唱した「芸術のための芸術」がつとに有名である。「真に美しいのは何の役にも立たないものだけである。有益なものはすべて醜い」と明言し、功利的な世界とのしがらみをばっさり切り捨て、芸術を倫理的社会的に役立てようなどという了見からは袂を分かち、芸術を芸術としてのみ崇める。それは卑俗な日常と訣別し、隔絶された唯美主義の世界であり、後の高踏派を予告するマニフェストである。ところが詩の形式美や洗練された美しい詩句を極度に追求すればするほど、常人にとって近寄りがたいものになることは免れ得ない。作品としての詩は愛唱されるどころかほとんど知られていないにもかかわらず、後の耽美主義者の詩人たちからの支持は絶大、という理解し難い事実がゴーチエの詩句の閉鎖性を物語っている。ボードレールの詩集『悪の華』（一八五七）は「完全無欠なる詩人」として彼が敬愛するゴーチエに捧げられており、ロベール・ド・モンテスキウが『青い紫陽花』（一八九六）の巻頭に引用したのもゴーチエの一節であった。プルーストもイギリスの美術評論家ラスキンの著作『胡麻と百合』（一八六五）を翻訳し、一九〇六年に出版するに際して訳者序文「読書について」を巻頭に載せたが、そこに訳者自身が子供時代にゴーチエの小説『キャピテーヌ・フラカス』（一八六三）を愛読していたことが語られる。これは十七世紀に高貴な題材を滑稽に扱うビュルレスクと呼ばれる作品を書いたポール・スカロン（一六一〇―一六六〇）の小説を題材とし、ルイ十三世時代の華やかな羽飾りを思わせるものである。文芸批評家エミール・ファゲはゴーチエ論の中で、『キャピテーヌ・フラカス』の第二巻を小学生向きでつまらない、文学愛好家には存在しないも同然、と切り捨てているのに対し、ゴーチエの愛読者であるプルーストは、声を大にしてそれに反論している（*CSB*, 295）。ゴーチエの趣味を反映するがごとく、知らない語彙が多すぎて、退屈な描写が続くことに若きプルーストは辟易しつつも、時折、目を開かれるような警句に陶酔を覚えた。その警句とは次のようなものであった。「笑いはその性質上、残酷なものでは全くない。それは人間と動物を区別するものであり、希臘《ギリシア》詩人ホメロスの『オデュッセイア』に明白に見られるように、永遠に続く自由な時間の間中、思う存分威厳をもって笑う、不死にて至福の神々の特性なのだ」。しかし気に入っていたこの類のアフォリズムも、「ホメロスによれば」とか、「オデュッセイアによれば」といった権威を持ち出しているので、今では敬虔な尊敬の念に値するものではなくなっているということも同時に語られる。またギリシャ詩人 poète grec という言い回しで済むものを、敢えて希臘《ギリシア》詩人 poète grégeois... (*PM*, 175) などと持って回った表現をしているところに、ゴーチエの衒学性が見られる。すなわちプルーストが糾弾する「偶像崇拝」が、このゴーチエの文に見られると言ってよい。そのためだろうか、プルーストも晩年になるとゴーチエを三流詩人とみなすようになる。この「偶像崇拝」については後で詳述したい。そして後のデカダン派の世代はゴーチエの言葉を模範とした。頽廃と爛熟が支配する末期ローマ帝国やビザンチウムの言葉はまさにデカダンスと言うにふさわしい。

『失われた時』では、英仏海峡に面した架空の保養地バルベックも、パリと並んで舞台になっている。この近郊にあるラ・ラスプリエール荘は、田舎貴族のカンブルメール家が所有するものを、ブルジョワのヴェルデュラン家が夏の間だけ借用しているものである。ここでの晩餐会で元古文書学者のサニエットが喜劇の小間使いの役を「ゼルビーヌ」という特殊な表現で言うと、ヴェルデュラン氏がすかさず「一体それは何ですか」とものすごい剣幕で問い詰め、サニエットが「『キャピテーヌ・フラカス』に出てくる大ぼらふきとか学者ぶった人《ペダン》といった役柄ですよ」と説明すると、「学者ぶった人とは、あなたのことだ」と遠慮会釈なくいじめる（*RIII*, 327）。ペダンチックなゴーチエの作品の登場人物である学者ぶった人《ペダン》ゼルビーヌを、衒学者である古文書学者サニエットが引き合いに出すという凝った三重構造を、辛辣なヴェルデュラン氏が一蹴してしまうのである。

スワン夫人のサロンの「大手毬」boule de neige と呼ばれる花の白さはスワン夫人にとっては、作家ベルゴットに忠告されたとおり、ゴーチエの『螺鈿七宝集』（一八四九）に収録された「白長調のシンフォニー」を奏でる目的のものでしかなかったが、語り手にとっては自然の奇跡を感じさせる、リヒャルト・ワーグナー（一八一三–八三）の《パルジファル》の〈聖金曜日の歓喜〉を思わせるものであった（*RI*, 624）ということも、実に思わせぶりな表現である。

ボードレール

ボードレールの言う現代性《モデルニテ》は自然に対して人工の優位を示すものであり、「人工天国」では葡萄酒、ハシッシュ、阿片のことが語られる。女性は子孫を産み出す性であるから、異性愛の対象としての女性は、自然に近いところに位置する。したがってボードレールが関心の対象とするのは生殖作用という自然現象につながっていない、不毛の同性愛の方である。彼は同時に詩人ステファヌ・マラルメ（一八四二–九八）や後の世紀末作家たちと同様、冷たく妖しく光る宝石も愛好していた。天然の石を彫琢してできあがった宝石は、ボードレールの好む人工的なもの以外の何ものでもない。ボードレールが敬愛するゴーチエを師と仰ぐ高踏派の詩人たち――ルコント・ド・リール（一八一八―九四）、エレディア（一八四二―一九〇五）など――は、宝石を作り上げるがごとく、詩句を練磨し彫琢したのである。装飾性や洗練を極度に追求すると、感性を自ら開発する域にまで達する。ポール・ブールジェ（一八五二―一九三五）が『現代心理論集』（一八八三）の中で言うように、香りや匂いが起こさせる、常ならぬ陶酔の感覚を特に好んだのである。病、悪といった一般の社会通念ではネガティヴとされてきた領域に美を見出す、倒錯的な美意識であり、奇異なもの、珍しいものへの偏愛によって現実から逃避しようとした、まさにデカダンスの典型と言ってよい。ボードレールは自らデカダンと宣言し、病的で人工的に見える奇異なあらゆるものを探求したのである。ボードレールやドストエフスキーのような病人は、健康な人が代々にわたってようやくつくりあげるようなものを三十年間で創造してしまうものだ、と自らも喘息の持病で生涯苦しめられたプルーストは「ボードレールについて」の中で断言している（*EA*, 622）。ボードレールはアメリカのポーの作品に傾倒し、翻訳はもちろん、評伝まで書くほど肩入れしていた。異常な行動や心理の中にこそ真理が姿を現すことを示したポーを〈呪われた詩人〉と称し、ボードレールの後継者たるマラルメ、ポール・ヴァレリー（一八七一―一九四五）などの象徴主義詩人たちもポーを高く評価した。相次ぐ万国博覧会の開催に象徴される、十九世紀に蔓延していた「進歩」の思想をボードレールは批判していた。キリスト教異端、ダンディスム、異国趣味、エロティスム等、世紀末の芸術家たちがもつ反物質主義の特徴を先取りしているのはボードレールである。世紀末を体現しているワーグナーを十九世紀半ばでいち早く見出し、熱狂し、フランスに広めたこともボードレールの功績である。イギリスの世紀末耽美派も詩人であるスウィンバーンも、ボードレールを抜きにして語ることはできない。

ところで耽美主義者の中には、無から創造するよりは、既にあるものを加工・改良する能力に秀でた者の方が多数存在することも事実である。目立ちにくい世紀末の作家たちの源に位置するボードレールが『悪の華』で宇宙を作りあげることを目指していたのは、そのような「加工」に終始してしまう危険を予見し、単なる加工から我が身を守るという意味合いもあったのではなかろうか。プルーストが『失われた時』で大聖堂のような作品を作ろうとしたのもそれと無縁ではあるまい。

バルザック

時代は逆行するが、主に十九世紀前半のフランス社会の人間絵巻を書いた、バルザック（一七九九－一八五〇）にも触れておかねばなるまい。オノレ・ド・バルザックは、同一の登場人物が他の作品の過去を背負ってあちこちで姿を現すという、円環構造をなす人間喜劇の作者として知られているが、世紀末の作家たちに尊敬されていたことをここで確認しておきたい。バルザックは『セラフィータ』（一八三五）でスウェーデンボリ（一六八八－一七七二）の理論を展開している。スウェーデンボリは科学者から転じて神秘思想家になったスウェーデンの学者で、物質界のあらゆる現象は霊界の奥儀によって説明されるとした。フランス十九世紀の文学、とりわけ幻想的な文学、象徴主義文学を考える際、彼の功績を抜きにしては語れない。なかでもその影響を大きく受けたのがバルザックであった。したがって超自然を追求する世紀末の芸術家たちからバルザックが広く称賛されていたのは、ごく自然なことであった。またバルザックが『金色の眼の娘』のような女性同性愛のテーマを扱ったことも、倒錯趣味の多い世紀末作家から尊敬される所以となっている。プルーストが若い頃、師と仰いだ美学の教師、ロベール・ド・モンテスキウも、また彼をモデルとした『失われた時』のシャルリュスも、細密画のような描写で有名なバルザックの愛読者である。バルザックの小説を読み始めると、詳細至極にて延々と続く背景描写に度肝を抜かれる。「よくぞここまで」という感嘆と同時に、そのような部分を読み飛ばしてしまう人も出る始末だ。しかしそこを読み飛ばしてしまっては気の抜けたビールを飲むようなもので、バルザックがバルザックでなくなってしまうのも事実である。それら克明な背景描写の一つ一つが、登場人物を外側から説明するのに、なくてはならないものなのだから。この飽くことなき細密画も世紀末文学に共通して見られる特徴である。有名なのは『谷間の百合』（一八三六）でフェリックス・ド・ヴァンドネス子爵が恋慕うモルソフ伯爵夫人に贈る花束を描写した部分である。

磁器の広口の首の周りに、トゥレーヌのブドウ畑のベンケイソウに特有の白い房だけで作られた豊かな縁取りを想像してごらんなさい。従順な奴隷女の体つきのように望まれ、丸味ある姿形のおぼろげな像を。この台から出ているのは白い釣り鐘形に咲く昼顔の蔓と、薔薇色のエニシダの小枝だ。そこにはシダがいくつか混じり、豪華に色づき光沢のある葉のついた樫の若枝も何本か混じっている。これらすべては、しだれ柳のようにへりくだって、また祈りの言葉を捧げるようにおずおずと懇願しつつ平伏しながら前進する。〔……〕しかし既にその上には、野人参の乱れたレースの間にまばらに咲くベンガルの薔薇、ワタスゲの冠毛、シモツケの羽根飾り、野生のチャービルの小散形花序、実のなったクレマチスの金色の毛、乳白色のヤエムグラの可愛いX形、セイヨウノコギリソウの散房花序、薔薇色と黒の花をつけたカラクサケマンの広がった茎、ブドウの木の巻きひげ、スイカズラの曲がりくねった若枝、そして最後にこれらの素朴な被造物たる植物がもつ最も狂乱し最も分裂したものすべて、炎のような花や三重の短い小枝、披針形で線がぎざぎざの葉、魂の奥底でからみつく欲望のように苦悶する茎、がある。あふれる愛の冗漫な奔流の内奥からは赤い二本の壮麗なケシがすらりと伸び、そしてこのケシは、はじけんばかりの種を伴い、星形のジャスミンの上に燃えるような赤い火で火花を広げ、絶え間なく降り注ぐ花粉を見下ろしている。この花粉は、無数の光る破片となって日の光を反射させながら、空中

でちかちか輝く美しい雲の形をなしているのだ！(7)

フェリックス・ド・ヴァンドネス子爵のモルソフ伯爵夫人への欲望を秘めた狂わんばかりの思いを、官能的な花々が雄弁に物語っている。

5 世紀末の周辺

唯美主義

「芸術のための芸術」といういわゆる芸術至上主義が、ゴーチエの『モーパン嬢』の序文で明言され、ボードレールを経由してイギリスにも広まっていった。イギリスのヴィクトリア朝はまさにヴィクトリア女王の治世であって、帝国主義を固め、インドを支配し、イギリスが政治的・経済的に大いに繁栄した時代であった。合理性と実用性が尊ばれたこの時代、国家発展の理想として掲げられた道徳や功利主義に居心地の悪さを感じ、異を唱える者たちが現れたのである。彼らは美や芸術を宗教的、道徳的に役立てようなどという考えには背を向け、その代わりに美しいものを美しいという理由だけで崇めていた。その中心にいたのが後述するワイルドとウォルター・ペイター（一八三九－九四）であった。ペイターは『ルネサンス』（一八七三）の

「結論」で審美的人生観を提唱した。一方、ワイルドは一八八二年、アメリカへ講演旅行に出かけ、その際に自ら理念とする唯美主義を説明した。「紳士《ジェントルマン》」は国家繁栄のため、すなわちひたすら生産性を上げるためにヴィクトリア朝がつくりあげた理想の中流階級であった。ダンディなワイルドはこれに否を唱えたのである。『失われた時』の登場人物で、語り手の年上の友人である文学通のブロックも芸術至上主義者だ。「美しい詩句は何も意味がなければそれだけいっそう美しい」と主張し、詩句からひたすら真理の啓示を期待している語り手と対立するのである（*RI*, 90）。

グロテスク

耽美主義の聖典となったのは、華美で装飾的な文体で知られるペイターの「レオナルド・ダ・ヴィンチ試論」である。彼は自著『ルネサンス』の「結論」でジョコンダ〔モナ・リザ〕がメドゥーサすなわちグロテスクなものの美の典型であるとしている。「グロテスク」grotesque なる言葉はイタリア語の grotesca に由来し、もともとローマで十五世紀後半のルネサンス期に発見されたネロ皇帝の黄金宮殿《ドムス・アウレア》の地下室（グロット grotto）の壁画装飾に由来するものであった(8)。ルネサンス美術は古代美術の復興である以上、一般に、統一のとれた「物語《イストリア》」と「遠近法」の厳密な再現性に基づく表現であるととらえられているが、実はグロテスクなものも、もう一つの潮流として存在していることを明らかにしたのが美術史家アンドレ・シャステルである。その「グロテスクなもの」はシャステルによれば、「両義的で、捉え難い〈カテゴリー〉に属し、しかも本質的に装飾的な魅力や〈非現実的な〉形象や、純然たる気晴らしなどの間を揺れ動くもの」(9)であるがゆえに、認識しがたいものだったのだ。しかもこのグロテスクなものが、ルネサンス期を問わず、西欧芸術の重要な構成原理となっているという。それは重力の支配する空間を否定し、雑種《ハイブリッド》な生き物の傍若無人な、秩序から解放された増殖を許すという、現実と物からの解放である。その解放感から生気に満ちた装飾的な効果をもつ作品が作り出されてくるのだ。そこでは奔放な想像力を盾に、秩序や均衡が破壊され、人間・動物・植物・道具などがカオス状に渾然一体となって融合し混交している。(10)短篇集『グロテスクとアラベスクの物語』(一八四〇)の著者であるポーは、グロテスクもアラベスクも異質なものの混交、融合にあると考えている。(11)

グロテスクなものは秩序が支配する神や理性と対極にあるために、十九世紀のロマン主義や二十世紀のシュルレアリスムの怪奇・幻想好みの趣向と一致したことは言うまでもない。ロマン派の旗手、ユゴーは『クロムウェル』(一八二七)の序文において、グロテスクなものと崇高なもの、悲劇と喜劇といった、相反するものの融合・統合こそが、現代文学に固有な「劇《ドラム》」を形成する、としている。ポーもユゴーをよく読んでおり、彼のことを「あの不条理な二律背反の狩人」と呼んでいる。(12)ロマン主義の敵は古典主義であるから、ロマン主義の台頭と共に、古典主義が模範としてきたギリシャ・ローマ古代作品とは異質の、これまで等閑に付されてきた古い作品の研究も進んだ。その一環としてユゴーと並ぶロマン主義者ゴーチエが、フランス中世の代表的詩人であるヴィヨンやバロック期の詩人サン＝タマン、ヴィヨーなどを研究した批評書『レ・グロテスク』を著した。彼のおかげでグロテスクなる語が文学にも定着したのである。

バロックは過剰性に特徴があることを思い起こそう。したがってペイターの美文によく現れているように、装飾性過多である世紀末芸術も、グロテスクなものに分類できるだろう。モードに関するマラルメの文章も服飾装飾への大変なこだわりがある。マラルメが編集者と執筆者を務めた、婦人向けのモード雑誌「最新流行」では、彼のネオ・ロココ趣味を反映して、帽子でもドレスでも装飾性過多に語られている。(13) 世紀末の装飾もアドルフ・ロースの「装飾は罪悪である」という言葉に代表されるように、近代の機能主義者たちによって断罪されてきた。シャステルの『グロテスクの系譜』の翻訳者である永澤峻氏が言うように、グロテスクなものの裏にはエドワード・サイードが著作『オリエンタリズム』（一九七八）で言う脱西欧中心主義とも言うべき、オリエント的なものが見え隠れしている。(14) 唐草模様に鳥・獣・人が合体している怪奇・滑稽な空想画は、古代エジプト・オリエントにも源流を見出すことができる。だからアール・ヌーヴォーの唐草模様に特徴づけられるような世紀末芸術が、ビザンチウムやジャポニスムといったオリエントと関連が深いことは大いに納得がいく。ラスキンは『ヴェニスの石』（一八五三）の第三章「グロテスク・ルネサンス」で、ゴシック及びルネサンス芸術の肝要な要素である「グロテスクなもの」の特質は「滑稽」と「恐怖」の混交にあると主張している。[15]

グロテスクなものを論じる際には、諷刺、諧謔、エスプリ、カリカチュアなどとの関連も無視できない。[16] 滑稽味と諷刺精神とが縦横無尽に発揮された、十六世紀のフランソワ・ラブレー（一四八三頃－一五五三）の作品を考えてみればよい。さて、世紀末の過剰な装飾を認めつつ、そこから出発したプルーストも旺盛なユーモアとエスプリの精神を有していた。当時世間を騒がせた大スキャンダル、ルモワーヌ事件を題材とした一連の模作も、随所に模作やカリカチュアが見られる『失われた時』も、諷刺精神がなければ到底生み出し得なかったものだ。しかしプルーストは多くの世紀末芸術家のように、過剰な装飾に埋もれてしまうことはなかった。プルーストは世紀末に特有の「装飾性」とフランス文化の特徴である合理性に裏打ちされた「遠近法」という、これまで相反するものとされてきたものを見事に両立させた作家であると言わねばなるまい。過剰な装飾に終始することなく、それに秩序を与えようとしたのではなかったか。無意志的記憶は秩序への回帰ではないか。

オリエンタリズム

サイードが著作『オリエンタリズム』の中で明言しているのは、オリエンタリズムとは「オリエントを支配し再構成し威圧するための西洋の様式《スタイル》」だということである。オリエントのことがオリエントの人々によってではなく、ひたすら西洋人によって語られていることに注目せねばなるまい。一七九八年のナポレオンによるエジプト遠征をきっかけに十九世紀のフランスでは、かつてないエジプトブームが巻き起こっていた。ナポレオンがエジプトから持ち帰った遺物に刻まれていた象形文字を解読したのがフランス人のシャンポリオンであったし、一八三六年にパリのコンコルド広場に据えられ、今なお威容を誇っているオベリスクはマムルーク勢力を倒して政権を握ったムハンマド・アリーが時のフランス国王ルイ＝フィリップに進呈したものである。ジェラール・ド・ネルヴァル（一八〇八－五五）が一八四二年から四三年にかけてエジプト・シリアなどを旅行した経験をもとに『東方旅行』（一八五一）を著したこと、一八五〇年から五一年にかけて中近東を旅行したフローベールが、カルタゴを舞台とする『サランボー』（一八六二）を仕上げ、『三つの物語』（一八七七）の一つ『ヘロディアス』を生み出しているところに文学者たちの東方への並々ならぬ関心のほどがうかがえる。一八六〇年にナポレオン三世がシリアに派兵した時に、ルナンは調査団として聖地に行き、その成果が『イエス伝』としてまとめられた。キリスト教誕生の経緯を、当時目覚ましい発展を遂げていた科学の力を利用して、イエスという人間を歴史の中に位置づけた上で説明し、ベストセラーとなった。

十九世紀のオリエンタリストは学識のかたまりのような人間だった。なぜなら聖書や古典などの、既にある書物を加工して文学作品を生み出していたのだから。とりわけ注目すべきは旧約聖書の「雅歌」である。工藤庸子氏が指摘するように、これは「唐突で違和感を覚える語彙やレトリックに満ちており、これがオリエンタリズムの源泉となる」(17)のである。ワイルドの『サロメ』(一八九三)で、サロメがヨカナンを称えたり、かき口説くときの比喩とイメージは、聖書の「雅歌」に依拠している。サロメがヨカナンの首を捧げもちながら恨み言をいう最後の場面では、鉱物の比喩をもちいて若者の身体を称える「雅歌」の詩句を踏まえたと思われる一節もある。ワイルドは『サロメ』に聖書固有の比喩や言い回しを多く取り入れたのである。

フローベールの未完の小説『ブヴァールとペキュシェ』ではブヴァールとペキュシェなる二人の書記が莫大な遺産を受け継いだことから都会生活に終止符を打って田舎に隠遁し、二人とも写字生に戻るという秘かに抱いていた願望を実現する。最初は獲得した知識を応用することを考えていたが、結局は文献を次から次へと書き写すことに終始し、それで満足してしまう。数多《あまた》ある観念が出自も明らかにされないまま、注釈抜きで伝達され、繰り返され、紋切り型の観念となるのである。ところでネルヴァルの東方旅行がアルフォンス・ド・ラマルチーヌ(一七九〇—一八六九)の旅行を踏まえたものであり、ラマルチーヌの旅行もフランソワ・ルネ・ド・シャトーブリヤン(一七六八—一八四八)の旅行をなぞったもの、というふうに、オリエンタリズムは先行する文献からの引用を基に成り立っている。したがって、『ブヴァールとペキュシェ』はサイードが主張するように、引用句が集合した場《トポス》としてのオリエントを見事に表象したものとなっている。

また、フローベールは内容的にも世紀末と無縁ではない。マリオ・プラーツが指摘するように、彼の古代趣味には悪徳への嗜好が、東方趣味には血なまぐさいものを好む性癖が隠されている。フローベールの『狂人の手記』（一八三八）や『十一月』（一八四二）に彼の魂の奥底をうかがい知ることができるのである。(18)

ビザンチウム

三三〇年、コンスタンティヌス帝が都をローマからコンスタンティノープル（現在のイスタンブール）へ移し、新首都にふさわしい建造物を次々と造らせていた。三九五年のローマ帝国東西分裂後、この東ローマ帝国地域を中心に発展した様式がビザンチン様式である。六世紀にコンスタンティノープルに完成した聖ソフィア寺院が、ビザンチン式建築として名高い。腐臭を帯びた不純なものに惹かれるのは、頽廃にほかならないビザンチン様式と世紀末に共通した趣味である。東ローマ帝国は千年続いたとはいえ、蛮族たちが引きも切らず周囲から攻め込み、そこに宮廷内の内紛も加わり、血なまぐさい事件の連続からは逃れることはできなかった。残酷さのなかに美を求める様は実にマゾヒスティックでさえあり、豪華さと奢侈が死と隣り合わせになっている。ワイルドが『サロメ』を捧げた相手であるピエール・ルイス（一八七〇－一九二五）は古代オリエント、とりわけヘレニズムの主題を好んでいた。ヘレニズムとはオリエントの影響を受け、普遍化された古代ギリシャ文化である。もともとビザンツ文化が古代ギリシャ文化を継承していたわけだから、世紀末にビザンチウムとヘレニズムがもてはやされたのは、納得のいく話である。さらに世紀末を支えたオリエンタリストたちは聖書、ギリシャ・ローマの古典、エジプト学などの広範な学識を踏まえて世に出たことも忘れてはなるまい。

孔雀

そしてビザンチウムを象徴する鳥がインド原産の、すなわちオリエントの孔雀である。孔雀は旧約聖書の時代から神秘的な動物とされていた。世紀末の作品に孔雀が多数、登場するのも偶然ではない。ホイッスラーが制作した「孔雀の間」に影響を受け、オーブリー・ビアズリーは「孔雀の裳裾」をワイルドの英語版『サロメ』(一八九四)の挿絵に用いている。ロベール・ド・モンテスキウの詩集『孔雀』(一九〇八)でも孔雀が歌われ、マドレーヌ・ルメールが描いた、プルーストの『楽しみと日々』の挿絵でも、椅子の背に孔雀がとまっているなど、枚挙に暇がない。一方、モンテスキウの『孔雀』の方はラリックが表紙を飾ったが、あまり話題にならなかった。そしてそのモンテスキウ自身もエドモン・ロスタン(一八六八—一九一八)の戯曲『東天紅(シャントクレール)』(一九一〇)の中で、「愚かな孔雀」として嘲弄されるのである。金と緑の羽根が美しい孔雀は、冷たく輝くビザンチン的な雰囲気を漂わせる。唯美主義者たちが「緑と黄」の組み合わせを好んでいたのは、この孔雀からの連想によるものにちがいない。

孔雀が世紀末の趣味にいかに合致していたかは、三島由紀夫による短篇小説「孔雀」(『文学界』、一九六五年二月号)を読むと合点がいく。これは富岡という四十半ばの男が並外れた孔雀好きであるがゆえに、件の孔雀殺しの犯人ではないかと嫌疑をかけられる話である。孔雀は無用なきらびやかさという「無意味な豪奢」を具え、「生きることにもまして、殺されることが豪奢」という「昼の光輝と夜の光輝が同一である鳥」であると、孔雀の謎めいた魅力が、富岡の眼を通して実に見事に描写されている。富岡は犯人ではないのだが、そのような世界で最も豪奢な罪を犯した者の気持ちを手に取るように理解している。一分の隙もない秩序をもって流れる孔雀の羽毛は宝石の川床であって、殺されるときにこそ、「暁の空を縦横に切り裂く蒼ざめた刃」のような悲鳴をあげ、孔雀は孔雀の本質、すなわち宝石と一つになるだろうと。結局、真犯人を待ち伏せする富岡と刑事の前に現れたのは、若い頃の富岡にそっくりの、繊細さのなかに残忍さの漂う美少年だった。孔雀ではないが、フローベールも子供の頃に鳩の首を切って殺し、鳥が痙攣し最後には硬直する様を見て、野蛮な悦びに浸った末に、失神しそうになったことがある。(19) モンテスキウも詩集『馥郁たる香りの長』（一八九三）の詩篇第一五（無題）で、「孔雀は死してなお、光を失わず」、といった内容を歌っている。

ワイルドの『サロメ』には、ヘロデ王がサロメに「白孔雀を五十羽やるから、ヨカナンの首はあきらめてくれ」と哀願する部分があるが、その白孔雀は「嘴も金色なら、ついばむ穀物も金色、そして脚は赤紫に塗られている」とある。金色は豪奢さを象徴し、赤紫は悪徳を匂わせる。「ヨハネの黙示録」に記述されたバビロンの大淫婦が赤と紫の衣を着て、金と宝石と真珠で身を飾っていたように。

宝石

世紀末のドビュッシー、フォーレ、ポール・ヴェルレーヌ（一八四四－九六）が月の光を好んで歌い上げていたように、世紀末芸術においてもビザンチウムにおいても、真昼の太陽よりも夕暮れの薄明りや冷たく輝く月の方が好まれていた。ギリシャ神話では、月の女神アルテミスは処女性と純潔の女神である。ワイルドの『サロメ』も月が物語の展開を予告する大切な役割を担っている。さらにビザンチンの背景に欠かすことのできない、冷たく光る宝石やモザイクを妖しく輝かせるのは、そのような薄明りなのだ。フローベールの『サランボー』（一八六二）でも冷たい宝石と金色のモザイクが薄明の中で照らし出される。燦然と輝く宝石とモザイクと螺鈿はマラルメ、レミ・ド・グールモン（一八五八－一九一五）、マルセル・シュオブ（一八六七－一九〇五）、アルベール・サマン（一八五八－一九〇〇）、ガブリエーレ・ダンヌンツィオ（一八六三－一九三八）などの象徴主義者たちが偏愛したものであった。ワイルドの『サロメ』においては、宝石をやるからヨハネの首はあきらめてくれとヘロデ王がサロメに懇願した際、ありとあらゆる宝石を列挙し、さしずめ「宝石事典」といった様相をなしている箇所がある。同じくワイルドの『ドリアン・グレイの画像』（一八九一）でも、言及される宝石の種類の数は並大抵ではない。デカダンスの作家たちは「鉱物と結晶の奏でる夢想」に引きつけられ、アンドレ・ブルトン（一八九六－一九六六）の『溶ける魚』に見られるように、シュルレアリストたちの想像力にもその夢想は脈々と受け継がれているのである。[20] マラルメの《エロディアード》も処女性を強調するがごとく、眼や髪が宝石の冷たい輝きを放っている。モード雑誌「最新流行」の《モード》欄でも、マルグリット・ド・ポンチ夫人の筆名でマラルメは、宝石には何か永続的なものがあるのではないか、と読者に対して親しみをこめて語っている。(21)

ヴェネツィア

さて、モザイクと言えば、ビザンチン様式で有名なサン＝マルコ寺院を有するヴェネツィアに触れないわけにはいかない。プルーストはラスキンの影響でヴェネツィアに興味を抱き、実際に訪問滞在している。『失われた時』の最終巻『見出された時』において、ゲルマント邸の中庭で語り手が車をよけようと不揃いな敷石につまずいた時に蘇ったのは、深い青空とひやりとした空気とめくるめく光の混じったヴェネツィアだった。かつてサン＝マルコ寺院の洗礼堂にある二つの不揃いなタイルの上で覚えた感覚と、このゲルマント邸の中庭でつまずいた感覚とが一致したのである（*RIV*, 445, 446）。ビザンチン様式の教会はモザイクの上に福音書や預言からの引用が文字で示される。それと同様、ラスキンも『ヴェネツィアの石』第二巻第四章で「ヴェネツィア衰退の諸原因」について語る際、『伝道の書』第一一章第九節の《そのすべてのことのために、神はあなたを裁かれることを知れ》を引用し、聖なる文章に依拠している。プルーストはラスキン翻訳『アミアンの聖書』に自ら付した序文の「あとがき」で、これは偶像崇拝と言うべき不誠実な罪を犯しているにほかならないとして厳しく非難している。この点に関しては「ラスキン」の項目でも再び触れる。また、アルベルチーヌがまとっているフォルチュニーの部屋着には深い青色と金色の生地に、ヴェネツィアの光景と鳥の絵が織り出されていることも忘れてはなるまい。(22)

ダンディスム(23)

ダンディスムの発祥とフランスへの伝播

ダンディ発祥の地はイギリスである。十九世紀初頭、イギリスの上流階級で、服装その他の美的センスにおいて洗練を際限なく追求し、最高度の粋を自負する青年たちが現れた。彼らの身に付ける色は黒、灰色、紺、茶色など、地味な色に限られていた。筆頭者ジョージ・ブランメルに言わせれば「人目を引かないのが本当のお洒落」なのである。彼はオックスフォード大学入学前には既にボー・ブランメル le Beau（伊達男）Brummell の異名を取るまでになり、平民出身であるが、プリンス・オブ・ウェールズ、後のイギリス国王ジョージ四世に見出され、軍人として迎えられる。それをきっかけに、人並みはずれた優雅さと媚びない大胆さとをものの見事に同居させた立居振舞い、そして常人を寄せ付けぬ繊細な趣味で、社交界において一世を風靡する有名人となる。それはブランメルの後にも先にも真のダンディはいない、と言われるほどの徹底ぶりであった。

フランス革命のためイギリスへと亡命し帰国した貴族を介して、王政復古の頃に、このダンディスムがフランスに伝わった。亡命貴族シャトーブリヤンや、ロマン派の反逆児と言われたミュッセがこれを実践する。ダンディを教義として紹介したのはボードレールとバルベー・ドールヴィイ（一八〇八－八九）である。ボードレールの批評『現代生活の画家』の第九章は「ダンディ」の項目に割かれている。バルベー・ドールヴィイは『ダンディスムとジョージ・ブランメル』（一八四五）を著した。しかしもともとフランス人は社交精神が旺盛で、常に人を楽しませようという本能的なものがあるので、英国のダンディほどクールさに徹底しきれなかったようだ。さらに、本物のダンディは言動や立居振舞いによってダンディスムを体現する「演劇人」だから、それをじかに目撃することのできる同時代の人にしかそのダンディぶりは分からない。後世の我々は、記録や文学作品という形の痕跡を頼りに、ダンディ像を空想するしかない。紙に書かれた作品という手段で唯一自らの痕跡を残す文学者には、ダンディの雰囲気を伝えることはできても、ダンディそのものを演じることは困難だ。

精神の貴族、ダンディ

ダンディが登場した時代背景を考えてみると、おのずとダンディスムも理解できる。少数の貴族に支えられた王政が市民社会の到来と共に終焉を告げ、産業革命を経てブルジョワが台頭してくると、物質主義や俗物根性がまかり通る。進歩への信仰が蔓延すると、それに疑義を差し挟む人間が現れても何ら不思議ではない。民主主義から派生した平等主義は、芸術や美学を広く大衆に知らしめるという啓蒙のメリットを有する一方で、それらを俗化させてしまうというデメリットも併せ持つ。かつて一部の貴族が享受していた特権意識を精神の面で継承したのがダンディスムと言えるだろう。ダンディとは精神の貴族なのだ。凡庸なブルジョワは憎悪すべき対象となる。ボードレールが言う「貴族制が完全に崩壊するに至らず、まだ絶対ではない過渡期の時代にダンディスムは発生する」とか、「ダンディスムは頽廃期《デカダンス》における英雄主義の最後の輝き」ということだ。寸分違わず同じ物を次々と作る大量生産と、他との違いを際立たせ、「オンリーワン」に徹するダンディは相反するものである。ダンディは決して大量生産できない。個性を譲らず、孤高な態度を守り続ける。ダンディは群れることがない。秘密結社のように見えないところで連帯感をもつことはあっても。この「秘密結社」的親和力は、同性愛とも無縁ではないだろう。

ダンディはお洒落であるが、あくまで控え目をモットーとし、奇抜であってはいけない。でも見る人が見れば分かるという、通だけに分かる波動でオーラを放ち続ける。ダンディはあるがままの自然を愛するよりも、技巧を凝らした人工性に執着する。新たな生命を育む女性は、男性よりも自然に近いから、ダンディは女性を嫌悪する。だからダンディは本質的に独身男性だ。

ダンディは情熱的に語るということをしない。無感動性 impassibilité の姿勢を保つ。それゆえ、今なお英雄としてフランス国民の心に君臨する人道主義的政治家であり文学者である、共和派の熱い魂をもつヴィクトル・ユゴーは、ダンディとは別の種族である。ロマン派の時代にあっても、ロマン派特有の抒情性を受け入れることなく、醒めた冷静さを保って作品を綴った文学者たちにダンディスムが認められる。彼らは意識的にであれ、結果的にであれ、ユゴーとは一線を画すことになる。ダンディはウィットに富み、警句を効かせ、毒舌的な皮肉を浴びせ、周囲の空気を攪乱する。ロベール・ド・モンテスキウや画家のホイッスラーに顕著なように、すべてを見下した侮蔑的態度、傲岸不遜な態度は人後に落ちない。

ダンディは恐ろしく禁欲的で、自己を克己し続ける不断の意志に貫かれた完璧主義者だ。苦行僧の趣さえある。傲慢なまでのナルシシズムに溺れているかと思いきや、実は厳しい自己統御の精神を終生保っている。「ダンディは鏡の前で生き、死ななければならない」とボードレールが言うように。

歴史的に見て、ダンディは十九世紀後半の唯美主義に多大な貢献をした。唯美主義を深めたワイルドも、彼が創り出したドリアン・グレイなる人物もダンディだ。ダンディは芸術至上主義やデカダンスを経て世紀末、そしてアール・ヌーヴォーやアール・デコが絶頂を極めるベル・エポックへと至る、文化の爛熟期の推進役だ。

メリメ——異国趣味と韜晦趣味

ダンディは常に他人と自分を差別化することを図るので、異国趣味をもつことが多い。十九世紀後半にフランスで流行したジャポニスムもその一環である。一般人の手に届かないものを旺盛な知識欲を駆使し、進取の気性で取り入れるのである。衒学趣味をある時は前面に打ち出し、またある時は隠し味に使い、二重にも三重にも人を煙に巻くことを楽しんでいた。言うなれば韜晦趣味である。意外性で衝撃を与えるのがダンディのやり方なのだ。

ここでビゼーのオペラで有名な『カルメン』(一八四五)の原作者であるプロスペル・メリメ(一八〇三―七〇)の名を挙げる必要があるだろう。意外にも、彼は古典語及び諸外国語に堪能な考古学者であり、文学では自称アマチュアであった。文化財保護監督官としての巡察旅行の経験を存分に生かし、彼の作品は異国趣味のオンパレードであり、とりわけ『カルメン』の末尾の章はジプシーに関するペダンチックな学問的解説となっている。歌劇にとっては無用の長物であるが、実はこれこそがメリメのメリメたる所以である。さらに、最初に出版した『クララ・ガスル Clara Gazul 戯曲集』はスペインの女優クララ・ガスルの戯曲の翻訳と見せかけた、メリメ本人による創作だった。おまけに、巻頭の肖像はというと当の女優の模写に見せかけて、実は頭巾を被り、肩を露わに出し、首に金の十字架をつけたメリメ自身であった。女装した自分の姿を巻頭に載せるという茶目っ気ぶりである。続いてイリリア民謡集として『ラ・グズラ』*La Guzla* を出すが、これも民謡集に見せかけた彼の創作だった。さらに、前者の Gazul と後者の Guzla は、明らかにアナグラムである。こんな調子で、彼は次から次へと人を煙に巻いてしまうのである。しかし単なるお笑いではなく、冷徹な明晰さと慇懃さと完璧主義がその韜晦趣味を覆っているのだ。

デカダンス

世紀末の特筆すべき流派として忘れてはならないもの、それはデカダンスである。「デカダンス」はもともと繁栄を極めたローマ帝国の没落と衰退期における頽廃的文化を意味する言葉であった。デカダンたちは機能主義や合理主義とは真っ向から対立し、俗物根性に傾きがちなブルジョワとは一線を画して精神的貴族主義を掲げ、閉鎖的な文学的ボヘミアン集団を築いていた。世紀末のデカダンスは当時、隆盛していた科学的実証主義に異を唱えるものであった。だから現実世界を科学の目で忠実に写し取ろうとする、同時代の自然主義とは相反するものである。ボードレールが自然よりも人工を優位とした「現代性《モデルニテ》」を提唱した頃から「デカダン」なる言葉は予言的に用いられていた。自然や道徳からは程遠く、あらゆる手段を弄して人工的に装うこと、細工することといった、尋常な形態から隔たった「頽廃」こそが求められたのである。ボードレールの詩集『悪の華』、一八六八年版の序文に見られる、ゴーチエが宣言した「腐敗した奔放な表現で既に大理石模様が刻み込まれ、爛熟したような言語」、「人工的生活が自然な生活にとって代わり、人の心に未知の欲求を発達させた、そのような国民と文明に必然的で宿命的な特有言語」(*EA*, 406) は、まさに前述した末期ローマ帝国の頽廃の極みであるビザンチウムの爛熟しきった言語なのだ。ヴェルレーヌは「我はデカダンス末期の帝国」と一八八三年に宣言しているし、「デカダン」という名詞を初めて使ったのは南米のウルグアイ出身でデカダンスの中心的詩人ジュール・ラフォルグ（一八六〇－八七）であり、モーリス・バレス（一八六二－一九二三）は『インクのしみ』（一八八四）にて当時の新しい精神をはじめて「デカダン」と形容している。普仏戦争の敗北で自信を喪失していたフランスが威信を取り戻したのは、ひとえにデカダンの存在によるところが大きい。フィリップ・ジュリアンに言わせれば、「薄桃色の九十年代」[24]である。ヴェルレーヌはデカダンスという緋色に輝く言葉が好きだと言っているし、ユイスマンスは小説『さかしま』（一八八四）において、デカダンスに関連のある作品やら事物やらを百科事典的に網羅している。倒錯趣味をもつ主人公デ・ゼッサントは自宅に自分の好みのありとあらゆる芸術品、発明品、貴金属、時に物珍しいがらくたを集め、日がな一日、それらを眺めては悦に入るという人工楽園をつくりあげた。そもそもデカダンの好む場所は豪華ながらくたが集積されたアトリエで、好む飲み物は緑色の妖精を思わせるアプサントと相場が決まっている。細部を一つも漏らさず描写しようとする徹底ぶりとすさまじいまでの執念に、一種のサディズムを見ることは十分可能であろう。

象徴主義とデカダンスとの関連も見ておく必要があるだろう。象徴主義の推進役であるマラルメは、宿命の女《ファムファタル》と呼ばれるサロメを題材とした劇詩《エロディアード》の中で、宝石の冷たい輝きを放つ人物像を表し、デカダンスを見事に体現している。ユイスマンスの『さかしま』では主人公デ・ゼッサントが未完に終わったこの詩の草稿を私蔵し愛好していたという設定になっている。音楽性を追求する象徴派の理念を拡大解釈して自由詩を好んで書いた、ギュスターヴ・カーン（一八五九－一九三六）、アンリ・ド・レニエ（一八六四－一九三六）、ヴィエレ＝グリファン（一八六四－一九三七）はもともとマラルメが自宅に若い青年たちを集めて開いた「火曜会」のメンバーであった。会の一員であるジャン・モレアス（一八五六－一九一〇）は一八八六年九月、「フィガロ」紙に「象徴派宣言」を発表する。ところがこれは、真に象徴派の数々の個性的な作品をついに超えることはなかった。宣言が宣言で終わってしまったのである。その弱体性の証拠に、宣言をした張本人が象徴主義運動のデカダン的傾向及び北方ゲルマン文学偏重からの脱却を目指して、一八九一年に古代及び古典主義を範とする「ロマンス語派」を意味する「ロマーヌ派」を創設し擬古典主義へと向かうが、これもまた数年しか続かなかった。その後プルーストは「白色評論《ルヴュ・ブランシュ》」の一八九六年七月十五日号に掲載された「晦渋性を駁す」（*EA*, 390-395）の中で、デカダン的傾向ゆえに明晰さからは程遠くなってしまった象徴主義を批判している。さらに一九一〇年前後になると、プルーストはモレアスの詩がバレスと同様、暗示することに終始するばかりで内容が月並みだとして、モレアスを手厳しく批判している（*CSB*, 310-312）。

6 世紀末の芸術

ラファエル前派

国家が理想として掲げる体制に順応する多数派と、それに異を唱える少数派としてのデカダンという構図は先に述べた。大勢が流される方向に疑問を感じた芸術家たちが、神秘的で社会主義的理想郷と思われた中世の純粋性へと回帰しようと試みたことはなんら不思議ではない。このような背景の下でラファエル前派はイギリスにおいて、ハント、ロセッティ、ミレーを中心とする若い七人の画家により産声を上げたのである。これは一八四八年に結成され、一八七〇年まで存続した。彼らはルネサンスの規範である物語と遠近法を作り出したラファエロを退けて、それ以前の画家たちを理想とし、因襲や規範に縛られず、中世美術の特徴である幻想性と装飾性とを前面に打ち出し、自然をありのままに表そうとしたのである。一八五一年には早くもラスキンが評論「ラファエル前派主義」を発表して彼らの擁護に乗り出している。一八五六年に開かれたラファエル前派展はロセッティの名声を不動のものにした。彼による女性像《ベアタ・ベアトリックス》(祝福されたベアトリーチェ)(一八六三)は憂いと妖しさをたたえ、「宿命の女《ファムファタル》」(美しさで男を誘惑して破滅させる残酷な女)の典型となっている。ロセッティの女性像はラファエル前派の最後の画家、バーン＝ジョーンズによる《黄金の階段》の乙女たちなどによって継承される。一八六三年、ビュルティは雑誌「美術のガゼット」においてロセッティ、バーン＝ジョーンズとボードレールの『悪の華』とを初めて関連づけて論じた。ロセッティやバーン＝ジョーンズの女性像のメランコリックな官能はデカダンスを予告するものともなっている。したがって、もともと装飾性の濃い倒錯趣味の絵画に魅せられていた、ジャン・ロランの『象牙と陶酔の王女たち』（一九〇二）には、謎めいた残忍さなどラファエル前派好みの主題が顕著に見られる。快楽と恐怖と美との危うい均衡の上に成り立つ、つれなき美女は、世紀末が求めた理想の女であった。すなわちそれは、「女性は家庭の天使」と規定した当時の社会的因襲に対する挑戦でもある。

ホイッスラー

ラファエル前派を擁護したラスキンが出たところで、宿敵ホイッスラーにも触れておきたい。ジェームズ・アボット・マクニール・ホイッスラー（一八三四―一九〇三）はアメリカ人であるが、主にロンドンとパリで活躍した肖像画家であり風俗画家である。一八七七年夏、グロヴナー・ギャラリーの柿落《こけら》としの記念展に展示されたホイッスラーの《黒と金色のノクターン――落下する花火》を見たラスキンが「公衆の面前で絵具を投げつけただけで二百ギニーを要求するとは破廉恥だ！」と非難攻撃したことが発端で、ホイッスラーは一八七八年十一月二十五日と二十六日に訴訟を起こしたのである。結局、ラスキンが敗訴し、一ファージング（四分の一ペニー」の損害賠償が命じられることになった。黒い背景に光を点描した、ホイッスラーの花火の絵は、明るい絵を好むラスキンの神経に障ったらしい。大胆な省略によって形と色を自律させ、洗練させ、単純化するというこの画家の技法はフランス様式とも呼ばれ、確かにイギリスでは非難されることがあった。だが、絵画において音楽的に表現することを意図し、《ノクターン》や《シンフォニー》といった音楽を意識したタイトルからも分かるとおり、二十世紀の抽象絵画の先駆ともなっている。これは言語の自律性を目指し、言語に音楽を追求するマラルメに大いに好かれることとなった。ホイッスラーはパリ滞在中には必ずマラルメの火曜会に出席していたし、この画家が自己の芸術観を披瀝した『十時の講演』(一八八五)を仏訳したのはマラルメである。これは一八八八年五月、「独立雑誌《ルヴュアンデパンダント》」に掲載され、同年、小冊子「ホイッスラー氏の『十時の講演』」としても発行された。あらゆるもの、日常の卑近なものにさえ美を見出すことが画家の務めであること、芸術は道徳と区別されるべきであることなどが説かれている。

ホイッスラーは後に『敵を作る優雅な方法』(一八九〇)を出版し、ラスキンをはじめとした非難攻撃から自己弁護を行う。このような本を出版することに、彼のウィットに長けたダンディぶりがうかがえる。この本をプルーストはホイッスラーの友人であるロベール・ド・モンテスキウから贈られ、また一九〇四年にはラスキン翻訳に際しての協力者マリー・ノードリンガーにプルーストがこれをプレゼントしている。また、プルーストの友人リュシアン・ドーデはホイッスラーの弟子であり、プルーストのホイッスラー理解に一役買った。したがって『失われた時』にホイッスラーを意識して書かれた部分が見られるのは、モンテスキウとリュシアン・ドーデのおかげにほかならない。プルーストがホイッスラーと実際に会ったのは一度だけだったが、互いに真っ向から対立したホイッスラーとラスキンの両者を共に真なりとして、彼は同様に認めていたのである。実業家チャールズ・ラング・フリアの所有するホイッスラーのコレクションが一九〇五年にパリで展示された際も、プルーストは病を押して見に行っている。『失われた時』の登場人物であるエルスチールの絵にも、ホイッスラーの海景画の痕跡が見られる。

モロー

フランスの世紀末の芸術家と言えば、筆頭に挙げられるのがギュスターヴ・モローである。ところが当のフランス人からは、彼はフランス人としてみなされていない。その証拠に彼の後継者はと言うと、ベルギーのクノプフ、オーストリアのクリムト、イギリスのビアズリー、そしてスイス、ドイツと北方にばかり偏っている。それほど彼が作り出したものはフランス的なものとは程遠いのだ。

パリのラ・ロシュフーコー通り一四番地に位置していた、生前のモローの自宅兼アトリエが彼の遺言により国家に遺贈されモロー美術館になっていて、そこに彼の作品が所蔵されている。一歩足を踏み入れると、外の喧騒とは全く別の幻想的な世界が広がっている。館内部に流れている空気は一種独特で、魅惑的であると同時に異様でさえあり、モローが過ごした十九世紀末にタイムスリップしたように感じる。モロー自身の精神世界そのものに直に触れているという感じだ。他の芸術家の作品がないだけに、入館してから退館するまでモロー一色である。プルーストはこの建物を「尊厳に満ちていて、しかも親しみ深い住居」と呼んでいる。

ユイスマンスの『さかしま』でも主人公デ・ゼッサントの目を通して、モローは熱烈に賛美されている。「宝石細工人や彫版師の芸術から、その最も繊細な技巧を借りた芸術」であるモローのサロメの絵は、ボードレールが詩で行ったことをまさに絵画の領域で実現したのである。デ・ゼッサントのモデルであるロベール・ド・モンテスキウは言わずもがな彼の大ファンであり、モローの自宅と同じ通りに住む従妹のグレフュール伯爵夫人に彼のことを教えた。夫人のサロンは女主人である彼女の審美眼にかなった世紀末の美しい芸術潮流を集めたものだったので、モローもそこに加わることになり、このサロンでは常連の女優サラ・ベルナールがモローのサロメに完全に同化していた。モローの崇拝者であるジャン・ロランに言わせれば、彼女は「モローの娘、サロメの妹」である。

『モローとその弟子たち展』のカタログの編者によると、モローの詳細綿密な描きこみは、ユイスマンス、象徴派の詩人たちに高く評価され、ブルトン、エルンスト、ダリなどシュルレアリスムへとつながっていく。(25) 鹿島茂氏によれば、十九世紀の人工性・装飾性がいったん死んだものを骨董品として集めたのがシュルレアリスムだという。具体的で既製のものを組み合わせるというこの並べ替えに引き付けられたのが澁澤龍彥である。

とりわけ、あらゆる種類の倒錯的な悪徳にふける神話や聖書の女たちを描いた、モローの《キマイラ》には圧倒される。人の姿が幾重にも折り重なり、「よくぞここまで」という徹底ぶりには常人を寄せ付けない並々ならぬ狂気さえ感じる。細かい物が散らかり放題で、全体が細部の犠牲になっている。細部の過剰と言うよりは、細部の増殖という表現の方がふさわしいのではないか。そこでは交叉アーチや小鐘楼などいろいろな建築が模作的に並んでいる。ニュルンベルグとフィレンツェが隣り合っているのはヴィオレ＝ル＝デュックのヴィジョンである。(26) 様々な時代のものが一堂に会しており、この描き方は一八八〇年代に「シャ・ノワール（黒猫）様式」として知られたものである。(27) このシャ・ノワールはデカダン派の詩人たちの詩が朗唱された、前衛的文学キャバレーの名に由来する。モローは母親に手紙でこの作品は、「イタリアおよびネーデルランドの芸術との連繋を保つ」と言っている。「イタリア」とは「プリミティフ」と呼ばれ、過剰な装飾美を特徴とするルネサンス前期絵画のことであり、「ネーデルランド」とはオランダ細密画のことであろう。キマイラの宮殿はバイエルン王ルートヴィヒ二世の城館をも思わせる。

この《キマイラ》が下絵で終わっていることにも注目しよう。モローは晩年になると緻密に描きこむ油彩を制作途中で放棄して、下絵段階で止めたり水彩画という手段をとるようになる。これを受け継ぎ、色彩と線の単純化という方法で発展させ、フォーヴィスムの様式を確立したのが、「省略の天才」と呼ばれたアンリ・マチス（一八六九―一九五四）である。ユイスマンスはマラルメをデカダンス文学の極致とみなしているが、マラルメの『イジチュール』も未完に終わっていることは留意すべきだろう。バルザックの『知られざる傑作』（一八三一）で画家フレンホーフェルが自分の絵の完成を認めず、その絵は意味の分からぬ色彩の塊と化してしまうことも思わせる。ジェラール・ジュネットは一九八三年、『新＝物語のディスクール』において「プルーストのテクストは我々の目の前で絶えずぼろぼろになる」と指摘している。この完成を妨げる要因のすべては「綿密に描きこむ」ことから生じているのではなかろうか。事細かにすべてを書こうとするがゆえに、同時に内部から解体されてしまうのである。しかし絶えずぼろぼろになるのを最後に修復する役目を担わされているのが、プルーストにおいては無意志的記憶ではないだろうか。

モンテスキウの著『いとも平然たる殿下』（一九〇七）の第一章はモロー論であり、ここには一九〇六年五月九日から二十八日までジョルジュ・プチ画廊で開催されたモロー展のカタログ序文が収録されている。プルーストはこれを読み、ジョルジュ・ド・ローリス宛の手紙で、「モローはなんてすばらしい画家でしょう」と褒めているのである（*Corr.* VII, 147)。

ジャポニスム

そもそも異国趣味は十九世紀のフランス文学、とりわけロマン主義をはじめとして随所に見られる特徴の一つである。この異国趣味が現実逃避志向と結びついて勢いを増した様子は、ボードレールの詩に顕著に認められる。長い間鎖国政策をとってきた日本も十九世紀半ばに至ってはいよいよ欧米諸国に開国を迫られ、一八五八年にアメリカ、オランダ、ロシア、イギリス、そしてフランスとも通商条約を締結し、日本文化が欧米に伝播することとなった。一八六二年にパリのリボリ街二二〇番地に開店したドソワ夫人の店「中国の小舟《ジャンク・シノワーズ》」では極東美術品を扱っており、文学のボードレール、ゴンクール兄弟やシャンフルーリをはじめ、美術ではマネ、ホイッスラー、ティソ、ファンタン＝ラトゥール、ブラックモン、さらに日本美術を称賛した美術批評家テオドール・デュレ（一八三八－一九二七）、東洋美術の収集家でもあった美術批評家フィリップ・ビュルティ（一八三〇－九〇）など、革新派の評論家や芸術家が顧客だった。同年開催のロンドン万国博覧会で、単純化され簡素な美しさをもつ日本の美術品や工芸品が紹介されたことに続いて、一八六七年の第二回パリ万国博覧会には日本も参加し、ジャポニスム元年と言われるほど、日本文化が熱狂的に迎え入れられた。ゴンクールの小説『マネット・サロモン』（一八六七）には、一章を割いてジャポニスムとの出会いが描かれている。ジャポニスムという言葉が正式に用いられるようになったのは一八七二年で、ビュルティに先立ってジュール・クラルティが命名した。その後一八七八年、八九年、一九〇〇年と十一年ごとに続く万博でも日本文化の紹介が好評を博し、時代の潮流とも相まって、いわゆるジャポニスム――日本の文化、様式の影響を受けたヨーロッパの美術・工芸や文化の表現方法――が興隆をみるのである。

フランスでジャポニスムが全盛となったのは一八八〇年から一九二〇年の間、とりわけ一八八〇年代後半から一八九〇年代にかけてである。

極東美術商サミュエル・ビング（一八三八―一九〇五）は一八八八年から一八九一年まで、フランス語、英語、ドイツ語で月刊誌「芸術の日本」を発行した。この月刊誌の影響力たるや甚大で、これのお陰でヨーロッパにジャポニスムが浸透したと言っても過言ではない。なお、大島清次他訳による邦訳が、一九八一年に美術出版社より出版されている。芸術を生活と同レベルに置く日本美術が、芸術を日常生活から切り離してきたヨーロッパの美術に新風を吹き込むことを説いている。そして彼が一八九三年、パリのデュラン＝リュエル画廊で「北斎と歌麿」展を開くと、印象派の擁護者らが、我が意を得たりとばかりに熱狂するのである。一八九五年の末には、日本美術工芸品を中心に東洋美術を扱う画廊として、ビングがパリのプロヴァンス街二二番地に「アール・ヌーヴォー」を開店する。これが後述する美術の一潮流であるアール・ヌーヴォーの元となったことは言うまでもない。このアトリエで一九〇二年から彫金師として働いていたマリー・ノードリンガーは、プルーストのラスキン翻訳に際しての協力者であり、彼を日本芸術へも導いた、重要な仲介者である。プルーストは、彼女が日本の素晴らしさを教えてくれたことにも感謝している（*Corr.* IV, 50-51.）。

プルーストをジャポニスムへと開眼させたのはマリー・ノードリンガーだけではない。ダンディの王様であり極度の耽美主義者と言われた、ロベール・ド・モンテスキウも忘れてはなるまい。[28] モンテスキウが師匠として仰ぐ耽美主義者で、「芸術のための芸術」を唱え、高踏派の詩人たちから師匠として仰がれたテオフィル・ゴーチエの娘に、ジュディット・ゴーチエ（一八五〇－一九一七）がいる。彼女は中国や日本に着想した作品『蜻蛉の詩』（一八八四）を書き上げた。これは『古今集』の和歌の仏訳であり、挿絵は山本芳翠、日本語からの翻訳は枢密院顧問の西園寺公望による。このジュディット・ゴーチエとつきあうことによって、詩人モンテスキウは日本美術に関心を持つようになったのである。また彼は高踏派の総帥ルコント・ド・リールの愛弟子であり日本美術の愛好家でもあった、エレディアと一八八二年に知己を得ている。高踏派の芸術至上主義的美学の典型と言われる、エレディアの詩集『戦勝牌』（一八九三）は、西洋から日本を含む東洋に至るまで幅広く題材を採っていた。さて、モンテスキウの初のジャポニスム研究は「ヨーロッパの日本人」であり、これは「ル・ゴーロワ」紙に一八九七年三月九日に発表され、同年、『考える葦』に再録されている。これを見ると、自然主義の作家として名高く、ジャポニスムの強力な推進者でもあった、エドモン・ド・ゴンクール（一八二二－一八九六）はもちろんのこと、日本訪問を題材とした『お菊さん』（一八八七）で有名なピエール・ロチ（一八五〇－一九二三）に触れている。詩人でもあるモンテスキウは、以上の文学者の影響を受けて、彼の詩集に日本を暗示した部分を随所に散りばめている。[29]

モンテスキウは、画家エルー（一八五九－一九二七）や、ラ・ガンダラ（一八六二－一九一七）と共に、社交界で「日本人」と呼ばれるほどの日本美術愛好家であった。『失われた時』の登場人物である画家エルスチールのアトリエの様子（*RII*, 190-199）はエルーのものだと言われている。さて、このモンテスキウとプルーストは一八九三年に親交を結んでいる。モンテスキウは日本の美術品の蒐集だけでは飽き足らず、日本人の庭師を雇って、自宅に日本庭園まで造ってしまった。(30)鈴木順二氏によれば、一八九五年にプルーストは敬愛するモンテスキウが催した「日本の散歩」に参加し、パリ郊外の日本庭園を訪問している。プルースト自身が「美の教師」と称えるモンテスキウに倣って、彼もまた浮世絵を所有するまでになった。(31)プルーストは鈴木春信の浮世絵《御手洗《みたらし》》をゴンクールのコレクションから買い取り、後にリセ・コンドルセ時代の旧友であり美術学校の図書館上級司書を務めるピエール・ラヴァレ（一八七二―一九四六）に寄贈したのである。

さて、ジャポニスムの中でもフランスの芸術に多大な影響を及ぼした、この浮世絵についてさらに考察しておきたい。浮世絵は江戸時代の初期に民間に始まり、「浮世」の名から分かるとおり、庶民の生活や風俗から題材を得ている。浮世絵版画の絶頂期は十八世紀半ばであり、歌川広重（一七九七―一八五八）や葛飾北斎（一七六〇―一八四九）が活躍したのはその絶頂期を過ぎた江戸時代後期であるが、彼らは風景画を刷新したことで共に高く評価されている。一八五六年にエッチング作家、ブラックモン（一八三三―一九一四）が陶器の詰め物になっていた「北斎漫画」を偶然、発見したことで、(32)浮世絵の存在がフランスにも知られるようになって以来、北斎はフランスで最もよく知られた浮世絵師である。(33)

この「北斎漫画」は日本の風俗や日本人の自然観を知る上で格好の作品であった。後になってゴンクールが、浮世絵を世界中に広めた日本人の画商であり評論家でもある親友、林忠正（一八五三―一九〇六）の協力を得て書いた、喜多川歌麿（一七五三?―一八〇六）の浮世絵に関する著作『青楼の画家・歌麿』（一八九一）や、『北斎――十八世紀における日本美術』（一八九六）、『北斎』（一九八八）はあまりにも有名である。(34) ゴンクールは日本芸術叢書を考えていたが、歌麿と北斎だけを出版し、光琳、笠翁、岳亭は未完に終わっている。

ホイッスラーは一八六三年にロンドンで早くも日本の浮世絵を発見しており、浮世絵から着想を得たと思われる作品も多く、フランスとイギリスにジャポニスムを広めるにあたって多大な貢献をした。浮世絵の影響が見られる彼の作品に、《紫と金色のカプリッチォ――金屏風》（一八六四）、《紫とバラ色――〝六つの印〟のランへ・レイゼン》（一八六四）、《陶磁の国の姫君》（一八六三―六四）、《肌色と緑のヴァリエーション――バルコニー》（一八六五）、《ノクターン――青と金色　オールド・バタシー・ブリッジ》（一八七二―七三）などがある。彼は絵だけに留まらず、織物や陶器のデザインも試みている。ロンドンにある自宅の居間を「孔雀の間」とし、その扉に孔雀の装飾をしつらえていたのもジャポニスムの影響にほかならない。ホイッスラー自身、ヴィクトリア朝の価値観に異を唱えた芸術至上主義者であったが、「芸術のための芸術」崇拝者、オスカー・ワイルドに浮世絵の面白さを教えたのも彼である。ワイルドの作り出した人物、ドリアン・グレイが手に入れた「緑がかった金に見事な羽の鳥を描いた日本の袱紗 Foukousa」にも日本趣味が見られる。

フランスでも、マネ（一八三二―八三）、モネ（一八四〇―一九二六）、ルノワール（一八四一―一九一九）、ゴッホ（一八五三―九〇）、ロートレック（一八六四―一九〇一）、ゴーギャン（一八四八―一九〇三）、ドガ（一八三四―一九一七）などの印象派の画家たちが、当時ヨーロッパに持ち込まれた浮世絵から多くを学び、発展させた。なかでもオランダ出身だがフランスで活躍したゴッホの浮世絵熱は他の追随を許さず、浮世絵の模写まで行うほどであった。日本のような強い光のもとで物を見たい、と言ってパリを後にして南仏に居を構えたのは有名な話である。一八六七年のパリ万国博覧会に展示された浮世絵の鮮やかな色彩と、西洋画の伝統には見られない斬新な技法が、多くの芸術家たちを驚嘆させ、印象派の画家たちに多大な影響を与えた。浮世絵がパリで熱狂的に迎え入れられたことは、エルネスト・シェノー（一八三三―九〇）が「パリにおける日本」（『ガゼット・デ・ボザール』一八七八年九月）の中で次のように証言している。「熱狂は全てのアトリエを、導火線を伝う炎にも似た速さで包んだ。人々は構図の意外さ、形状の巧みさ、色調の豊かさ、鮮やかな絵画効果の独創性とともに、それらの効果を得るために用いられた手段の単純なことを賞讃して飽きることを知らなかった」[35]。一八九三年、ビングがパリのデュラン＝リュエル画廊で「北斎と歌麿」展を開いたときに、ここを訪れたカミーユ・ピサロ（一八三〇―一九〇三）の感動ぶりは、彼の息子リュシアンに宛てた手紙でうかがい知ることができる。「広重は驚くべき印象主義者だ。私とモネとロダンは熱狂してしまった」[36]と絶賛しているのだ。このように画家たちはもちろんのこと、小説家ゾラ、そして美術批評家のビュルティやデュレは、浮世絵師こそが、最初にして最も完璧な印象派であると言い切っている。(37)共和主義者のデュレは一八七〇年のパリ・コンミューンの後、革命派によって暗殺されかけたが、危うく難を逃れ、アンリ・チェルヌスキー（一八二一―九六）と一八七一年から七三年にかけて極東旅行へ出かけたという経緯があった。それゆえ日本に赴くことなく日本美術を称賛していた他の大多数のフランス人と異なり、デュレは実際に日本を訪れ、大量の絵画を購入している。そんな彼は「印象派たちの出発点および存在理由」は浮世絵版画にあり、と明言している。(38)印象派が世間に認められるようになるのに容易ではなかったことを考え合わせると、当時前衛であった印象派を擁護することと、民間から生まれた浮世絵の芸術性を紹介することとが同時並行で行われたことは大いに合点がいくのである。稲賀繁美氏の指摘にもあるように、フランスにおける反アカデミズム、反古典主義の潮流がジャポニスムを進んで取り入れたわけである。(39)

もともと伝統的な西洋の絵画においては神を中心とする宗教画が最高の威信を誇り、あくまで人間表現が主体であり、自然は二次的なものにすぎなかった。ところが文学においてバルザックが先駆け、フローベールが完成したとされているがフローベール自身はそのレッテルを嫌っていたというレアリスムを経て、ゾラ及びゴンクールを中心とする自然主義へと移行するに伴い、絵画の分野でも自然や日常的な事物に焦点を当てた作品が描かれるようになった。と言うより、そもそもレアリスムというものは、画家クールベ（一八一九－七七）が絵画において主張したことを、小説家シャンフルーリ（一八二一－八九）とデュランティー（一八三三－八〇）が文学の領域に持ち込んだものなのである。シャンフルーリは当代きってのベストセラー作家であったが、現代では彼の作品そのものよりもむしろ、クールベを擁護し、評論『レアリスム』（一八五七）を著したことの方で知られている。そしてデュランティーの功績の一つは印象派の画家たちを早い時期から評価していたことである。したがって、美術におけるレアリスムの一形式である印象派が浮世絵に注目したのは、ごく当然の成り行きとも言える。レアリスムと自然主義が金科玉条として掲げる、自然と日常性の重視は、まさに浮世絵の特徴と重なるのである。構成学の観点からジャポニスムを研究した三井秀樹氏はジャポニスムの原点となった、非定形（アシメトリー）たる「自然」への憧憬は、もともと自然の造形に潜む「フラクタル（自己相似性）」と、西洋人が古代から美の原理として崇めてきた「黄金分割」に共通して根ざしたものである、と指摘している。[40] ビングは月刊誌「芸術の日本──一八八八－九一」において芸術を生活と同レベルに置く日本美術が、芸術を日常生活から切り離してきたヨーロッパの美術に新風を吹き込むことを説いた。またこの雑誌の最終号（第三六号、一八九二年四月）では、ロジェ・マルクス（一八五九－一九一三）が日本美術の印象主義への影響を述べている。[41] 批評家デュレも当時の美術界の権威に抗するが如く、印象派の擁護とジャポニスムの紹介とを並行して行っていることを忘れてはなるまい。[42]

アール・ヌーヴォー

アカデミー絵画と対極の立場にあるラファエル前派に属するロセッティの影響を受けたイギリスのウィリアム・モリスは、一八六〇年代にアーツ・アンド・クラフツ運動を起こして応用芸術の地位、すなわち生活空間の向上を目指した。実用性から発したものが装飾の分野にまで及んで美を培うこととなったのである。(43) 彼の追求した、自然をモチーフにしたデザインと、フランスのヴィオレ＝ル＝デュックが「即物的な美」を求め鉄を使うべきだとした動きが相まって、過剰に装飾性を追求する世紀末のアール・ヌーヴォーへと発展するのである。アール・ヌーヴォーという用語は、一八九五年の末、日本美術工芸品を中心に東洋美術を扱う画廊として、ビングがパリのプロヴァンス街二二番地に開店した店の名前に由来する。ビングの店でマラルメが嬉々として装飾的な家具を買ったことからも分かるように、象徴主義とアール・ヌーヴォーは通じているのである。(44) また、この店は印象派の次の世代のナビ派の画家たちが、工芸の分野で作品を制作するのにも力を貸した。

幻想性と装飾性が重んじられるアール・ヌーヴォーで特徴的なのは、ウォルター・ペイターの錯綜した装飾的な文体を思わせる、植物の枝や蔓をモチーフとした曲線模様である。それは見る者を幻想の世界に誘い込む、時に不気味な唐草模様や渦巻きである。そこには直線は見られず、しかも左右非対称であることが多く、遠近法を中心とした西洋の正統的伝統から大きくはずれている。前述したジャポニスムの興隆により、日本美術によく見られる自然景観や動植物のモチーフが使われるようになったのである。日本の山水画や花鳥画は、まさに自然のワンカットから自然全体を想起させる導入口である。辻惟雄氏によれば、そもそも、美術と工芸を区別してこなかった日本美術の本質は、日常生活の遊び心を忘れない「飾り」にある。縄文土器の名前にもなっている「縄文」とは文様飾りのことである。西洋によく見られる人間や事物の表象ではなく、工芸的な文様を操作し変形したものにすぎない。(45) 何を表しているか、が問題ではなく、どう表しているか、が問題なのだ。すなわち何かを表現するための飾りではなく、飾りのための飾り、言わば、文様第一主義と言えるものが、アール・ヌーヴォーへと受け継がれたと考えてよいだろう。したがってアール・ヌーヴォーの描線は、フィリップ・ジュリアンが言うように、カノンを重んじるラテン諸国の伝統からは異質なもので、むしろ北欧的と言ってよく、フランボワイヤン様式、ドイツ・ロココを思わせ、スラブやケルトの古い伝統に根ざしたものである。(46) フローベールの『ヘロディアス』に出てくるサロメの踊りも、蝶、虫、花、波、滝、嵐などを用いて描写され、動植物や自然のイメージに満ち満ちている。

とりわけワイルド作『サロメ』のビアズリーによる挿絵《孔雀の裳裾》(一八九四)の絵は、孔雀の羽根模様のドレスを着たサロメ、背後にいる孔雀、流水や動植物を暗示する曲線などにより、アール・ヌーヴォーを代表する作品であると言えよう。当時、ホイッスラーがロンドンにある自宅の居間を「孔雀の間」とし、その扉に天井まで達する孔雀の装飾をしつらえていた。これは彼のパトロンであるレイランドのために設計・制作したものである。一八九一年にこれを見て感動した英国人挿絵画家のビアズリーが、サロメの衣裳を描く際に孔雀の裳裾を使ったのである。孔雀は豪奢な美しさと悪徳の象徴を兼ね備え、異国的な趣もあるため、当時、大流行したモチーフであった。ホイッスラーが孔雀を好んだのは、それが異国情緒、とりわけ日本の情緒を呼び覚ますからである。モンテスキウは一九〇七年二月二十一日付「フィガロ」紙に論文「オーブリー・ビアズリー」を載せている。この記事を読んだプルーストは三月二十六日、モンテスキウ宛の手紙で、「先生がビアズリーについてあのような文章をものされたことに、とても感銘を受けました。もしこの私が、建築家や園芸家の予見 prévision について（この語は先生がお使いになったのですか？　いずれにしても、まさにぴったりのように思います）この文章の冒頭部分を書いたのだとしたら、私の気持はそれで収まり、あとはもう何かしようとは決して思わないで落ち着いていられることでしょう。なぜって、これ以上見事な何が書けましょう？」(*Corr.* VII, 121）と絶賛している。

デジャルダンによる「ワーグナー」誌の随所に見られるうねった描線と乱れ髪はアール・ヌーヴォーと無縁ではあるまい。そもそも、髪を解いた少女のイメージはアール・ヌーヴォーに特有のものである。それはウィーンにおけるアール・ヌーヴォーすなわちユーゲント・シュティールの代表的画家であるクリムトにも、オランダのヤン・トーロップにも、ムンクの描く《サロメ》にも共通して見られる。モーリス・メーテルランク（一八六二－一九四九）の戯曲『ペレアスとメリザンド』（一八九三）では、メリザンドの夫ゴローの弟であるペレアスが、密かに恋心を寄せる兄嫁と夜に会い、二階の窓から垂らした彼女の長く解いた髪を地上にいて接吻するという、有名な場面がある。ラファエル前派の絵画においても憂いを帯びた少女の像はあちこちに見られた。アール・ヌーヴォーはラファエル前派を特別な形で受け継いでいるのである。

唐草模様は読者を幻想へと誘い込む。人工天国を説くボードレールが唐草模様は最も観念的な模様だと言ったごとく、唐草模様は日常の次元であれば相容れないはずの物が重なり合い、絡み合うことを示唆している。そこにはエロス（生・性）とタナトス（死）との絡み合いも含まれる。澁澤龍彦の『唐草物語』もエッセイと小説が唐草模様をなし、互いが互いを侵食し、からまる迷宮となっているのである。唐草模様がそもそも植物から発したものであることが重要である。原田武氏が指摘するように、動物と異なり、生活感がなく非生産的な植物は、生殖を伴わない同性愛や両性具有といったテーマとも容易に結びつくのだ。[47] 美術史家アンドレ・シャステルは人間、動物、植物の雑種な結びつきは古代の「生き物の織り込まれた植物文様」が起源であるとしている。[48]

次から次へと、本筋と関係ないような脱線したような逸話が展開されるプルーストの書き方はアール・ヌーヴォーの装飾性と無縁ではあるまい。しかし重要なのは、装飾が装飾に終わるのではなく、装飾が次の装飾を呼んでいつの間にか本筋へと立ち返っていくことだ。歴史家アルベール・ソレルはプルーストの文体を、色彩とニュアンスに富んでいながら透明であるとして、アール・ヌーヴォーのガラス工芸職人エミール・ガレ（一八四六－一九〇四）に特有の、蔓植物を閉じ込めるガラス細工を思わせる、と評した。(49) 世紀末において、同性愛者のパトロンが若い芸術家を庇護し育てて世に出すことは日常茶飯事であった。モンテスキウは評論『美を天職とする人たち』(一九〇五)において、当時まだ世に認められていなかったガラス職人のガレ、宝石細工のルネ・ラリック(一八六〇―一九五四)、デボルド＝ヴァルモール夫人(一七八六―一八五九)を他に先駆けて評価した。モンテスキウはヴァルモール夫人の彫像まで建立し、一八九六年七月十三日にはドゥエにて記念碑除幕式が行われた。ただ、ガレはあらゆる人々に美を享受させることを目論んでいたので、自分を美の結社の中に閉じ込めようとしたモンテスキウからは結局のところ独立していった。ロレーヌ地方のナンシーにはアール・ヌーヴォー様式の建物が点在していることからもうかがえるように、この町はナンシー派と呼ばれる工芸家たちを多く輩出しており、ガレもそのうちの一人であった。もともとロレーヌ公国を統括するスタニスラス・レシチニスキー公爵の指揮のもと、ロココ調に統一されていたナンシーの町にガラス工芸職人が多く住んでいたことから、この地にアール・ヌーヴォーが発展する素地はかたまっていたと言える。アール・ヌーヴォーの職人としては、他に陶器のエルネスト・シャプレ(一八三五―一九〇九)などがいる。パリの地下鉄出入口をメトロポリタン METROPOLITAIN の特徴ある字体と共に曲線のアール・ヌーヴォーで仕立てたのは、エクトル・ギマール(一八六七―一九四二)である。新しい芸術を意味する「アール・ヌーヴォー」ではあるが、高階秀爾氏が『世紀末芸術』の中で強調しているように、新しいとはいえ、古い芸術と全く隔絶しているというわけではない。ギマールの「カステル・ベランジェ」(一八九四―九八)の装飾は十八世紀末のイギリスにおける広汎な中世趣味復活運動である「ゴシック・リヴァイヴァル」の一端とも言うべき、ゴシック末期のフランボワイヤン様式の曲線模様から影響を受けている。ビングの店「アール・ヌーヴォー」の室内装飾を担当した建築家ヴァン・デ・ヴェルデにおいてもゴシックの影響を抜きにしては語れない。古いものをとことん消化吸収した上で、新しいものを生み出そうとしたのが「アール・ヌーヴォー」だと言えよう。

7 世紀末の文学

象徴主義

象徴主義はボードレールが詩《万物照応《コレスポンダンス》》のなかで歌い上げた「象徴の森」において端緒を開き、ヴェルレーヌ、ランボー、マラルメがそれぞれ独自の手法で発展させた詩の一傾向である。そのありようは各人各様だが、言葉を駆使しつつ言葉の間に立ち現れる音楽を求めていることで共通している。言葉を事物の表象としてではなく、象徴として扱い、目に見えないイデアを求めていることから、事物をそのまま、あるがままに描こうとするレアリスムや自然主義とは対極にあると考えられる。

ここで象徴主義とデカダンスとは類縁関係にあることを指摘しておこう。ヴェルレーヌは一八八三年に詩《物憂さ》において「我はデカダンス末期の帝国」と唱え、翌一八八四年には『呪われた詩人たち』でランボー、マラルメ、トリスタン・コルビエール（一八四五－七五）らの象徴詩を世に知らしめている。さらに同年には「世紀末及びデカダンスの百科事典」とも言える、ユイスマンスの『さかしま』が刊行され、ボードレールは言うに及ばず、マラルメやヴェルレーヌが人口に膾炙するのに大きく貢献している。「デカダン」は世間から侮蔑的に使われた呼称であったが、一八八六年四月にアナトール・バジュにより堂々と「デカダン」誌が刊行された。

また、デカダン派を名乗る者はマラルメの火曜会のメンバーでもあることから、新たな詩的理念を模索していた。一八八六年九月十八日、「フィガロ」紙に「象徴派宣言」を出したジャン・モレアスも、同年、『言語理論』（一八八六）でマラルメの「イデー」追究を論じたルネ・ギル（一八六二－一九二五）も、ランボーの「イリュミナシオン」を掲載した雑誌「ヴォーグ」や「サンボリスト」を創立したギュスターヴ・カーン（一八五九－一九三六）も、デカダン派であると同時にマラルメの門下生である。だが、彼らはマラルメから多くを学び、消化吸収を試みたが完全には果たせず、師を超えるような、少なくとも比肩するような、自分なりの新しい詩を開拓するところまでは達せなかった。奇しくもデカダンスの詩人として名高いジュール・ラフォルグ（一八六〇－八七）はマラルメの火曜会が始まった頃、ドイツ皇后アウグスタのフランス語教師としてドイツの地にあり、パリに帰郷してからマラルメとは親交を深める間もなく夭折している。デカダンスはマラルメの門下生たちがマラルメの奥義を換骨奪胎できずに留まった傾向と見ることもできる。であればこそ、「象徴派宣言」の当の主謀者であるモレアスが、自由詩に見られるような象徴派の行き過ぎとデカダン的傾向に反対して、一八九一年には早くもそこから脱却することを意図し、ロマーヌ派を創始してギリシャ・ローマの古典に逆戻りするというようなことが起こるのだ。火曜会のメンバーであるアンリ・ド・レニエも同様に新古典主義へと退行している。ここにデカダンスを母体としてもつ狭義の「象徴派」の限界が見える。あまりにも凝った言語を追求しすぎて分かりにくくなってしまったのだ。そこで分かりやすさ、平明さを求めて古典主義に戻ったことは故なしとしない。

デカダンスも象徴派も俗人の侵しえない聖域を定めていることでは共通している。それが行き過ぎたときに、象徴派は晦渋さゆえに頓挫したと言っていいだろう。プルーストは「ルヴュ・ブランシュ（白色評論）」、一八九六年七月十五日号に論文「晦渋性を駁す」を発表し、紋切り型表現があちこちに見られ、内容が空疎で理解しがたい、と当時流行した象徴派の自由詩を厳しく批判している。「晦渋性を駁す」（*EA*, 390-395）というタイトルがより一層意味深長になるのは、論文の最後においてである。プルーストは詩人たるもの、もっと自然からインスピレーションを得よ、と言う。流行の自由詩に見られるような新語を一語も用いずに、暗闇〔晦渋性〕l'obscurité から光を作り出してきた自然から学べと。一八九六年八月のレーナルド・アーン宛の手紙でも、マラルメがメリ・ローランに捧げた四行詩を褒め称えてプルーストは言う。そこにはプレシオジテ〔貴族社会で流行った極端に凝った表現〕が見られつつも、誠実であり、自然さを保っていると。まさにマラルメの「黒大理石の暗い、磨かれた鏡に映っているイマージュ」を称賛しているのだ。

ここでプルーストが「誠実さ」にこだわっていることに注意しよう。彼は一九一〇年前後の執筆と推定される、「モレアス」と標記したカイエ三二のなかで、モレアスの不誠実な擬古主義を槍玉に挙げている。この詩人のギリシャ神話詩《エリピューレー》が古代の外面的な文体模写にすぎないこと、言葉少なに暗示しているのが美点とはいえ、月並みな決まり文句に終始していることなどを批判の理由としている（*CSB*, 310-312）。外面だけを見て先人から想を借りてくるのをプルーストは「不誠実」だと言っているわけだ。この点は後述する「偶像崇拝」とも関連する事項である。

プルーストによる辛辣なモレアス批判は、そのままデカダンス批判でもあるのではないだろうか。デカダンスから脱却しようとロマーヌ派を創始したモレアスであったが、結局はその後の詩集『叙情詩』（一八九九、一九〇二）でさえも、プルーストによれば、「月並み、霊感の息吹の欠如」（*CSB*, 311）を免れることはなかった。プルーストの生前は発表されなかった、ロベール・ド・モンテスキウを称える論文、「移ろいゆくものの帝王」において、モンテスキウがデカダンの一派と見られることに彼が強い抵抗を示していたことからも、プルーストがデカダンスを肯定的に評価していなかったことは見てとれるのである（*EA*, 407）。

ユイスマンス

世紀末の百科事典と呼ばれる『さかしま』（一八八四）の著者ユイスマンス（一八四八－一九〇七）は、父方の祖父がオランダの細密画家というオランダ系フランス人である。ゾラが一八七七年の『居酒屋』の成功を機に、購入したパリ郊外のメダンの別荘に自然主義を標榜する若者たちが集まり「メダンのグループ」を形成していたが、ユイスマンスもこのメンバーの一人であった。グループはゾラの発案で普仏戦争を題材とする短篇集『メダンの夕べ』（一八八〇）にこのメンバーの作品を集め、出版した。ユイスマンスもこれに寄せた『背嚢を背に』で文壇にデビューした。しかし彼は、人種、環境、時代で人間は決定されるというイポリット・テーヌ（一八二八－九三）の決定論的実証主義思想、及び自然科学の観察・実験の手法を取り入れる自然主義からは次第に遠のき、神秘的傾向を強めることになる。ゾラの『大地』（一八八七）が発表されると、弟子たちが師匠の文学的退廃を糾弾して、いわゆる「五人宣言」を「フィガロ」紙に発表し、これを機にメダンのグループも解体されるのだが、ユイスマンスはそれよりも早い時期にゾラの影響下から脱却していたのである。

しかし描く対象は違えど、事実を詳細かつ克明に、あるがままに描くという手法は彼に残った。細部が恐ろしく緻密なのは、オランダ細密画家であった祖父から譲り受けた血筋とも言えよう。細密画を思わせる列挙的な描写に特徴をもつ彼の作品を評して、よく「針小棒大」であると言われる。細部が全体の構造を壊してしまうほどの、細部への並々ならぬ情熱と徹底性は、母方の祖先の故郷スペインの情熱を受け継いだものだろうか。この細部への打ち込み方の過剰さは、同じく細部が増殖しているモローの、前述した《キマイラ》を思わせる。モロー自身、母親への手紙でこの作品は、ネーデルランドから影響を受けたものであることを明らかにしている。もちろん、これはオランダ細密画のことに違いない。フィリップ・ジュリアンはキマイラの宮殿を「書庫」とみなしている。(50) 博学な芸術家たちが書庫にある書物から霊感を得て細工物を再構成する、その様子が描かれたのがモローの《キマイラ》ではなかろうか。ありとあらゆるもの、すべてを入れ込まなければ満足しない完璧主義にのっとり、それゆえ百科事典並みのものが出来上がるというのは、もとをただせば、細部に至るまで事細かに描写する自然主義の手法から会得したものではないだろうか。描く対象は反自然主義的だが、自然主義的な手法をとことん貫いている。

アーサー・シモンズが「デカダンスの枕頭書」とも、「デカダンスの聖務日課書」とも呼ぶ『さかしま』はロベール・ド・モンテスキウをモデルとした主人公デ・ゼッサントが、俗物と交わることを拒絶し、自分の愛好する芸術品や工芸品のみで埋め尽くした自宅にこもり、昼夜逆転した耽美的な人工楽園の生活を送るという話である。彼はボードレール的世界への回帰を目指し、世間から隔離された耽美的な人工楽園生活に耽る。これが後にデカダン趣味のバイブル、さらにはダンディの模範となるのである。実際にはモデルはモンテスキウだけではない。『芸術家の家』でオートゥイユの住居を飾る異国の骨董品のカタログを作ったエドモン・ド・ゴンクールもモデルとなっている。『さかしま』がボードレールの影響を受けていることは多くの批評において指摘されているが、エドモン・ド・ゴンクールに負う部分を強調したものはごくわずかである。事実、ゴンクールはユイスマンスに対して「洗練された人物と豪奢な事物を描け」という忠告を与えており、ユイスマンスはこれに忠実に従っている。(51) ゴンクール流の、物を見たとおりに事細かに書くというレアリスムのやり方は、細部が過剰となり、いわゆる骨董趣味へと至ることは容易である。

際限なく増殖していく過剰な列挙に特徴があるが、鹿島茂氏によればこれは「過激なメトニミー〔換喩〕」ということになる。(52) 一般に換喩とは、あるものを表現するのに、それと共存関係のある別のもので表現する修辞法である。具体的には、結果の代わりに原因を、中味の代わりに容器を、意味されるものの代わりに記号を、それぞれ用いて表現する方法を指す。例として「グラスの中味を飲む」と言う代わりに「グラスを飲む」と言ったり、「住民を扇動する」と言う代わりに「町を扇動する」と言う表現などが挙げられる。すなわち町、住民……というように単語から単語へ、次から次へと横滑りしていくことである。マニアックな列挙ものとして有名なのはユイスマンスの『大伽藍』である。これについてユイスマンスが「名づけようのない物置小屋、一切合切が入った中性の練り薬のような何か」と言っているように、この書物が名前と事実の無味乾燥な羅列に終始した感は否めない。(53) それに対してプルーストは、メタフォール〔隠喩〕の作家として知られている。隔たった所にある二者の共通点を見出し、関連付け、

結び合わせるのである。(54)

デ・ゼッサントが好みのコレクションに向ける目が、そのまま世紀末作品の解説と批評になっていることにも注目しよう。芸術品についての批評、すなわち再構成で作品が成り立っていることは、モローの《キマイラ》と全く同様である。デ・ゼッサント自身もモローの絵を愛蔵している。作品について論じることがそのまま作品になっており、これが事典的な形をとっているのがまさに世紀末的なのだ。個人が事典を作るには、博識でなければできない。フローベールが『ブヴァールとペキュシェ』を書いたのと同様に、ユイスマンスもあらゆる専門書を参照し、机上の調査の上にたって執筆したのである。ありとあらゆるものを詰め込む……ユイスマンスは自分が手がけている『さかしま』の中には、「文学、芸術、花々、香水、家具調度、宝石、洗練を極めたありとあらゆるものが洗いざらい入るだろう」と予告していた。感覚の洗練を極度に追求しているため、作者自身の経験によるものかと思いきや、実は素材はそれぞれあまり知られていない典拠から借りている。有名な「口中オルガン」のエピソードでさえ、ユイスマンス研究者であるピエール・ランベールによれば、『味覚と嗅覚の化学――リキュールと香水を簡単かつ僅少の費用で作製するための基礎知識』という題の十八世紀の無名の小冊子に拠っている。(55)

このような机上の調査を基にした世紀末の百科全書とも言うべきユイスマンスの『さかしま』、各分野のありとあらゆる専門書を渉猟した挙句に執筆したフローベールの『ブヴァールとペキユシェ』……プルーストはそのような十九世紀的な「全体性」志向の中にあったことは間違いない。コンブレの「全て」を蘇らせた、マドレーヌを浸した紅茶の味と匂いに何よりも至福感を抱いたこと、最終巻ではこれまで経験してきたすべての時間を積み重ねた上に俯瞰するように立つことをイメージすることなど、全体性志向以外の何ものでもない。プルーストのテクストも、ややもすれば先人の作家たちの模作のパッチワーク、すなわち書物から借りてきたもので埋め尽くされる危険を孕んでいる。だから全体性志向を実現する際、材料を本からではなく、自分の経験、すなわち失われた過去に求めた。そしてちぐはぐでばらばらな雑多なものに統一性を与えるために「時」を貫いたとも言える。だからプルーストは『失われた時』を執筆することによって十九世紀の総決算をすると同時に、十九世紀を越えようとしたのだ。自らの十九世紀的なものを敢えて曝《さら》した上で、そこを脱却しようとしたのに違いない。したがってプルーストはモローの博識を誇る書庫のような《キマイラ》を越えようとしたのだ。既存の本を加工するだけではなく、自分の感覚を頼りに新たな構造を作り上げようとしたのであろう。

プルーストはモローを好んでいたのだから、『さかしま』においてモローに多くのページを割いているユイスマンスも愛読していたことが推察されるが、プルーストはユイスマンスについて多くを語っていない。さらにユイスマンスが始点では自然主義者としてゴンクールと同類である以上、プルーストによるゴンクールの模作があるのと同様にユイスマンスの模作があってもよさそうなものだが、存在していない。おそらくタディエが言うように、デカダンスの権化であるデ・ゼッサントのモデルが、若きプルーストが敬愛するロベール・ド・モンテスキウであることをモンテスキウ本人が否認している以上、弟子のプルーストとしては本書について多くを語れなかった[56]という事情があるのだろう。

ワイルド

オスカー・ワイルド（一八五四―一九〇〇）はイギリス人であるが、パリに滞在するたびにフランス人の文人たちと接触し、フランスのデカダンスをイギリスに耽美派という形で伝えた、世紀末を語るに際して必要欠くべからざる人物である。

ユイスマンスが作りあげた人物、デ・ゼッサントこそ、まさに自分の前身ではないかと、『さかしま』を読みつつ思う者がイギリスにいた。それこそがワイルド作、『ドリアン・グレイの画像』（一八九一）の主人公ドリアンである。ドリアンの嗜好は実に奇妙であり、その様子はとりわけ第十一章に詳述されている。音楽に関してはシューベルト、ショパン、ベートーヴェンを差し置いて「野蛮な音楽の耳障りな音程や甲高い不協和音」の方に心を動かされていた。だから奇妙な楽器を世界のあちこちから取り寄せ、「甲高い鳥の叫びを有するペルー人の土製の壺」や、「九マイル向こうまで聞こえるアマゾン族の耳をつんざくような笛」まで所有していた。それらに飽きると今度は、オペラ座の専用の桟敷でワーグナーの《タンホイザー》の序曲に自分の魂の悲劇が歌われるのを感じていた。

ドリアンは豪華ながらくたの集積が大好きなワイルド自身の趣味を色濃く反映している。(57) 世紀末の粋人が必ずそうするように、彼もまた宝石の研究にのめり込み、自ら五百六十個の真珠をちりばめた衣裳をまとって仮装舞踏会に現れたこともあった。古今東西の書を読み耽り、宝石に関する叙述をあちこちに見つけては想像力をたくましくし、「かつて人生はこんなにもはばなしかったのか！　その豪華な、あでやかな装飾！」と、著者ワイルドの声とも重なる、主人公ドリアンの感嘆の叫びを読者は聞くことになる。

壁画の役割をする綴れ織りの収集にも血道をあげた。綴れ織りは時を経た年代記的な意味合いもあり、古いものが多いので、「実物はどこにあるのだ？」と執拗に求めつつも、さすがに実物を入手するのは困難ゆえ、精巧きわまりない織物や刺繍の「標本」を集めることで満足したのである。実物ではなく、「標本」であることに注目しよう。すなわち本来使われるべき環境から切り離して、収集趣味のためだけに取り寄せるということだ。実用性はむろんゼロである。教会の儀式に使われる法衣、祭壇前面の掛け布、聖体布、聖杯のヴェール、聖面布《ヴェロニカ》も彼の関心から漏れることはなかった。神秘的な儀式を彷彿とさせ、想像力をかきたてられるだけで彼の関心を引くのに十分だった。昔のものは衣裳でも室内装飾でも実用性よりは装飾性に富んでおり、その装飾が物語やメッセージを雄弁に伝えていた。世紀末作家は実用性と合理性がもてはやされる二十世紀という時代がいずれ来ることを直感し、最後の抵抗を試みたのかもしれない。これに共感したのが澁澤龍彦氏であろう。また、過度の装飾性ゆえに建物全体が崩れてしまうことを阻止しようとしたのがプルーストではなかったか。また、ワイルドの文体にも注目せねばなるまい。内容がゴテゴテしていれば文体も錯綜している。簡潔な文体とは程遠く、あたかもアール・ヌーヴォーの唐草模様を思わせるような、うねうねとした装飾的な文体である。

ところで自然を模倣するクラシックな芸術に異を唱えるワイルドは、芸術こそが人生によって模倣されるのだと主張して、卑小な現実をありのまま描く自然主義文学は事実の偶像崇拝だとして完全に否定している。(58) ところがそのワイルドが、一般に自然主義の前身とされるレアリスムを代表する作家とされるフローベール作の『聖アントワーヌの誘惑』の翻訳をするときは、自らをフローベール二世と称してはばからなかった。(59) フローベールがいわゆるレアリスムの作家の域には到底留まらず、彼自身がレアリスムというレッテルを嫌っていたことも納得のいく話である。

しかし「ドリアンの時代」は一八九五年のワイルド投獄により幕を閉じる。ワイルドは少年アルフレッド・ダグラスとの同性愛関係をダグラスの父クインズベリー侯によって告訴され、一八九五年に有罪判決を受け、二年の懲役に服したのである。アルフレッドはワイルドが仏語で書いた『サロメ』(一八九三) の英語版訳者であったが、この一大スキャンダルにより世紀末の唯美主義、象徴主義、デカダンスは衰退していくことになる。

ロラン

　ポール・デュヴァルを本名にもつジャン・ロラン（一八五五－一九〇六）は、世紀末のデカダン派の作家であり、ジャーナリストである。プルーストにとっては実に迷惑千万な、ゴシップ好きのジャーナリストだ。まだ社交界の若造でしかなかったプルーストの処女作『楽しみと日々』（一八九六）に、大家であるアナトール・フランスが序文を寄せたことを、一八九六年七月一日付「ジュルナル」紙で厳しく非難した[60]ばかりではない。もともとロベール・ド・モンテスキウと反りが合わないロランにとっては、モンテスキウを慕うプルーストは彼の一派にほかならず、一八九七年二月三日付「ジュルナル」紙でプルーストとリュシアン・ドーデとの同性愛的関係をほのめかす中傷文を書くに至った。これを読んでプルーストは激昂し、二月六日、ムードンの森のヴィルボン塔の下で決闘を挑んだのである。幸い命に別状はなく難は逃れたものの、ワイルドの例でも見たように、当時、同性愛者の烙印を押されることは、罪人として追放されることに等しかった。

　ロランの小説『フォカス氏』（一九〇一）の登場人物であるエムリー・ド・ミュザレット伯爵は『羽根の生えたネズミ』の作者という設定になっているが、これは明らかにモンテスキウの詩集『蝙蝠《こうもり》』*Chauve-souris*〔ハゲのネズミ〕（一八九二）をもじった、当てこすりである。さらにこのミュザレットは作曲家ドラバールを庇護することになるのだが、これはモンテスキウが美青年ピアニストのレオン・ドラフォス（一八七四－一九五一）を庇護していたことを下敷きにしている。そして、これは『失われた時』の登場人物であるシャルリュスとモレルとの関係とも重なり合うのである。[61]面白いのは貧しい家庭に生まれた美青年ドラフォスをモンテスキウと引き合わせたのが、プルーストだったことである。これはプルーストが師として仰ぐモンテスキウの機嫌を取るためであり、モンテスキウはこれに満足して自著の詩集『蝙蝠』を「私に青い鳥をくれたマルセル・プルーストの思い出に」（一八九四年三月十五日）という献辞をつけてプルーストに贈っている。

『フォカス氏』を、それよりも十年前に出たワイルドの『ドリアン・グレイの画像』との対比で見るならば、ここではヘンリー卿がイギリス人画家イーサルに、ドリアン・グレイがフルヌーズ公爵に取って代わっているのである。悪徳貴族フルヌーズはフォカス氏の本名であるが、デ・ゼッサントやドリアンと同様、宝石蒐集家である。とりわけ海緑色の透明な色合いに魅せられていた。エドモン・ド・ゴンクールの『日記』から、ドイツのルネサンス前期絵画《プリミティフ》の美術家たちの聖母像に特徴的な、静謐な海緑色の眼差しを学んだロランは、自分が手がける作品において宝石や人の目のなかに、執拗にその色を求める。彼自身の目が海緑色であったこと[62]も特筆に値する。フォカス氏も緑色の背広に緑金のネクタイ、緑色の象牙のステッキ、おまけにネクタイの結び目にはエメラルドがはめ込まれているという徹底ぶりだ。シリアの女神であるが永遠の誘惑者、淫乱と海の悪魔アスタルテの眼差しは、緑色の透き通った藍玉《アクアマリン》の輝きなのだが、フォカス氏はこれを執拗に求め、挙句の果てに自己を見失っていく。他の芸術作品のなかにも似たような眼差しを認め、青緑色に執着し列挙する様は、まさに「偶像崇拝」である。緑色がワイルドによっても偏愛されていた色であることを指摘しておこう。一八九二年、『ウィンダミア夫人の扇』の初演の際、ワイルドは仲間たちに緑色のカーネーションを胸に飾ってくるように頼んだ。稀少で自然に反した緑色の花は同性愛の記号でもある。

プルーストの『失われた時』にも、残忍さを漂わせた緑色の目が印象的な場面がある。サン＝トゥーヴェルト侯爵夫人邸に着いて馬車を降りたスワンを、いそいそと出迎える召使たちの群れから少し離れた所に、制服を着た大きな男が何をするでもなく、じっと動かず彫像のように立っていて、夢見がちにその光景をぼんやりと「青緑色の残忍な目」で追っているのである（*RI*, 318）。前述した三島由紀夫の「孔雀」で孔雀を殺して美しさに見とれる少年の目に相通ずるところがあるのかもしれない。さて、この「青緑色の残忍な目」がマンテーニャ（一四三一－一五〇六）のある絵の背景に描かれた戦士を思わせるという。それは最も騒然としたシーンの絵で、仲間がつかみ合ったり殺し合ったりしているそのそばで、自分は超然としていようと決めたかのように、楯にもたれて物思いに耽っている純粋に装飾的な戦士を思わせるというのだ。マンテーニャはイタリア・ルネサンスのマントーヴァの画家で、プルーストも『失われた時』の中でたびたび言及するほど偏愛していた。とりわけ有名なのがルーヴル美術館に所蔵されている《聖セバスティアヌスの殉教》（一四七五－八〇）である。磔刑に処せられ、矢を射られて天を仰ぐ聖セバスティアヌスの姿は同性愛者に好まれた題材であった[63]。ところで語り手の弁によれば、楯にもたれて物思いに耽っているこの戦士は消え去った種族の一員であって、サン・ゼーノの祭壇画かエレミターニの壁画の中にしか存在したことがないという。パドヴァのエレミターニ教会のオヴェターリ礼拝堂の壁画は《聖ヤコブの殉教》(一四五三―五七)である。前景には凄惨な刑の執行場面が描写され、少し後景にはこの惨事に心動かされぬ様子で楯にもたれて立っている戦士が存在する。吉川一義氏はこれに関して、「いかなる悲劇も他人ごととしてやりすごしかねない人間本性への洞察をユーモアとして画面に表現した」[64]との見解を示している。ユーモアの表現はプルーストの真骨頂発揮と言ってよい。そこからさらにもう一歩踏み込んで、この戦士が属する「消え去った種族」について考えてみよう。性愛を容認していた古代ギリシャか、あるいは男色を特徴の一つにもつ古代ローマであろうか。するとこの戦士は同性愛者や性的倒錯者がもつ残酷さをもっている、と考えられないだろうか。同性愛者は批評的人間と同様、陰惨な光景を前にしても超然としているがゆえに結果として残酷なのではなかろうか。その後のプルースト自身による記述によれば、マンテーニャはギリシャ彫刻を絶えず研究していた。マンテーニャの描く人物の髪の毛はギリシャ彫刻のごとく、豊かにからみあっている(*RI*, 319)し、彼の描く人物も、彫刻のようにじっと動かないのが特徴である。[65] この凄惨な場面を前にしての静的不動性は世紀末の特徴でもある。モローの絵においてはサロメの舞、ヨハネの斬首という動的かつ衝撃的な場面においても、描かれた人物は時間が止まったかのように静的である。アンリ・ド・レニエの小説にもギリシャ彫刻のように不動の人物が出てくるのだ。

シュオブ

十九世紀の百科全書派と評される博学多才なマルセル・シュオブ（一八六七―一九〇五）は、語学が堪能でギリシャ語、サンスクリット語、中世フランス語、英語など多彩な語学力を駆使して翻訳書も多い。中世の詩人ヴィヨンの文献学的研究も行っているだけに、末期ラテン語にも関心があり、爛熟腐敗した時代の出来事を古文書から調べるのに大いに役立った。こうして中世の虐殺や略奪に関する年代記作家の文章をつなぎ合わせてできた作品が『偽りの顔』である。彼はワイルドをパリの文学界に紹介し、ワイルドの讃美者だけあって、作品の基調にはサディズムがある。モンテスキウに忘れ去られた異様な書物の題名を知らしめ、彼の詩の語彙を豊かにするのに貢献したのもシュオブである。(66) また彼の博識を生かした文章は、澁澤龍彦の博物学者然とした文体に相通ずるものがある。プルーストが出入りしたアルマン・ド・カイヤヴェ夫人の文学サロンにはシュオブも通っていた。(67) しかしシュオブは三十七歳で夭折しているため、プルーストとの接点はあまりない。

ダンヌンツィオ

ガブリエーレ・ダンヌンツィオ（一八六三―一九三八）は、イタリアの耽美派愛国詩人であり作家である。ワーグナーや、超人思想のニーチェを崇拝し、英雄的行動の中に美を追求した。最初の長篇小説『快楽』（一八八九）で作家としての名声を得た。第一次大戦時、ブッカリの海戦「ブッカリの敵愚弄作戦」で勲功を立てるが、一九一九年、ヴェルサイユ国際会議を無視して、千人隊の隊長としてフィウメ（現クロアチア、リイェカ）を占領、一九二一年までフィウメ市臨時政府主席を務める。一九二〇年にはイタリアとユーゴスラヴィアとの間のラッパロの条約によって、イタリアの正当な権利が認められた。わずかの部下と共にフィウメから帰ってきたダンヌンツィオは凱旋将軍、愛国の志士である。その後、北イタリア、ガルーダ湖畔の丘の上に、軍艦《ヴィトレアーレ》を引揚げて、内部を改装し、池あり滝あり谷間ありの広大な庭園を有する豪壮な三階建ての別荘に仕立てて、《イル・ヴィトレアーレ》と称す。戦時中の功績により、一九三四年、モンテ・ネヴォーゾ公爵となる。そればかりではない。イタリア国王及び首相の名の下に、豪華なダンヌンツィオ全集五十巻が出版される。葬儀には政府を代表してムッソリーニ首相が参列した。「愛国的英雄」を志向しそれを演じきった伊達男だった。

ダンヌンツィオの聖史劇『聖セバスチャンの殉教』(68)は、ロベール・ド・モンテスキウが彼にフランス語で書くことを勧め、モンテスキウが起用したクロード・ドビュッシー（一八六二―一九一八）と組んで完成させたオペラである。もとはと言えば、モンテスキウがディアギレフに率いられたロシア・バレエ団の一行の中にロシア生まれのバレリーナ、イダ・ルビンシュタイン（一八八〇―一九六〇）を発見して、彼女をダンヌンツィオに紹介したのが始まりだった。クレオパトラに扮したイダを見てダンヌンツィオは、彼が聖セバスチャンに抱いている両性具有的なイメージを完成させてくれるのは彼女しかいないと確信し、彼女のためにこの戯曲を書いたのである。作曲ドビュッシー、装置レオン・バクスト、振付ミシェル・フォーキン、音楽指揮アンドレ・キャプレ、そしてモーリス・バレスへの献辞付きという形になった。しかし反ドレフュス派で右派のバレスは、聖人を題材としながら異教趣味で教会に睨まれること必至のダンヌンツィオの戯曲の献辞を渋々引き受けたのが実情であった。この作品には世紀末デカダン文学のあらゆる主題が集められている。装置は崩れゆくビザンチンの古代世界。セバスチャンに恋する暴君は、「奴は何と美しい！」と叫びつつも、愛するものを殺すのであり、一方、セバスチャンは「より深く私を傷つけるものこそ、より深く私を愛するものだ」と言いつつ苦痛の中に快楽を求める、両者ともサド＝マゾヒズムの体現者である。もともとダンヌンツィオは、自作『聖セバスチャンの殉教』が、ルネサンス期のイタリアの偉大な女流詩人ヴェロニカ・ガンバーラの詩の中の一節、「最《い》と深くわれを傷つけるは、最《い》と深くわれを愛す人」を発展させたものになることを予告していたのである。

一九一一年五月二十二日、プルーストはモンテスキウがパトロンとなった、『聖セバスチャンの殉教』の、シャトレー座で上演された総稽古に出かけている。初日のちょうど二週間前、五月八日には、パリ大司教が、未だ出版もされず上演もされていない『聖セバスチャンの殉教』を非難して、この度の公演に従事するカトリック教徒はすべて破門に付されるであろう、との警告を発する。そもそも反キリスト教的で背徳的な作品の作者としてよく知られていたダンヌンツィオが、聖セバスチャンを芝居にする以上はその官能的、耽美的側面から甘美な死と豪奢な美を舞台効果として謳いあげることは容易に予測がついた。教会が禁止しようとするのも無理はなかったが、ダンヌンツィオとドビュッシー連名による、反キリスト教的なものではないという感動的な声明文を出すことによって、やっと幕が上がったのである。

五月二十三日、パリのシャトレー座にて、『聖セバスチァンの殉教』が初めて上演され、大成功を収める。観客には、コポー、リュシアン・ドーデ、ロスタン、クローデル、コクトー、ジッド、プルースト、メーテルランク、アンリ・ゲオン、ヴァレリ・ラルボー、シュランベルジエ、ジャムなど、そうそうたるメンバーが集まった。モンテスキウの電撃的な熱狂ぶりは隣に座ったプルーストにも伝わった。『マルセル・プルースト――伝記』の著者ペインターは、モンテスキウと彼の秘書で同性愛の相手でもあるガブリエル・イチュリの両者を聖セバスチャンになぞらえている。一九〇五年に最愛の秘書を亡くした傷心のパトロンは、異教徒に矢を射られた聖セバスチャンそのものであり、そしてペルジーノが描いた美少年、《聖セバスチャン》こそ、モンテスキウがルビンシュタインの面影に求めた、今は亡き愛弟子であるとしている(69)。モンテスキウは「演劇」誌の六月号に「金の大天使あるいは矢の刺さった射手」というタイトルでこの戯曲の批評を書いて、装置家バクストを称賛した。彼は六月一日の「ジル・ブラース」紙にも「矢の影」という題の演劇評を書いている。これら二編の論文は単行本『君主たち』(一九一六)に再録されることになる。モンテスキウは装飾的で雅語・古語や異教の固有名詞にあふれたダンヌンツィオの文章を褒め上げているのだ。モンテスキウ自ら指導したとおりの出来栄えとなったのであるから、当然と言えば当然である。そしてヨーロッパの数多《あまた》の美術館に収められた様々な画家による聖セバスティアヌス像を列挙することで、評論をしめくくっている(*Corr.* X, 289, 300, 301)[70]。プルーストはモンテウキウの評論は褒めているが、上演されたこの戯曲自体はあまり評価していない。これは後に指摘する、モンテスキウに見られる「偶像崇拝」の欠点をダンヌンツィオにおいても見出したに相違ない。この作品が総じて文学的に高い評価を得られなかったことは確かである。時は既に一九一〇年代であり、世紀末の特徴とも言える冗長で装飾過剰な言い回しは観客を辟易とさせたことだろう。内容の全体的な評価としても賛否両論があり、案の定、大胆にもアドニスとキリストとを同一視し、異教徒の官能性とキリスト教精神を結びつけようとする台本がけしからんとばかりにパリ大司教から弾劾されて、十一回の上演で打ち切られ、その後は再演されることがなかった。

注

(1) 富士川義之「『退化論』デカダンス批判の書」『週刊朝日百科18　世界の文学』、朝日新聞社、一九九九年、三一二五三頁。
(2) ドミニック・フェルナンデス『ガニュメデスの誘拐』岩崎力訳、ブロンズ新社、一九九二年、九七頁。
(3) 同書、二八二頁。
(4) プラトン『饗宴』久保勉訳、岩波文庫、一九五二年、一八一―一八二頁。
(5) これに関しては、海野弘『ホモセクシャルの世界史』、文藝春秋、二〇〇五年、「ホモカルチャーの先駆け　ディアギレフのバレエ・リュス」、二九九―三二三頁を参考にした。

（6）庇護者ディアギレフとダンサーであるニジンスキーの関係を参考に、プルーストはシャルリュスとヴァイオリニストのモレルとの関係に置き換えて草稿で活用したことを、吉田城氏が「プルーストの草稿を読む――ニジンスキーの登場をめぐって」（『ユリイカ』、二〇〇一年四月、一三九頁）で指摘している。
（7）Honoré de Balzac, *« Le Lys dans la vallée »*, *La Comédie Humaine*, t.IX, Gallimard, la Pléiade, 1978, p.1056.
（8）アンドレ・シャステル『グロテスクの系譜』永澤峻訳、筑摩書房、ちくま学芸文庫、二〇〇四年、一七五頁。
（9）同書、一七七頁、二九二―二九三頁。
（10）八木敏雄『ポー――グロテスクとアラベスク』、冬樹社、一九七八年、一五三頁。
（11）同書、一五一、一五六頁。
（12）同書、一六四頁。
（13）清水徹「マラルメとモード」『無限』、一九七六年、三九号、四五頁。
（14）シャステル、前掲書、一八四頁。
（15）八木、前掲書、一五二―一五三頁。
（16）シャステル、前掲書、一八〇頁。
（17）工藤庸子『サロメ誕生――フローベール／ワイルド』、新書館、二〇〇一年、六三頁。
（18）マリオ・プラーツ『肉体と死と悪魔――ロマンティック・アゴニー』倉智恒夫他訳、国書刊行会、二〇〇〇年、二三一―二三三頁。
（19）同書、二二九頁。
（20）ジャン・ピエロ『デカダンスの想像力』渡辺義愛訳、白水社、二〇〇四年、三八一頁。
（21）清水、前掲論文、四三頁。
（22）これに関しては、中村栄子『プルーストの想像世界』、駿河台出版社、二〇〇六年、一七三―一七四頁で考察されている。
（23）詳しくは、生田耕作『ダンディズム』、中央公論社、中公文庫、一九九九年を参照されたい。
（24）フィリップ・ジュリアン『世紀末の夢――象徴派芸術』杉本秀太郎訳、白水社、二〇〇四年、三八頁。

(25) 鹿島茂『ギュスターヴ・モロー——絵具で描かれたデカダンス文学——』、六耀社、二〇〇一年、一〇七頁。
(26) ジュリアン、前掲書、七三頁。
(27) 同書、六〇頁。
(28) Antoine Bertrand, *Les curiosités esthétiques de Robert de Montesquiou*, tome I, Droz, 1996, p.123-163.
(29) *Ibid.*, p.153-157.
(30) 木々康子『林忠正とその時代』、筑摩書房、一九八七年、二二五頁。
(31) モンテスキウの所有していた浮世絵に関しては、A.Bertrand, *op.cit.*, p.135, n.92を参照。
(32) この伝説の真偽を巡っては、瀬木慎一「浮世絵のヨーロッパへの伝播」、大森達次編『浮世絵と印象派の画家たち展』、二〇〇一年日本委員会、一九七九年、一八五—一八六頁を参照されたい。
(33) 北斎がフランスで巨匠の地位を得る経緯に関しては、稲賀繁美『絵画の東方』、名古屋大学出版会、一九九九年、第三章第二節「浮世絵師から東洋の巨匠へ——北斎の列神式」、一五三—一七五頁参照。
(34) *Outamaro, le peintre des maisons vertes, L'art japonais au XVIIIe siècle*, Flammarion et Fasquelle, 1891; *Hokousaï, L'art japonais au XVIIIe siècle*, Fasquelle-Flammarion, 1896; *Hokusai*, Flammarion, 1988.
(35) 「パリにおける日本」稲賀繁美訳、大森達次編、前掲書、一九七、二〇七頁。Ernest Chesneau, « Le Japon à Paris », *Gazette des Beaux-Arts*, septembre 1878, p.387.
(36) Camille Pissaro, *Lettre à son fils Lucien*, Albin Michel, 1950, p.298.
(37) Théodore Duret, *Critique d'avant-garde*, Paris, 1885, p.165.
(38) Théodore Duret, *Peintres impressionnistes*, Dentu, 1878, p.12.
(39) 稲賀、前掲書、第三章「ジャポニスムと日本美術——規範の葛藤」、一四七—一九二頁。
(40) 三井秀樹『美のジャポニスム』、文藝春秋、文春新書、一九九九年、第三章「ジャポニスムの美学」。
(41) ビング『芸術の日本——一八八八—九一』大島清次他訳、美術公論社、一九八一年、「極東及び日本の美術の役割と影響について」、四八七—四九五頁。
(42) 稲賀、前掲書、一六七—一六八頁。このほか、稲賀『絵画の黄昏』、名古屋大学出版局、一九九七年、第六章も参照のこと。
(43)高階秀爾『世紀末芸術』、筑摩書房、ちくま学芸文庫、二〇〇八年、一二五、一三四、一三八頁。
(44)同書、一九一頁。
(45)辻惟雄『日本美術の歴史』、東京大学出版会、二〇〇五年。
(46)ジュリアン、前掲書、二四〇頁。
(47)原田武『プルーストと同性愛の世界』、せりか書房、一九九六年、二九一頁。
(48)シャステル、前掲書、一八二頁。
(49)ジョージ・D・ペインター、『マルセル・プルースト――伝記　下巻』岩崎力訳、筑摩書房、一九七八年、一〇頁。
(50)ジュリアン、前掲書、二一一頁。
(51)ロバート・バルディック『ユイスマンス伝』岡谷公二訳、学習研究社、一九九六年。とりわけ、第二部、1「デカダンス運動の火付人『さかしま』」。
(52)『澁澤龍彥翻訳全集七　さかしま』、河出書房新社、一九九七年、月報。
(53)バルディック、前掲書、三七九頁。
(54)他方、メトニミーなしに小説『失われた時』は成立しえなかったことは、Gérard Genette, « Métonymie chez Proust », *Figures III*, Seuil, 1972, p.41-63 で詳細に論じられている。
(55)バルディック、前掲書、一二八頁。
(56)ジャン゠イヴ・タディエ『評伝プルースト　上』吉川一義訳、筑摩書房、二〇〇一年、一七二頁。
(57)ジュリアン、前掲書、三六頁。
(58)ピエロ、前掲書、三三―三四頁。
(59)同書、二八頁。
(60)タディエ、前掲書、上、二七二頁。
(61)同書、一九六頁。
(62)プラーツ、前掲書、四八〇―四八一頁。

(63) 聖セバスティアヌスに関しては拙論、「『聖セバスチャンの殉教』——三島由紀夫とフランス文学——」『比較文化研究』(筑波大学)、第二号、二〇〇六年、七七‐八八頁も参照されたい。
(64) 吉川一義『プルーストと絵画』、岩波書店、二〇〇八年、五七頁。
(65) 同書、五六頁。
(66) フィリップ・ジュリアン『1900年のプリンス——伯爵ロベール・ド・モンテスキュー伝』志村信英訳、国書刊行会、一九九六年、一八七頁。
(67) タディエ、前掲書、上、一〇四頁。
(68) 詳しくは、吉田城「聖セバスチアンの殉教のエロティスム　ダヌンツィオ、モンテスキウ、プルースト」、吉田城編『テクストからイメージへ——文学と視覚芸術のあいだ』、京都大学学術出版会、二〇〇二年、一八七‐二三一頁を参照のこと。
(69) ペインター、前掲書、下、一七三頁。
(70) タディエ、前掲書、下、一九五、四七五頁。

第二章

プルーストと世紀末

1 プルーストが愛読した作家たち

バルザック

プルーストは『サント＝ブーヴに反論する』の中で、十九世紀のフランス文学史上に燦然と輝く詩人や作家たち――ボードレール、フローベール、ネルヴァル、バルザック――のサント＝ブーヴによる批評に関しては、到底納得できないとして反論すると同時に、プルースト自身による彼らの批評も行っている。さて、これら四人の中でプルーストが最も辛辣に評しているのは、バルザックである。サント＝ブーヴによる批判からはバルザックを擁護しながらも、バルザックには「文体はない」とまで断言して結局は批判しているのだ。しかしプルースト自身、少年時代からバルザックを愛読していたし、もともとバルザックを読むのはプルーストの家族共通の話題であった。『サント＝ブーヴに反論する』を執筆する直前の一九〇七年においても、プルーストの大好きな作家はバルザックで、友人ジャンペルにも読み返すのを勧めたほどであり、バルザックの次に好きなのはサン＝シモンであった。プルーストにとってバルザックは、彼と肩を並べるべく生涯を通じて意識していた作家なのである。『スワン家のほうへ』が出版されると、一九一三年十二月九日のフランスシス・ジャムからの手紙で、「シェークスピアやバルザックに比肩する」と評価され、「タキトゥスばりの文章」だと称賛された（*Corr.* XII, 372, 373）

ことに大いに満足している。さらに偶然とはいえ、プルーストがバルザックと同様、五十一歳で他界していることも、先輩格のライバルとしてバルザックを極度に意識していたゆえの結果であろうか。バルザックがポーランドの貴族ハンスカ夫人を想い文通を続けて、彼女との結婚を成就させるために身を削って原稿を書き続けた十八年間は、プルーストが母親の死後、いよいよ本格的に長篇小説への道を模索し、遂に完成へとこぎつけた十七年間と、奇妙にも類似してはいまいか。たとえ両者が動機は異なるにせよ、一人の女性を想い続け、命をすり減らしながら、文学に全身全霊を傾けたという意味において。借金苦をかかえながら、一日に何杯もコーヒーを飲み、十二時間から十五時間にも及ぶ長時間、執筆し続けたバルザックと、持病の喘息に苦しみながら、コルク張りの部屋に閉じこもって、ベッドの上でも原稿や校正刷りに手を入れていたプルーストを見比べると、両者は生きていた時代こそ異なれども、その姿は驚くほど重なり合う。しかし長年の念願かなってハンスカ夫人と結婚したバルザックは、新婚生活わずか五ヶ月で過労のために亡くなるという悲運に遭遇する。

プルーストはバルザックのどんな点を批判しているのだろうか。『サント＝ブーヴに反論する』所収の「サント＝ブーヴとバルザック」は、バルザックのスノビスム批判から始まる。これは一九〇九年春に執筆されたものだが、まずベルナール・ド・ファロワがバルザックの死後百周年に合わせて『ゲルマント氏のバルザック』(一九五〇)を出版し、ここでの章立てでは「ゲルマント氏のバルザック」、「バルザックを愛すること」、「カルダイエック侯爵夫人」となっている。最後に「カルダイエック侯爵夫人」のみを独立させたのは、彼女が後にジルベルト・ド・サン＝ルー侯爵夫人となり、「スワン家のほう」と「ゲルマントのほう」の二つの方角を結び合わせる重要人物となるとの認識からであろう。同じくファロワ版の『サント＝ブーヴに反論する』（一九五四）では、第一一章「サント＝ブーヴとバルザック」と第一二章「ゲルマント氏のバルザック」とに分けて、章立てされており、先の『ゲルマント氏のバルザック』とは順序が入れ替わっているだけでなく、収録内容も多くなっている。そして一九七一年にはピエール・クララック編纂により、プレイヤード版『サント＝ブーヴに反論する』が出版されるが、小説内容を削除し評論に絞るという趣旨のもと、ファロワ版とは大幅に趣を異にしている(1)。

ハンスカ夫人との大恋愛の末のバルザックの結婚は、金銭的欲望よりも彼の社会的野心、すなわち社交界の名士たちと、思う存分つきあえることを大いに満たすものであった。それにまつわる俗物根性《スノビスム》を、彼の妹宛の手紙を引き合いに出して、プルーストは延々と述べている。そしてバルザックの小説もまた実人生と同様、卑俗さを美へと昇華させずに、そのまま提示するものだと言う。プルーストはバルザックの作品と現実との間には、「何ら境界がない」とまで言い切っている。一九〇六年刊行の翻訳『胡麻と百合』に付された序文「読書について」の注で、バルザックの作品は「精神があまりにも生に近い現実と混じり合っているので」、小説としてと言うよりは、歴史的書物として読めるほどだと指摘している。ただ、現実に密着するその卑俗さが並外れて徹底しているがゆえに、読者を圧倒せしめ、結局のところ彼を大作家たらしめるという、逆説的な効果をつくりあげているのだ。作品と現実を一緒くたにしてしまうバルザックは、人生と作品を峻別し、現実を「描くべき幻影のため」の材料にすぎないとする、カーライルやフローベールやネルヴァルとは実に対照的である、とプルーストは言う。そもそも『サント＝ブーヴに反論する』自体が、実人生を生きる表層自我と、作品を創造するという孤独な営みを引き受ける深層自我を分けて考えることから出発したのだった。そしてこの区別ができず、作品を実人生の延長上に考える、文芸批評家サント＝ブーヴが槍玉に挙げられるのである。サント＝ブーヴは次のように言う。「私にとって文学は、人間の文学を除いた残りの部分や体質とは、別のものではないし、あるいは少なくとも分けて考えられるものではない」。それゆえ、人生と作品を同一レベルに置いてしまうバルザックをプルーストが批判するのは至極当然のことであった。

ところで、この評論以前に手がけた、ラスキンの『胡麻と百合』の翻訳に際して、プルーストは本文中に興味深い注を付けている。「スノビスムは、霊感をもっとも枯渇させるもの、独創性をもっとも弱体化するもの、才能をもっとも破壊するものである。この理由によって、スノビスムは、文学者にとってもっとも有害な悪徳であり、[……] 何と多くの天才的スノッブたちがバルザックのように傑作を書き続けたことだろう」(2)。ここで注目すべきことが二つある。スノビスムは文学者には有害な悪徳であること、スノッブな文学者の筆頭に挙げられるのがバルザックであることだ。そもそもスノビスムとは何であろうか。産業革命以後、財力をつけたブルジョワが、今度は名誉を求めて貴族と懇意になろうとする。しかし新参者のブルジョワに領分を侵されるのではないか、と危機感を感じる貴族、成り上がり者たちとの差別化を図る貴族は、そうやすやすと彼らの仲間入りを許さない。閉鎖的な貴族のサロンへ入ることを許されるには、大変な術策が必要なのだ。一方、貴族の方にも貴族内部で階級があり、小貴族は自分よりも由緒ある大貴族のサロンに足を踏み入れることが許されるよう、躍起になっていた。スノビスムは、より高貴な人たちの集団に何とかして入れてもらおうと切望し、画策の末、いざそこへの入団が許可されると、今度はそこに入れない人に対して排他的になり優越感を抱くという、歪んだ人間の心理である。選抜と除外は等価なのだ。『スノビスム』の著者、Ph.デュ・ピュイ・ド・クランシャンは第一次世界大戦後のスノビスムをも含めて、広くスノッブを次のように定義する。「自己の職業的活動もしくは余暇の少なくとも一部、あるいはその思想、信条において、一流の価値にもなれば、無価値ともなりうるような現実の人間のすべての価値とは無関係に、その各人が、大衆を凌いでいるという優越性を自己に与え、それを相互に認め合うだけで、大衆よりまさっていると確信しているような閥に所属しようと努める人間、または現に所属している人間」(3)。ここで重要なのは、スノッブな人々が、自分の抱く社交的野心、社会階級上の上昇志向を、おくびにも出さずに振る舞うことだ。『失われた時』で反スノッブを標榜するヴェルデュラン夫人が、実は最高のスノッブであるように。スノッブ自らがスノビスムを強く批判するという実に奇妙な、しかし当然考えうる現象が見られることになる。彼らの時に謎めいた言動の真情を知ってしまうと、滑稽なこと極まりない。それは同性愛者についても同様ではないか。プルーストの生きた時代は同性愛者たる者が法的に許されざる存在であったがゆえに、同性愛者が自分のことは棚に上げて同性愛者を批判するということがしばしば起こるのである。たとえば、アンリ・ゲオンは、ダンヌンツィオの『聖セバスチャンの殉教』は異教的な同性愛を描いていると断言し、セバスチャンの両性具有性をも指摘して、聖人伝を扱うにふさわしくないと酷評する論文を「新フランス評論」三一号（一九一一年八月一日）に書く。しかしその翌年、プルーストはジッドとゲオンがプラトニックな関係に留まっていないことを知り、同性愛者が同性愛をこきおろすという彼の偽善性は「より一層不愉快だ」と、レーナルド・アーン宛の手紙の中で怒りをあらわにするのである（*Corr.* XI, 182）[4]。

人間観察眼の鋭いプルーストにとって、物を書く際にスノビスムが格好の材料であったことは想像に難くない。もともとプルーストのスノビスムに対する関心は高く、「フィガロ」紙（一九〇七年三月二十日）に載せた、ボワーニュ夫人の『伯母の物語――ド・ボワーニュ伯爵夫人回想録』（一九〇七年刊）の書評は、評者プルーストの当初の目論見では「スノビスムと子孫たち」について語るはずだった、と言っている（*EA*, 532）。「子孫たち」postérité とは、芸術家の後継者やある作品の流れをくむ作品の意味もあることから、文学や芸術全般における「子孫たち」の意味と考えてよいだろう。ここからも、プルーストがスノビスムと文学とを対立させて考えていることがよくうかがえるのである。それは先に述べた表層自我と深層自我との対立と同様のものだ。(5) 彼は『ジャン・サントゥイユ』の時点で既に、「スノッブでもある小説家はスノッブたちを描く小説家になるだろう」(*JS*, 428) とまで言い、自分自身のスノビスムを認めてもいる。事実にせよ虚構にせよ、プルーストはスノッブたちを凌駕しようと試みるのと同時に、自分内部のスノビスムを冷たく見つめ、自分自身をも超えようと作品執筆に勤しんだのである。

ここで、プルーストによるバルザックの模作に注目しよう。まずは、バルザックを意識したサロン評がある。「リラの中庭と薔薇のアトリエ――マドレーヌ・ルメール夫人のサロン」(「フィガロ」紙、一九〇三年五月十一日) は、冒頭に「バルザックが今日に生きていたら、一篇の中篇小説を次のような言葉で始めることができるだろう」と断った上でモンソー通りの女流画家ルメール夫人の館を描写している (*EA*, 457-458)。モンソー通りという固有名詞にその近辺の様々な別の通りの名前を付け加え、現代と過去という時代の広がりをも与え、たった一つの館を描写するのに延々と何行も費やしてイメージを膨らませる手法は、バルザックの模倣以外の何ものでもない。続く「ポトッカ伯爵夫人のサロン」(「フィガロ」紙、一九〇四年五月十三日) では冒頭から、プルーストの愛読書であるバルザックの『カディニャン大公夫人の秘密』のカディニャン大公夫人が想起されている (*EA*, 489)。このように一九〇三年から一九〇四年にかけてプルーストが「ドミニック」や「ホレーショ」の署名で「フィガロ」紙に掲載された一連の「サロン」評には、『人間喜劇』の作者バルザックからの引用が見られる。これはバルザックを愛読し、とりわけカディニャン大公妃の再来を夢見て随所で引き合いに出していたモンテスキウの影響が大きい。『失われた時』の中のシャルリュスもバルザックを愛読していたことは興味深い一致点である（*PM*, 136）。そのようなサロン評の後にプルーストは、ルモワーヌ事件を主題とする文体模写を執筆することとなった。これの大部分は「フィガロ」紙一九〇八年一月二十二日から三月二十一日の間に掲載されている。ここで模写の対象となった作家たちはバルザック（「フィガロ」紙一九〇八年二月二十二日）、フローベール、サント＝ブーヴ、レニエ、ゴンクール、ミシュレ、ファゲ、ルナンであり、プルーストはこの順序に大層こだわっていたことは、一九〇八年三月十一日、彼のF・シュヴァシュ宛の手紙でうかがい知ることができる（*Corr.* VIII, 58）。ここでバルザックの模作が第一に挙げられていることに注目する必要があるだろう。ここでも『カディニャン大公夫人の秘密』、とりわけ末尾のデスパール夫人邸での夜会の場面がモデルとなっている。この『カディニャン大公夫人の秘密』の最後の場面について作者バルザックはハンスカ夫人に宛てて、一八三九年七月十五日に次のように書いている。「これは嘘の集積です。際立っているのは、嘘を正当であり、必然的であるとみせたこと、それを愛情によって正当化している点です」(6)。カディニャン大公夫人はダルテスに対して、口達者に作り話をして、自分を殉教の女に仕立て上げた。そしてその術策はものの見事に成功し、デスパール夫人の夜会に出向いたダルテスが、人々の語る真実には耳を傾けず、自分の愛する大公夫人の作り話の方を信じ、彼女をかばうのである。『人間喜劇』の中で唯一の作家であるダルテスは後の『失われた時』の語り手を、嘘に嘘を重ねるカディニャン大公夫人はアルベルチーヌを思わせないか。プルースト自身、文学作品そのものが虚構すなわち嘘の集積であること、真実などどこにもないことを見抜きながら、嘘を真に受け翻弄される男のことを書いたに相違ない。プルーストの若い頃の作品である「ド・ブレーヴ夫人の憂鬱な別荘生活」(「白色評論」、一八九三年九月十五日、二十三号)(*PJ*, 66-79)でも、若き未亡人であるド・ブレーヴ夫人が、一瞬声をかけられただけのジャック・ド・ラレアント氏のことが忘れられずその幻影に翻弄される様が描かれているが、これもまたバルザックの『捨てられた女』を継承したものとなっている。[7] さて、ルモワーヌ事件のバルザックの模作に戻ると、ここに登場する人物は皆、『人間喜劇』の他の数々の作品に登場していることから、プルーストは読者としてバルザック通を想定している。『カディニャン大公夫人の秘密』はもともと人物再登場の手法が十全に生かされた作品であったから、バルザックの模作としてプルーストがこの作品をモデルに選んだのはごく当然のことであった。

なお、プルーストにとって模作とは、長篇小説を手がける前の修業としての意味合いだけでなく、終生彼につきまとった本質的文学的行為であったことは、文体学者にしてプルースト研究者のジャン・ミイが指摘したとおりである。アニック・ブイヤゲは、間テクスト性 intertextualité の概念を援用し、プルーストのテクストには引用、参照、暗示、パロディー、模作といった類の、他のテクストの介入なしには存在し得ない性質を、著作『マルセル・プルースト――間テクストの戯れ』(一九九〇)[8] の中で厳密な分類をしつつ分析した。後に彼女がバルザックとフローベールに対象を絞り、プルーストがいかに見えない形で彼ら先達を模倣しているかを詳細に提示したのが『バルザックとフローベールの読者プルースト――隠れた模倣』（二〇〇〇）[9]である。彼女は、名実共に模作という形をとった摸作 pastiche déclaré と、地下納骨堂 crypte を思わせるがごとく、識別し難い形で何気なく差し挟まれた模作 pastiche intégré とを区別している。

さらにブイヤゲは論文「プルーストにおける模作――文体上の事件」（二〇〇六）においても、一見すると何気ないプルーストの叙述のなかに、いかにバルザックが影を落としているか、しかも同性愛が明記されていなくてもそこはかとなく話題となっている箇所、とりわけ『ソドムとゴモラ』にバルザック的文体がいかに隠れて遍在しているかを指摘している。[10]また、バルザックが同性愛を含めた異常な性愛を数多く取り上げていたことにも留意せねばなるまい。ブリショがバルザックを「あるポーランド女のためにたえず悪文を書きなぐり続けた」（*RIII*, 439）と酷評すると、シャルリュス氏はバルザックの『幻滅』、『サラジーヌ』、『金色の目の娘』、『沙漠の情熱』、『いつわりの愛人』を挙げて、バルザックが「ある種の情熱」や「自然からはみ出た」側面を心得ていたことを主張して反論する。同性愛者シャルリュスがバルザック愛読者であることは実に興味深い。この点に関しては、本章のシャルリュスに関するページで、再度触れる。

ゴンクール兄弟

ジャポニスムに傾倒し、浮世絵に関する著作もあるゴンクール兄弟――兄エドモン・ド・ゴンクール（一八二二―九六）、弟ジュール・ド・ゴンクール（一八三〇―七〇）――の文体は、自称、芸術的文体という、繊細さを極限まで追求したものである。彼らは芸術至上主義レアリストと呼ばれていたが、これを過剰に推し進めた瑣末な細部への凝りようは、レアリスムや自然主義をはるかに超えたデカダンと言っていいだろう。これが行き過ぎると、本からページへ、文へ、単語へと、次々と分裂し断片化していき、統合性がなくなってしまう。凝りに凝って顕微鏡で見るような極小の世界に埋没してしまうと、全体像が見えなくなるようなものだ。ポール・ブールジェも『現代心理論集』の中で、「デカダンスの文体とは、作品の統一が解体して頁が独立し、頁が解体して文章が成立し、文章が解体して単語が独立してしまう、そんな文体」[11]だと言う。動詞よりも抽象名詞が幅をきかせ、知的スノビスムとも言うべき新語や古風な表現があちこちに見られる。主語の後に形容詞が続くという、フランス語では一般的であるはずの語順がひっくり返って、形容詞の後に名詞がくるという、気取った言い回しが多用される。こうなると読んでいる最中にあちこちで違和感を覚え、一般読者には全く近寄りがたいものになってしまう。[12]ブールジェが「デカダンスの文学は語彙を変質させ、言葉を精妙化する。五十年もすればゴンクール兄弟の言葉は専門家でなければ理解されなくなるだろう」と予言したとおりである。[13]

ゴンクール兄弟やラスキンと同様にプルーストは、もともと審美的ディレッタンティスムと言葉の洗練化の傾向を持ち合わせていた。[14]プルーストの若い頃の作品「若い娘の告白」も、デカダン的文体と言うにふさわしい、もって回った精妙な文体で埋め尽くされている。実際、プルーストは若い頃、ゴンクール兄弟を愛読していた。プルーストによるゴンクールの模作を三つに分類した、ブイヤゲの論文「プルースト、ゴンクール兄弟の読者——諷刺的模作から真面目な模倣へ」[15]を見てみよう。第一に「模作であることが明言された模作」pastiche déclaré として、ルモワーヌ事件を題材としたゴンクール兄弟の日記の模作（一九〇八）がある。これは正真正銘、プルーストによるゴンクールの模作である。ブイヤゲの指摘によれば、「秘密牢」in pace のようにラテン語を本来と違う意味で用いてみたり、「いやはや参った」bondieusement のような新語の副詞を作り、さらにそれを名詞として使ってみたり、「する」faire や「言う」dire といった動詞を名詞として使ったり、関係節をいくつも連ねるために先行詞の名詞を繰り返してみたり……と凝りに凝ったことをプルーストはあちこちでしており、ゴンクール臭が至る所で感じ取れるのである[16]。

次にブイヤゲは『失われた時』の第一巻『スワン家のほうへ』が出版された翌年の一九一四年を、この小説の続きを執筆するため、プルーストがまさに自分自身の文体を鍛える目的で模作をするようなった時期だとしている。それが第二段階の「作品に組み込まれた模作」pastiche intégré として『失われた時』の第二巻『花咲く乙女たちのかげに』内で、グランド・ホテルの窓から眺めたバルベックの海をゴンクール風の文体で描写した部分である。

季節が進むにしたがって私が窓から見る景色も変わっていった。まず、日がさんさんと降り注ぎ、暗いのは天気の悪い日だけだ。次に海が丸い波で膨らませた青緑色の窓ガラスのなかに、ステンドグラスの鉛線のなかでのように、私のガラス窓の鉄の縦枠の間にはめ込まれた海は、湾の岩だらけの深い縁を巡って、三角形の波をぼろぼろに砕いていた。それはピサネロによって描かれた羽やにこ毛の繊細さで輪郭をなぞられた、不動の泡の羽根のついた三角形の波であり、ガレのガラス細工にある雪の層をなす、白く変わらないクリーム状の琺瑯によって固められた三角形の波であった。（*RII*, 160）

ピサネロ（一三九五―一四五五）はイタリアの画家でメダル彫刻家でもある。「私のガラス窓の鉄の縦枠の間にはめ込まれた海」la mer, sertie entre les montants de fer de ma croisée の、「はめ込まれた」を意味するsertieは、「宝石などをはめ込む」という意味の動詞sertirの過去分詞である。宝石が世紀末文学で好まれた意匠であることは第一章 5 「世紀末の周辺」の「ビザンチウム」のところで詳述した。さらに「青緑色のガラス」le verre glauque に注目しよう。海が描かれているのだから「青緑色」は当然、と言ってしまえばそれまでだが、「海緑色」は世紀末作家のジャン・ロラン作『フォカス氏』のフルヌーズが宝石に求めた色であり、結局そのような宝石が見つからないので、終いには人の眼のなかに求めた色である。またこの色は明らかに作者であるロラン自身に取り付いている固定観念であった。[17] またアール・ヌーヴォーの代表的工芸家、ガレのガラス細工に言及しているのは、明らかに世紀末を意識してのことである。ピサネロもガレも、作風は繊細なことこの上ない。彼らを意識して書かれたこの文章もまた繊細の極みにある。これは本文上ではゴンクール風に書いたという注釈は一切ないため、ゴンクールの文体に精通した人に指摘されてはじめて気づくという類のものである。これを読むと誰しも詩的な、まさに芸術的文体を感じざるを得ない。

そして第三に「客観化された模作」pastiche objectivé として、『失われた時』の最終巻『見出された時』で語られる、未刊のゴンクール兄弟の日記の一節がある。語り手がタンソンヴィル滞在中に、これまで未刊だったゴンクール兄弟の日記を一冊、ジルベルトから借りて読み（*RIV*, 287-295）、文学そのものが空しいものだと悟る場面（*RIV*, 433）である。この断章は一九一五年頃、書かれたと推定されている。(18)「未刊」というのはあくまで表向きの設定で、実は作者プルーストがゴンクール兄弟の文体を模作して架空に作り上げたものなので、プルーストはゴンクールを批判しているように見せかけて、実は自分自身の文章を模作、すなわち「自己模作」auto-pastiche しているのである。それゆえ「客観化された模作」となるのだ。

ロベール・ド・モンテスキウ

フランス十九世紀末の文学、美術、音楽を研究していると、必ずと言っていいほど、このロベール・ド・モンテスキウ＝フザンザックの名前に突き当たる。一九九九年十月十二日から二〇〇〇年一月二十三日まで、パリのオルセー美術館でロベール・ド・モンテスキウ回顧展が開かれ、これに併せて同美術館主任学芸員、フィリップ・チエボーによる著作『ロベール・ド・モンテスキウあるいは見せる技術』（一九九九）[19]が出版されていることからも、その名が今もなお忘れ去られていないことが分かる。モンテスキウの交友関係を見ても、詩人のマラルメ、エレディア、ヴェルレーヌ、画家モロー、ホイッスラー、音楽家フォーレ、女優サラ・ベルナール、美術工芸家ガレ、イタリアの作家ダンヌンツィオ、そして二十世紀文学に足跡を残したバレス、プルーストと実に豪華な顔触れである。それだけでなく、象徴主義、耽美主義、世紀末、ダンディスム、デカダンスなど様々な、時流を示すキーワードが彼の周りにひしめいている。しかしモンテスキウが自らを「移ろいゆくものの帝王」と規定したごとく、彼の名声もまた移ろいゆくものであった。それでも彼の影響力は甚大であり、十九世紀末の数々の優れた文学者、芸術家のいわば産婆役、そして紹介者であったと言える。彼は当代きっての社交界の花形であり、何よりもプルーストの『失われた時』の登場人物シャルリュス男爵のモデルとして広く知られている。プルースト自身はドアザン男爵の方がシャルリュスのモデルに近いと弁明しているけれども。[20] ところがこれが重要な点だが、シャルリュスはアマチュア芸術家にとどまり、作品は一切書かない人物として設定されている。このイメージがあまりに強すぎるために、モデルとなった当のモンテスキウが一世を風靡した詩人であり美術批評家であったことは忘れられがちである。彼の作品は、紙に印刷された形でよりも、ルードヴィヒを思わせる口髭をたくわえた独特な風貌、毒舌的な会話、窮極のダンディとしての立居振舞い、さらには性的倒錯と相まってこそ当世の人々に強烈なイメージを与えていたがゆえに、彼の死と同時に彼の作品も忘れられたのはある意味では当然のことだろう。モンテスキウは一八七〇年頃読み出したバルザックの主人公たちそっくりのダンディたらんとしたのである。バルザックが『セラフィータ』（一八三五）で引用・説明したスウェーデンボリの幻視家の文章「ある者たちには死とは勝利であり、他の者たちには敗北である」が終始彼の心をとらえていたので、彼は霊界を信じ、自分こそは交霊の貴族階級として特権的にそこに通じていると確信し、それゆえにそこに通じていない愚劣な輩を心底軽蔑していた。[21] だからモンテスキウは文学者というよりも、ディレッタントとみなしている人が多いことは事実である。しかしプルーストは若き日、この大貴族モンテスキウを心から「師」と呼び、敬愛の手紙を数多くしたため、彼の作品の評論も書いている。よしんばそれが反面教師によるものであっても。さて、当のモンテスキウから学んだものも少なくない。文学上の面でプルーストがモンテスキウは倣岸不遜であり、若い崇拝者の賛辞をそのまま受け入れる人物では毛頭なく、気難しさでは人後に落ちず、一癖も二癖もある難攻不落の人物であった。純粋な師弟関係は長くは続かなかったが、プルーストとモンテスキウの交友関係は両者の生涯を通じて絶えることはなかったのである。彼らの関係を示す一例を挙げよう。一八九七年一月上旬、夏から疎遠になっていたモンテスキウとの関係を修復しようとの思いも込めて、プルーストはバルザックの『村の司祭』、シャトーブリヤンの『墓のかなたからの回想』、フローベールの『感情教育』について師の神託を伺いたく申し出たが（*Corr.* II, 170）、これを受け取ったモンテスキウは、この手紙に、教師のごとく「二十点満点で、マイナス十五点」と点数をつけ、自ら余白に書き込んだ辛辣極まる評と共にこの手紙をそのままプルーストに送り返した。追従しようとするプルーストと、それをけんもほろろに拒絶するモンテスキウとの関係が典型的に表れた出来事と言えるだろう。しかしこの時点で既にプルーストはこの毒舌教師に対して「賛美の念は抱きますが、いかなる友愛の情も抱くことはありません」と牽制する動きを見せている。この後、片やプルーストは上記の先人たちの三著作を『ジャン・サントゥイユ』そして『失われた時』の執筆へと発展的に生かしていくが、モンテスキウは生前の栄光のみで潰えることとなったのは実に対照的である。[22]

そのように絶大な影響力を誇ったロベール・ド・モンテスキウとは、いかなる人物なのであろうか。伯爵の爵位をもち、グレフュール伯爵夫人の従兄である。肩書は、世紀末のデカダン詩人、芸術評論家、年代記作者、回想録作者と多彩であり、これが彼の豊かな才能を物語っている。すべてにおいて極度の洗練を求めた唯美主義者、ダンディとの異名を得ており、彼の洗練された突飛な感覚は他の追随を許さない。「毒舌の刃をふるって、礼節と巧言によどんだ社交場裡を攪乱し、かえって観客の喝采を博し、最後は自らの両刃の剣を受けて倒れた」[23]ダンディのお手本、十八世紀末イギリスの伊達者ジョージ・ブランメルの姿は、そっくりそのまま十九世紀末フランスのモンテスキウに当てはまるのである。彼の話し方に、その特徴は最も顕著に現れる。モンテスキウの女友達で親戚のクレルモン＝トネール夫人によれば、「そこで繰り広げられるのは、果てのない饒舌であり、電光石火のごとき警句であり、壮大なつくり話である。モンテスキウは、自分の整理戸棚の奥まで開けて、秘密を明かしてくれる。しゃべりまくっては、つぎつぎ逸話を披露し、しゃれや警句をつくり出す。こうして自分の前に華麗な行列ができるのだ」[24]といった具合で、短く言えば「エスプリと雄弁の才能を惜し気もなく発揮する」(*EA*, 508)孔雀が羽を広げたようである。プルーストに言わせると、モンテスキウの「全能の意志」は会話に象徴的に現れる。彼の金切り声は聞く人ぞ知る有名なもので、それを聞く人はまず彼の「人を驚かす力強いリズム」に制圧され、ボードレール作『悪の華』の《小さな老婆たち》の中で、一人の老婆がベンチに座って耳を傾ける「金管楽器の音高らかな野外演奏会」を思い起こさせる、と(*EA*, 407)。

この社交界の注目の的であるモンテスキウは、世紀末の耽美主義を絵に描いたような人物であり、彼をモデルや題材に取り上げた世紀末の文学作品には事欠かなかった。耽美的な人工楽園生活に耽る、ユイスマンスの『さかしま』の主人公デ・ゼッサントはあまりにも有名である。このデ・ゼッサントの他に、モンテスキウを意識して作られた登場人物として、ワイルドのドリアン・グレイ、ジャン・ロランのフォカス氏(本名、フルヌーズ公爵)、アンリ・ド・レニエの『真夜中の結婚』(一九〇三)の骨董屋セルピニー氏、同じくレニエの『真の幸福』(一九一九)の傍役の社交界人がいる。セルピニー氏は甲高い裏声でしゃべる特徴も、モンテスキウから受け継いでいる。さらに、エドモン・ロスタンの芝居『東天紅(シャントクレール)』(一九一〇)においては、モンテスキウが「愚かな孔雀」として愚弄され、レニエの『某氏』（一九二三）に至っては、モンテスキウの死後に彼を回想したものである。レニエによるモンテスキウ評には、「彼の手書きの原稿はもっとも和紙らしい和紙に金粉のまざった色インクでみごとにも巧みに描かれ……巧みにも無愛想にねじれ、精緻きわまりなく、洗練のきわみにある詩」[25]とある。この無愛想さにダンディスムを、洗練のきわみにデカダンスや耽美主義を見ることができる。

モンテスキウの著作に関しては、アントワーヌ・ベルトランによる研究書『ロベール・ド・モンテスキウの美学的好奇心』（一九九六）に網羅的なリストが掲載されているが[26]、ここでは我々の世紀末に対する関心に合致するものに絞って取り上げることとする。ロランのところでも触れた、モンテスキウの処女詩集『蝙蝠《こうもり》』（一八九二）は、先人であるユゴー、ゴーチエ、高踏派、ヴェルレーヌの影響を受けた作品であり、番号入りの、少ない部数を大判の和紙に印刷した豪華本である。ホイッスラーの意匠によるこうもりの浮き模様が絹の見返しにもついているという、あたかも日本の掛軸を思わせるものであった[27]。一八九三年四月十三日、この詩集の上梓から間もなくのこと、マドレーヌ・ルメール夫人（一八四五―一九二六）宅での晩餐会で（*Corr.* I, 67）、プルーストは十六歳年上のモンテスキウに紹介され、この日から二人の約三十年に及ぶ交際が始まる。この女主人は後にプルーストの処女作『楽しみと日々』（一八九六）の初版に挿絵を描いてくれた人物である。そして著者モンテスキウから詩集『蝙蝠』の豪華版を贈られた返事の礼状で、プルーストは早くもモンテスキウの文体を完全に模倣してしまっている[28]。

Soyez assuré qu'il [= votre précieux envoi] restera pour moi un impérissable bouquet, encensoir certain, fût-il le seul, de mes souvenirs, un glorieux trophée dont je vous remercie de tout mon cœur. (*Corr.* I, 205)

「それ［先生からの貴重な贈り物＝『蝙蝠』］は私にとっては私の思い出の、たとえ一つに過ぎなくても不朽の花束、確固たる吊り香炉、栄誉ある記念品となりますことを断言致し、心より感謝申し上げます。」

« Soyez assuré que »（……であることをご確信ください）という持って回った表現や、花束、吊り香炉、記念品といった小道具を持ち出すところにモンテスキウの模倣の片鱗がうかがえる。

書いたものだけでなく話し言葉においてもプルーストは物真似の名人で、一八九六年十二月にはリュシアン・ドーデとプルーストがモンテスキウの物真似をして笑い転げていた[29]という事実がある。その後の創作活動においてもモンテスキウは常に気になる存在であり、プルーストはある草稿帳の欄外に、「このあたりは口調をもっとモンテスキウふうにすること」というメモを書き付けることもあった[30]ほどである。

さて、この詩集に収められた第二詩篇《巨匠》の冒頭の一句「我は移ろいゆくものの帝王」の中で、モンテスキウは自らを「陰翳の反映と幻影の影の帝王」と規定し、まさに世紀末を象徴するこの表現は当の詩人の会心の作らしく、プルーストに「吾は移ろいゆくものの王者なり、一八九三年」という自らのサイン入りの写真を贈っている。[31] モンテスキウ自身がこの「移ろいゆくもの transitoires の王者」という表現を気に入っていたのは、Robert de Montesquiou-Fezensac の頭文字 RMF を並べ替えると FMR（エフ・エム・エル）、すなわち éphémère（エフェメール、「束の間の」の意）と同じ発音になることにも因る。そこでプルーストはヴェルサイユのモンテスキウ邸の庭園に即席にしつらえられた劇場を「《束の間》éphémère の劇場」と呼んでいる。西洋においては伝統的に神のごとく不変不動のもの、絶対普遍のものが尊ばれてきたが、日本では対照的に移ろいゆく自然、刻々と変化するものの方に焦点を合わせていた。だからモンテスキウがジャポニスムと深いつながりをもっていたのも故なしとしない。ところが皮肉にも、モンテスキウの名声もまた「移ろいゆくもの」であり、生きている間の「束の間の」ものであった。おびただしい彼の著作が著者の死後、ほとんど顧みられることがなくなったのは、周囲を威圧する彼の人間としての存在感が、彼の死とともに消え去ったことと無縁ではないだろう。死後に残るのは紙の上の活字のみで、肉体が滅びれば雷のような声も、眼光鋭い眼差しも、跡形もなく消え去ってしまう。奇しくも彼は自分の頭文字の RMF を逆さまにした FMR で、自らの運命を予告することとなったのである。まさにダンディの辿るべき運命、「最後は自らの両刃の剣を受けて倒れる」を地でいったと言えよう。

モンテスキウの名声が、紙の上に印刷された作品だけから生じたのではない証拠が他にもある。一八九四年五月三十日、モンテスキウ邸でのヴェルサイユ音楽祭ではパリの名士たちが一堂に会する前で、歌手や女優、詩人たちが数々の詩を歌ったり朗読したりした。ピアノで雰囲気を盛り上げたのはレオン・ドラフォスである。そこで披露されたのは、モンテスキウの『蝙蝠』に収められた作品ばかりでなく、ヴェルレーヌの《マンドリン》、デボルド＝ヴァルモール夫人の《眠れる童女》、アンドレ・シェニエの《ヴェルサイユを讃えるオード》、そして高踏派の詩人たちの詩篇、すなわちルコント・ド・リールの《不滅の薫り》、ジョゼ＝マリア・ド・エレディアの《珊瑚礁》、エレディア嬢の《青い池》、フランソワ・コペの《メヌエット》なども含まれていた。その中のデボルド＝ヴァルモール夫人は奇数韻律（フランス語の定型詩は偶数韻律が一般的）の試みがヴェルレーヌに影響を与えたという経緯があり、モンテスキウが同年一月十七日に彼女についての講演[32]を行って彼女の復権に貢献したばかりであった。[33]また、レオン・ドラフォスはモンテスキウの詩六篇から想を得て作曲までしている。招待客たちには日本風の温室や、主人であるモンテスキウが集めた珍花、珍鳥を楽しむこともできるという特典までついている。このようなエンターテイメント性をも考慮に入れないと、当時の彼の絶大な影響力は理解できないだろう。なお、プルーストはこの時の様子を出席者名の列挙に始まり、最後は「パリの名士たち」の署名で、一八九四年五月三十一日付「ゴーロワ」紙の「パリ・メモ」の欄に載せている。[34]

　ところがモンテスキウに賛辞を送る一方で、プルーストは早くも喜劇作家としての手腕をも十分に発揮している。それは一八九四年に書き、『楽しみと日々』の中に収録されることになる、「ブヴァールとペキュシェの社交趣味と音楽マニア」の「II 音楽マニア」に見られるものである。これは『ブヴァールとペキュシェ』の著者フローベールの模作という体裁をとり、ペキュシェの台詞としてモンテスキウの『蝙蝠』が槍玉に挙げられる。「ドラフォス氏は蝙蝠を歌った曲を書かなかったかね。……なぜほかの優しい鳥を選ばなかったんだろうね。雀……燕……ひばり……。なんと蝙蝠とはね!!! ド・モンテスキウ氏の詩はまだいい、すれた大貴族の気まぐれとして、そこまでは許せるが、なんと音楽にするとは！《カンガルーのためのレクイエム》はいつできるんだろうね！」(*PJ*, 64-65)

モンテスキウの第二詩集『**馥郁たる香りの長**』（一八九三）に収められる詩篇をモンテスキウはプルーストに対して出版の半年も前に見せていた。後の話になるが、モンテスキウがこの詩集をルメール夫人に献呈する際に本の冒頭に書いた美しい詩句を、プルーストは『楽しみと日々』の序文中に引用している（*PJ*, 5）。そのような思い入れがあって一八九三年九月、プルーストはこの詩集について文章を書きたいと提案し、題は「モンテスキウ伯爵の純朴さについて」を考え、「白色評論」、「パリ評論」、「エルミタージュ」に掲載させようと目論んでいた（*Corr*. I, 231, 239, 288）が生前はついに日の目を見ず、世に出たのは彼の死後三十二年を経た一九五四年、ファロワ版の『サント＝ブーヴに反論する』所収の「新雑録」においてであった（*CSB* (B de F), 430-435）。これが最終的にプレイヤード版に収録された時のタイトルは「移ろいゆくものの帝王」となっている。ここではモンテスキウの十七世紀的側面や知性の豊かさを証明してみせるだけではない。モンテスキウは「神経過敏な人々」だけでなく、知性の人々をも惹きつけて然るべきだ、とした（*Corr.* I, 239）。モンテスキウは「意志薄弱な」月並みのデカダンスの帝王と見られがちであるが、実際はそうではないとプルーストは反論している。モンテスキウこそは、コルネイユを思わせる意志の力にあふれた思想家詩人、すなわちロマン主義の時代の最中に古典主義を継承したボードレールの真の弟子なのだと主張している。モンテスキウがボードレールを耽読していたのはまぎれもない事実であり、彼は社交界に入るやいなやボードレールの本のすべてを購入したり、部屋の譜面台の上にはボードレールの手書きの詩を載せていたりした。(35) 後にモンテスキウがレーモン・ルーセル（一八七七―一九三三）の『アフリカ印象記』（一九一〇）を「ジル・ブラース」紙で論じた文章を当のルーセルが見て、彼は評者モンテスキウの学識あふれるボードレールの引用に舌を巻いた。(36) モンテスキウはこの奇怪な文人ルーセルを、若き日の自分を見ているような気分で理解し擁護していたようだ。ルーセルの途方もなく修飾過多な文章、副次的な細部にこだわって熱中した、凝った複雑な文章がモンテスキウの称賛の的となったのである。

ガブリエル・ド・イチュリ（一八六八―一九〇五）はアルゼンチンの出身で、パリでネクタイの売り子をしていたが、まずドアザン男爵が目を止めて秘書にし、次いでモンテスキウの秘書となった。モンテスキウの詩集『**青い紫陽花**』（一八九六）はこのイチュリに捧げられたものである。この詩集を構成する詩の多くは、前述した『蝙蝠』以前の古いのものである。巻頭に引用したのはゴーチエの一節で、いかに青い花が珍しいものであるか、バラ色や赤紫色ではなく青い紫陽花がいかに珍しいものであるかが述べられている。モンテスキウがたびたび援用するのは確かにボードレールだが、ゴーチエを引用する回数は実はそれを上回っている。モンテスキウとゴーチエに共通するのは、両者とも珍しいものを好む耽美主義者であるということだ。凝るのは珍しいものに対してだけではない。「室内装飾家が飾り戸棚に磁器を並べるのと同じ趣味で」モンテスキウは詩を配置するという、いわば古美術蒐集家の趣味でこの詩集を編んでいる。[37] ルーセルも配置には人一倍気を使っていたが、モンテスキウも同様である。五月のこの本の出版に先立ってプルーストは紫陽花を彼に贈り、不興を買ってしまった。モンテスキウの反応はというと「窓から鉢を投げ捨てたのに、見抜かなかった振りをするとは物分りの悪い男だ」（*Corr.* II, 57）という奇行ぶりである。一八九六年五月二十一日には、この詩集に収録されたいくつかの詩句をマルグリット・モレノとル・バルジーが朗読する夜会で、ドラフォスが最新作の歌曲を弾いた（*Corr.* II, 69）。五月二十八日、リュシアン・ドーデとプルーストはモンテスキウより贈呈されたこの詩集を感激して読み、翌日、プルーストはモンテスキウに礼状を書いた。一九〇六年十二月、『青い紫陽花』の決定版が出版されると、モンテスキウの友人たちは誰もが仲違いになるのを恐れて、こぞってこの再版の予約申し込みをしたという。一九〇七年一月七日、プルーストはレーナルド・アーン宛の手紙で、「『青い紫陽花』を受け取って、たいへんうれしかった旨伝えてくれたまえ。それに収められた《下女《アンキラ》》はボードレールの《心ひろき下女》（『悪の華』「パリ情景」）と好一対をなす絶品だ」（*Corr.* VII, 22）と感激している。一九〇七年三月二十六日、モンテスキウ宛の手紙でプルーストは、「随分とこの本を読みましたので、大変この本に通じています、私はこの本を理解でき、また愛するすべを心得ていると思っています」（*Corr.* VII, 122）と述べ、この詩集を真に愛読したことをうかがわせている。プルーストは単なる社交辞令でこの賛辞を述べたのではなかろう。師と仰ぐモンテスキウへの傾倒ぶりがよく表れている。後の一般による評価では、ゴーチエ、ボードレール、ヴェルレーヌ、マラルメの影響が顕著なこの詩集には、モンテスキウ独自の気取りが見られ、月並みさと斬新さとを併せ持った作品だとされている。気取りと気負いが、まだ熟していない独創性に先行してしまっているのだ。

次にモンテスキウの最初の評論集である『**考える葦**』（一八九七）を見てみよう。モンテスキウはグランヴィルに夢中であったことなどから、この書物が異様なものに熱狂するシュルレアリストの趣味と多大な関連があることが分かる。(38) その後の彼がルーセルを理解し、擁護するのを既に予告しているようだ。無内容な奇想譚の作者としかみなされていなかったルーセルがシュルレアリスムの先駆者として本格的に称えられるのは、モンテスキウの死後十九年を経た一九四〇年、ブルトンの『黒いユーモア選集』においてである。一八九七年春、モンテスキウはこの評論集のなかで、ようやく公に『楽しみと日々』所収の「晩餐会」(*PJ*, 97) を褒め称えた。[39] プルーストはこれに対して謝辞を述べている (*Corr*. II, 196)。当時、モンテスキウに先んじて、ウージェーヌ・フロマンタン (一八二〇―七六) が本業である画家としての天分を生かし、フランドルとオランダの画家を論じた紀行的絵画論『過ぎし日の巨匠たち』(一八七六) を上梓していた。彼は自伝的小説『ドミニック』(一八六三) の著者でもある。しかし、プルーストは論文「美の教師」(一九〇五) の中で、モンテスキウこそはフロマンタンを遥かに超えた、「絵画にかつて精通した唯一の芸術批評家」と称賛した。『失われた時』にも見られる (*RIV*, 287, 1190) ことだが、プルーストはフロマンタンの絵画論そのものを評価していなかったのである。ゼウスから火を盗んだプロメテウスにたとえられたドラクロワと相反する、冷静な古典主義に裏打ちされたアングルを、モンテスキウが絶賛していることも特徴的である。「ずっと快い曲線を描いて枝々を伸ばしたり曲げたりしている日本の盆栽」(*EA*, 519) であると表現している。ここにアール・ヌーヴォーの植物曲線の似姿を認めることは容易である。ところでアール・ヌーヴォーについてのモンテスキウの評論に関しては、『考える葦』と並んで、評論『**特権的祭壇**』(一八九九) にも見られる。ガラス及び家具工芸家であるガレや、装飾工芸家であるラリックはもとより、モローに影響を与えた画家であるテオドール・シャセリオや、同じく画家のアドルフ・モンティセリについての評論がある。これの芸術的判断上の真実、趣味の公正さにおいては、ラスキンを凌駕するとプルーストは評している。

象徴主義、デカダンス、シュルレアリスムの流れを汲む作家たちは共通して宝石を偏愛していたことは先に述べたが、モンテスキウもヴェルサイユから想を得たソネット集『**赤い真珠**』(一八九九)を書いている。これを読んで、プルーストはこの時期二つの書評を書いた。いずれもファロワ版『サント゠ブーヴに反論する』の「新雑録」に初出(*CSB* (B de F), 426-428)のものであり、プルーストの生前には日の目を見なかった。プレイヤード版では編者により表題がつけられ、「ヴェルサイユのロベール・ド・モンテスキウ」(*EA*, 409-411)及び「モンテスキウ氏歴史家にして詩人」(*EA*, 411-412)となっている。前者はヴェルサイユ宮殿とその庭園を散歩し、その行く先々で会うものに、モンテスキウの『赤い真珠』(第六・八六・六六・四五・三・一八・九〇・八九詩篇)の中から詩句を引用して組み込んでいる。最後は日没そして月光が池に映る様を、ブルボン王朝の繁栄後の落日になぞらえ、自然と歴史の両方に着目した詩人モンテスキウの素晴らしさを称えている。そして最後は「現実を目の前にして否応なくこうした詩句を心に浮かばせる、この必然的な力は、詩句の美の凡庸ならざる証である」とし、ヴェルサイユを散歩して感じたことが、モンテスキウの詩句と見事に合致していることを述べている。後者「モンテスキウ氏　歴史家にして詩人」ではモンテスキウの詩句からの引用はせず、この詩集の短い論評となっている。モンテスキウが安易で低俗な文学を決然と退け、ロマン主義と古典主義の両方を継承しているという、文学の歴史の中に見事位置づけられた「歴史家にして詩人」であると絶賛している。さらに「ルコント・ド・リールからヴェルレーヌに到るこの時代を支配するすべてが彼を愛し、高く評価した」として当世を代表する詩人でもあることを強調した。そして彼を「現存する最も高貴な思想家、最も人を驚かす『奇人（良い意味での）』の一人」としている。「良い意味での」という但し書き付きの「奇人」という形容は、まさにこの頃のプルーストが煮ても焼いても食えぬ先達、尊敬するモンテスキウに対する思いを的確に言い表している。なお、既に出版されていた『楽しみと日々』の「悔恨、時々に色を変える夢想」には、「IIヴェルサイユ」（*PJ*, 105-106）の断章があった。「あれほど多くの人々のあとでは、ここでヴェルサイユの名を口にしようとは思わない」の文の「多くの人々」に「とりわけモーリス・バレス、アンリ・ド・レニエ、ロベール・ド・モンテスキウ諸氏の後では」という注をつけている。

一九〇〇年、万国博覧会で展示された香水に関してモンテスキウが書いた解説書『**薫香の国**』（一九〇〇）に対して、プルーストは書評「『薫香の国』ロベール・ド・モンテスキウ」（一九〇〇）（*EA*, 444-445）を書いている。それによれば、香水小箱 boîtes à odeur、香水壷 fontaines de parfums、香水瓶 flacons-fleurs、香炉 cassolettes などの細々した物にモンテスキウは関心を向け、次いで化粧道具箱 nécessaires、ブラシ brosses、糸まり pelotes、化粧容器 étuis、香炉の形の指輪、ハンカチ・頬紅・おしろい用小箱へと関心の幅は次々と広がっていく。香水そのものだけでなく、それを取り巻く細々としたものにモンテスキウが並々ならぬ関心を寄せていることに注目したい。物すなわちオブジェへの偏愛は世紀末作家やシュルレアリストの特徴である。本書は香水のカタログであることに留まらず、バルザックの小説『セザール・ビロトー』の主人公である、香水製造業者セザール・ビロトーはもとより、香水にまつわる文学を縦横無尽に引き合いに出していることにモンテスキウの博識ぶりがうかがえる。実はこのように物と文学とを文脈抜きで即座に結びつけるやり方は、後にプルーストが言う「偶像崇拝」にほかならない。そして最後に、この書物のページからは「過去の《不滅の芳香》」が発散されている、という言葉でしめくくられているのも、プルーストらしい表現の結末である。

さて、一九〇七年頃には、プルーストの頭の中では、作者モンテスキウの影が少しずつ薄くなり、むしろ登場人物シャルリュスとみなされるようになってきた。ちょうど『失われた時』の執筆にとりかかる頃と、実在するモンテスキウが虚構の人物シャルリュスに変貌する時が同じなのではないか。また、最終的にシャルリュスとなる前にギュルシーとかゲルシーとか、いろいろと名前も変遷している。二月のリュシアン・ドーデ宛の手紙では、モンテスキウに会いたくはないが嫌われたくはないというプルーストの苦しい胸の内を明らかにしている。「モンテスキウ氏にお会いしたら、ぼくが近頃パリにいることも、新住所も教えないでくれれば、とてもありがたいのですが。ぼく自身で氏に言うほうがいいのです、そのときまで氏にはなるべく知られたくないのです。だから氏に話さないでくれれば（といっても、氏にたいするぼくの気持になんの変化もありません！）、助かるというものです」（*Corr.* VII, 60）。この頃、「フィガロ」紙二月一日付でプルーストの「ある親殺しの感情」について、そして同紙三月二十日付で「読書の日々」に対して、立て続けにモンテスキウによる好意的な批評が掲載された。プルーストはすかさず三月二十六日に彼宛に感謝の手紙を書いた（*Corr.* VII, 121）。五月二十八日には、以前のようにマドレーヌ・ルメール邸でモンテスキウに会い、彼の詩をベルト・バディが朗唱するのを聞いているので(40)、縒りを戻したようにも見えるが、事はそう単純ではない。七月一日、読者が敬遠しそうな彼の長い文章を次々と掲載してくれたカルメット（*Corr.* VII, 195）を称えるために、プルーストはリッツ・ホテルの個室ダイニングルームを利用して、晩餐会とコンサートの夕べを開くが、この会食者の中にモンテスキウはいなかった（*Corr.* VII, 211-212）。モンテスキウからの脱却と『失われた時』への変貌は、少なからずリンクしている。一九〇八年六月十五日、プルーストよりストロース夫人宛の手紙では、アカデミー・フランセーズ会員になってもらいたい名士のリストにモンテスキウが名を連ねているが（*Corr.* VIII, 140, 144-145）これは反ドレフュス派のシュランベルジェがアカデミーに立候補したことに対する反論であり、「国家的な恥」である彼が出るくらいならその前に任命すべき人たちはたくさんいる、その中にモンテスキウも入ってどこが悪い pourquoi pas Montesquiou? ということであって、プルーストがモンテスキウを熱烈に推しているという意味でとらえるのは早計であろう。

さて、『失われた時』の執筆が進むにつれて、プルーストはそれを部分的に新聞雑誌に掲載するようになる。それの本文が初めて発表されたのは、一九一二年三月二十一日付「フィガロ」紙上の、「白いさんざしとバラ色のさんざし」(*R I*, 11, 113, 136-138, 143)[41]であった。同紙に続いて掲載される抜粋も含めて、プルーストはこれを「小散文詩」と呼んでいた。一続きでない文章を組み合わせ、つなぎの文を書き添えて編集したのである。前もって自作を新聞・雑誌に発表するときは、いつもこのような方法を取った。小説執筆はとにかく断片を書くことから始まり、後でそれらを統合する方法を考えるというプルーストの方法が貫かれているのを見ることができる。だが、これを読んだモンテスキウは親近感をこめて、この文章は「連禱と精液の混合」(一九一二年三月二十五日か二十六日、*Corr.* XI, 79)だと、いつもの毒舌で書いて寄越した。これに対しプルーストは「あなたがさんざしaubépineのことをオーベパンaubépinとおっしゃるのは、……きっと慎み深い用語を使おうとなさっておられるのですね」(一九一二年四月、*Corr.* XI, 103)と応酬している。

一九一七年、コクトー主催のヴァランチーヌ・グロス邸での詩集『喜望峰』の朗読会に呼ばれて真夜中にやって来たプルーストは、コクトーのことを「若い詩人面をしているが、実はモンテスキウばりの、いやにめかしこんだ老人だ」と非難したがために、激怒したコクトーによって追い返されたことが、ポール・モランによる『大使館アタシェの日記』、一九一七年八月十二日に記述されている。[42] このように相手をモンテスキウのようだと形容することは、最悪の非難にほかならない。

プルーストの『花咲く乙女たちのかげに』(一九一九)が評判になり、同年、ゴンクール賞に輝くと、プルースト評が新聞・雑誌を賑わせるようになる。すると古くから彼を知るモンテスキウはプルーストに対し、「連中はあなたのすばらしい能力に気付いたふりをしているにすぎない」と指摘した(一九二〇年十一月二十九日、*Corr.* XIX, 636)。名もない若い頃からプルーストのことを知っているモンテスキウとしては、プルーストが世の注目を浴びるようになった今、苦し紛れの嫌味を言うしかなかったのだろう。プルーストは一九二一年になると、すっかり忘れ去られていたモンテスキウのために、美術批評欄を任せるよう、ある新聞に頼み込んだ。(43) 六月と七月には、「好みの画家や彫刻家の作品を誰よりも見事な散文で描き出す、美術批評家にして、驚嘆すべきエッセーの名手」(*Corr.* XX, 371)と評価するモンテスキウのために、「オピニオン」誌あるいは「ルヴュ・ド・ラ・スメーヌ」誌に連載欄を見つけるべく力を尽くし、編集長ブーランジェ宛の手紙で「私はそれほど氏の名前の復活を願っているのです」と書いた。さらに同年六月末、同氏宛の手紙では、モンテスキウを思い、「意地の悪い男で、狂気の沙汰ゆえに、たくさんの親族を苦しめました。しかしその淋しい晩年には、当然のものと想い込んでいた栄光を奪われたばかりか、最低限の公正さまで剥奪され、私は胸が張り裂ける想いです」(*Corr.* XX, 372)と哀願している。しかしブーランジェは冷ややかな返事を寄越し(*Corr.* XX, 379)、さらにモンテスキウは非常識な返事を書いた。(44) 十二月十一日にモンテスキウが尿毒症で他界すると、十八日、プルーストはギッシュ公爵夫人(グレフュール伯爵夫人の娘)宛にお悔やみ状を書き送っている。「病気が私をはばまなければ、実際にモンテスキウ氏に関して何冊も本を書くでしょう」と、故人への関心は今なお尽きていないことを明言している。そして時に親しく時に疎遠になりながらも、約三十年も続いた二人の交友関係を次のような言葉で要約している。「何年もの間、我々の間には不和の影ひとつなく、……少なくとも私の知る限り不和の影はなかったと申しましたが、氏はそうした影をなくすような人ではなく、むしろ雷を落とすといったものでした」。この点に関しては氏の回想録が答えを示してくれることを予測している。さらにプルーストの作品が「ささやかな成功」を収めているのに対し、氏の作品が忘れ去られている不均衡、不公正に想いをはせ、こんな予言をしている。「それでも氏は復活するでしょう。……少なくとも霊と誠において氏は蘇るでしょう」(*Corr.* XX, 586-588)。十二月二十一日、ヴェルサイユのサン=テリザベート教会で葬儀が行われたが、モンテスキウは多くの親族や友人たちと仲違いしていたため、駆けつけたのはクレルモン=トネール公爵夫人とノアイユ伯爵夫人だけだった。プルーストは病気を理由に欠席した(45)。

モンテスキウを「先生」と呼び傾倒しつつも、一方でプルーストは彼を客観的に見つめ、彼に対して批判の目を向けることを怠ってはいなかった。それは一九〇三年の六月に執筆されたラスキンの翻訳『アミアンの聖書』の「IV あとがき」において明らかとなる (*PM*, 135-137)。ここではラスキンの**偶像崇拝**をプルーストが批判しているのだが、そのような偶像崇拝の罪を犯す者の中に「同時代人のなかでもっとも正当に著名なひとり」(*PM*, 135) がいるとしている。名指しは避けながらも、これがモンテスキウを示すことは明白である。さらに彼の場合その罪が見出されるのは、「著作の中ではなく会話の中だけ」と苦しい譲歩をしている。当時、モンテスキウは様々な著作を世に出しており、致命傷になるような痛烈な打撃を与えるには忍びなかったのであろう。さらに「もっとも正当に著名な」という言葉にも皮肉が見え隠れしている。「正当に」という副詞を敢えて付けることによって、「著名であることが一応、世に認められている」というニュアンスが感じられてしまうのだ。「私があえて現代文学の領域にほんの少し足を踏み入れたのはラスキンにおいては萌芽状態にあった偶像崇拝のもろもろの特徴が、ここ「モンテスキウ」では拡大されており、しかもあれほど際立っているために、読者の目にもはっきり映るように思えたからだ」(*PM*, 137) という言葉は、ラスキンやモンテスキウに傾倒しながらも、そこに偶像崇拝の欠点を認め、彼らから脱却しようとしていたプルーストの声明にほかならない。

たとえば、バルザックを愛読するモンテスキウが、カディニャン夫人の装いと同じ、というただその理由だけで実在する女性の装いを褒めることを批判しているのである。

カディニャン夫人の装いはバルザックによる見事な創案である。……しかし彼女の中にある才気が取り除かれるや否や、彼女はもはや意味作用を剥ぎ取られた記号でしかない。すなわちなにものでもないのである。だから彼女を熱愛し続け、実人生の中で、ある女性の肉体に彼女を再び見出して悦に入るまでに至るのは、それこそまさしく偶像崇拝である。

(*PM*, 136)

カディニャン夫人の装いに関しては説明が必要であろう。シャルリュスはモンテスキウがモデルとなって生み出された登場人物であるだけに、彼もバルザックを暗記しているほどのバルザック愛読者である（*RII*, 781）。モンテスキウがカディニャン大公夫人の装いを持ち出して偶像崇拝ぶりをあらわにしていたのと同様に、シャルリュスはアルベルチーヌの装いを見て、バルザックのカディニャン大公夫人がダルテスと二度目に会った時とそっくりだと指摘し、褒め上げる。その装いは、バルザックによる描写では次のようになっている。「その装いはグレー系統の色を調和よく組み合わせ、いわば半喪服といった類のもので、見る者に孤独の憂いを帯びた優雅さを示していた。人生を大切に思うのはもはや自然の絆、つまりはおそらく息子のためだけであり、そしてそこに倦怠を感じている女性の衣裳である」[46]。それは見方によって玉虫色に見える、様々な色を組み合せたグレーのスカートとジャケットであった。そもそもこの装いは画家エルスチールの影響を受けた彼女にふさわしい、とイギリス風の控え目な色合いのものを語り手がアルベルチーヌのために選んだものであった（*RIII*, 441-442）。似たような装いであっても、それに込められた意味はカディニャン夫人とアルベルチーヌでは大きく違っている。すなわち登場人物の服装は小説の筋立ての中でこそ生きるものなのに、その服装だけを取り出して崇める愚をプルーストは徹底的に糾弾していると言えよう。シャルリュス氏の偶像崇拝は服に留まらず、カディニャン夫人とデスパール夫人が散歩した庭も、それはまさに自分のいとこの庭だと得意になって夢見るように言う（*RIII*, 442）。

モンテスキウの偶像崇拝には蒐集趣味が伴い、ゴンクールの描いた「芸術家の館」を思わせる。蒐集品の配置は所有者のみにしか分からない象徴となっていて、ボードレール風の法則に従っていたという。彼の家にはミシュレの鳥かご、カスティリオーヌ伯爵夫人の膝の型取り、グレフュール伯爵夫人のあごを描いたラ・ガンダラのデッサンなど、芸術や文学を想起させるものが家具に混じって置かれ、耐え難いほどの、がらくた集積場の体をなしていた(47)。

服装によって同一視されたアルベルチーヌとカディニャン大公夫人の例に戻ろう。この断章においてプルーストは偶像崇拝者を揶揄しているだけではない。カディニャン夫人の「秘密」をアルベルチーヌの同性愛的趣向の秘密にまで重ね合わせている。哲学書を読み漁るカディニャン大公夫人は、成長して文学や芸術に精通するアルベルチーヌを思わせないか。母親の愛人と結婚させられ、監視つきの結婚生活を送っていたカディニャン大公夫人は、囚われの女として話者に四六時中監視されていたアルベルチーヌと同じではないか。またダルテスがカディニャン大公夫人と文学談義に耽る場面は、『囚われの女』における語り手とアルベルチーヌとの同様の場面を思い起こさせはしないだろうか。さらにダルテスは見識の高い文学青年で、ジャーナリズムへの売文行為をはばからないリュシアン・ド・リュバンプレとは全く対照的であることも意味深長である。「『カディニャン大公夫人の秘密』！　なんという傑作だろう！　なんと深遠な、痛ましいことだろう、あの悪い評判ゆえにディアーヌ［カディニャン大公夫人］が、それを愛する男［ダルテス］に知られるのではないかとあれほど恐れる気持は！　なんという永遠の真実だろう！　しかも見かけ以上に一般的な真実なのだ！　なんとこれはさらなる広がりをもつことか！」(*RIII*, 445)。このようにシャルリュス氏が叫ぶとき、男性遍歴があるにもかかわらず殉教の乙女のふりをして、ダルテスをだましているカディニャン大公夫人と、モレルとやましい関係にあるシャルリュス氏自身を重ね合わせた上で、この意味深長な台詞をシャルリュス氏に言わせているのはほかならぬプルーストである。カディニャン大公夫人の装いと同じということだけに注目して無邪気に博識ぶりを披露しているだけのシャルリュス氏と、彼女の秘密を隠した装いを二重にも三重にも文脈の中で大いに生かしきっている小説家プルーストとの差が歴然と現れる場でもある。

同様に、モンテスキウは最初の評論集『考える葦』の中で、灰色のズボンはピエール・グラスーやシクスト・デュ・シャトレに見られるゆえ、バルザック的だと評している。農民の出身でありながらブルジョワお気に入りの画家となった、『ピエール・グラスー』のグラスーや、平民出身でありながら男爵、後に伯爵となった『幻滅』のデュ・シャトレは、田舎風を敢えて気取って灰色のズボンを着用していたのだが、モンテスキウはこのような文脈を考慮に入れず、単にズボンの色が「同じ、同じ」と悦に入っている。これをプルーストはモンテスキウについての評論、「美の教師」（一九〇五）(*EA*, 506-520)[48]の中で「見て、そして知る」、といった類の偶像崇拝の例として皮肉たっぷりに披露している (*EA*, 514)。この論文「美の教師」は一九〇五年八月十五日、月刊誌「生活芸術」に発表された。五月四日の段階で既にプルーストはモンテスキウに対し、彼を論ずる論文執筆の意向を打ち明けており、六月半ばには、雑誌用の本格的なモンテスキウ論が「頭の中で出来上がった」ことを彼宛の手紙の中で明かしている (*Corr.* V, 227)。モンテスキウは後にこの論文を、自著『いとも平然たる殿下たち』（一九〇七）の補遺部に再録している。この論文はタディエによれば、「プルーストが『サント＝ブーヴに反論する』以前に書いた最も重要な美学的考察を含む文章」[49]であり、ここに至ってはプルーストのモンテスキウ論も、かつて見たような手放しの賛辞からは一転して、称賛と批判が複雑に入り乱れたものとなっている。ラスキンに傾倒し、翻訳を行いつつ批判し、それを自らの作品創造に生かしていったのと同様に、モンテスキウもプルーストの批判を免れない。しかし何分モンテスキウは存命で付き合いがある手前、彼を褒めているのか、けなしているのか、一読しただけでは分かりにくい仕掛けが巧妙に仕組まれている。

たとえば、「のちに『失われた時』で語源をめぐる考察をふんだんに採り入れる作家が、いかに並々ならぬ関心をいだいて、あらゆる語の系譜に通じたモンテスキウの語源説に耳を傾けていたかがわかる」[50]ことは確かではあるが、「氏は、読者も氏と同じく学殖を有すると信ずるふりをしている」の一語から、モンテスキウの知的スノビスムを計算に入れた上での傾聴であることがうかがえる。モンテスキウの手による評論『美を天職とする人たち』（一九〇五）を評して、プルーストは「氏に特有のレッテル貼りの趣味と才能」が見られる（*EA*, 511）とし、ここでも偶像崇拝を批判している。ラスキンやモンテスキウは、すべてを見、弁別し、名を言うすべを心得ているが、これは芸術批評家の素晴らしいが危険なものになり得る天分である。彼らは花の名前に詳しく、芸術作品に花が描かれていればその花の名前が何であるかを即座に見分け、正確に言い当てる。これこそ名前の偶像崇拝にほかならない。ところが『失われた時』の登場人物である画家エルスチールは、名前に頼ることを拒絶し、事物から名前を剥ぎ取ることに努め、先入観なしに事物を見つめようとする芸術家として描かれている（*RII*, 194）ことから、偶像崇拝がプルーストの越えるべきハードルとして設定されていたことは想像に難くない。

「美の教師」に戻ろう。このようなモンテスキウ批判も論述の中では、他と比較することによって、巧妙に薄められている。大いに批判すべき作家と比較してみれば、モンテスキウはまだまし、という展開で難を逃れている。『レーモン・ルーセルの生涯』の著者フランソワ・カラデックが指摘するとおり、「モンテスキウの作品では、奇語・凝り過ぎた表現・難解な押韻を楽々と用いて、その人工美・気取り・スノビスムはその人物に劣らず徹底している」[51]。すなわち綿密に観察して書こうとすれば、より広範囲で多様な語彙を必要とするが、プルーストによれば、モンテスキウの用いる稀少語はテオフィル・ゴーチエのそれに比べれば少ないというのである。

そもそもモンテスキウはゴーチエを真の師匠たる耽美主義者として仰ぎ、引用回数もボードレールを凌いでいる。モンテスキウが『青い紫陽花』の巻頭に引用したのもゴーチエの一節であった。若きプルーストが愛読したゴーチエの『キャピテーヌ・フラカス』は、最初の数ページから二十個以上もの知らない用語が読者を襲ってくるという。『胡麻と百合』の注で、プルーストは、ユゴーのような大作家が稀少語を用いるときは「即興のための鍵盤」にすぎず、気取りも傷もないが、ひとたびそれを別の者が使うとなると「独創性の欠如の証拠でしかない」とゴーチエを手厳しく批判している。さらにゴンクールが自然描写の際に用いる絵画用語――「薄上塗り」glacis、「厚塗り」empâtements など――は、モンテスキウの芸術批評にはつゆほども見られないがゆえに、後者の知的スノビスムは許容範囲内であること、芸術批評家フロマンタンは批評の質がモンテスキウに及ばないがゆえにモンテスキウは救われること等々、モンテスキウ以下と評価しうる文学者を出すことで相対的にモンテスキウを持ち上げ、そして最後に氏の卓越したアングル研究（『考える葦』）からの長い引用で論をしめくくっている（*EA*, 517-520）。プルーストによる本格的なモンテスキウ論「美の教師」は、師と仰ぐモンテスキウ論の総決算、文学的には彼との訣別の決心をこめた評論であると言ってよいだろう。あくまでプルーストにとってモンテスキウは美の教師であって、文学の教師ではないのである。

　さて、その後、一九〇六年に発表された、ラスキンの『胡麻と百合』翻訳の中で、訳者プルーストは随所で本文と見紛うほどの実に長い注をつけているが、その中でも偶像崇拝について触れているところがある。さらにそこで言及されている偶像崇拝者とはモンテスキウのことにほかならないので、是非ここで引用したい。まずラスキンの本文の冒頭はルキアノスのエピグラフで始まるのだが、プルーストの注によれば、「文豪たちのあらゆる名文の中に現れたひとつの言葉を熱愛することに喜びを見出す」のは「偶像崇拝」にほかならないということでラスキンを批判している。さらに、「私がしばしばラスキンと比較した現代の偶像崇拝家［モンテスキウ］は、時としてある一つの詩作品の冒頭に、五つもエピグラフを置いたことがある」[52]。さらに、「見る人」の部分に注をつけて、「彼［詩人にして随筆家の偶像崇拝者＝モンテスキウ］が『司教とは見る人のことだ』と言うのが聞こえるのだ。というのは、ラスキンと同様に彼はそれぞれの言葉の背後に古代の、味わい深い隠れた意味を見つけて有頂天になるからだ。一つの言葉は彼にとって、ボードレールの言う、思い出でいっぱいの瓢箪なのである。その語が置かれた文の美しさを度外視して、その語を崇めるのだ」[53]としている。レッテル貼りに終始した場合と同様、ある特定の語や一句を、もともとそこに置かれていた文脈抜きで特別に取り出し、それだけを崇めることが偶像崇拝だというのだ。創作活動においては何かに依拠したくなる誘惑を抑えて、偶像にすがることなく、真実の言葉を自分自ら素手でとらえなければならない。その時の支えとなるのが、ある時偶然に、天啓のように訪れる無意志的記憶である。現在と過去の両者にまたがってこそ、言葉が確固たる地盤を得て本物となるのだ。したがって『マルセル・プルースト――伝記』の著者、ジョージ・D・ペインターの次の指摘は、今もって慧眼である。

《偶像崇拝》という概念を説明することによって、プルーストは未来の小説の主題を発見した。《土地の名》、《人の名》、友情そして愛を求める話者の空しい追求は偶像崇拝以外のなにものでもない。《偶像崇拝》は《失われた時》にほかならない。イメージという施錠されたドアのかげにある真理こそが《見出された時》なのだ。そしてそのドアを開ける鍵が無意志的記憶なのだ。(54)

過去の一瞬一瞬は無数の壷の中に閉じ込められている。ところがモンテスキウは、その一つ一つにレッテルを貼ってよしとしてしまうのだ。プルーストの場合はたとえ名前というレッテルが貼られていたとしても、中身は刻々と変化していることを見抜いていた。

さて、「美の教師」発表の一年前に、プルーストはモンテスキウからの独立を宣言する作品を、一九〇四年一月十八日の「フィガロ」紙に発表していた。それはサン゠シモンの文体模写という形を取り、タイトルは「**ヌイイのモンテスキウ邸での祝宴──サン゠シモン公爵『回想録』の抜粋**」(*PM*, 710-713)、筆名はホレーショとして、モンテスキウの詳しい人物描写を行ったものである。これの署名ホレーショは自分ではないとプルースト本人が明言したので、モンテスキウは誰が書いたのか知らぬまま、オランダ製高級紙で五十部印刷させ、私家版小冊子として友人たちに贈呈した。これは十二頁からなり、終わりに「原本と相違なきことを証す。ホレーショ」とある。プルーストもこれを一部受け取り、この時、著者であることを認めた。モンテスキウの見事な警句を用いての、人を刺すような受け答え、後ろに反り返った特徴ある姿勢、彼に近付いたことのある人間なら、才智と優雅あふれる彼の言動を気づかぬうちに模倣してしまうこと、秘書イチュリ、彼が招待する上流の人々とそこで行われる朗読会、詩人ノアイユ夫人、これらの内容がルイ十四世の宮廷を描いたサン＝シモンの『回想録』を髣髴とさせる文体で描かれている。

一九〇八年から一九〇九年にかけては、当時社会の関心を呼んだダイヤモンド偽造による詐欺事件であるルモワーヌ事件をめぐる裁判を題材に、大作家の文体模写をプルーストが次々と「フィガロ」紙上で発表した、いわゆる「模作の時代」である。一九〇九年の春になるとサン＝シモンの文体模写を書こうと考え、二月十六日、モンテスキウ宛の手紙でかつて書いたサン＝シモンの模作「ヌイイのモンテスキウ邸での祝宴」が手元にあれば、送ってくれるよう頼んだ。「いつか少しはものが書けるようになったら、書いて一番面白い模作は（もっと真剣な研究は別として）先生の模作です！　しかし、まず、それは、おそらく先生を怒らせてしまうでしょう。それにぼくは、ぼくのすることで先生を怒らすことを望んでいません、そんなことは出来ないほど先生が好きですから。そして次に、ぼくにはそれをする可能性がありませんし、能力もないように思います！」(*Corr.* IX, 34)。ところがモンテスキウはもう一つ別に自分の文体模写を作ってもらいたいと執拗に言ってきた。しかしモンテスキウの文壇での全盛期は過ぎていて、プルーストの食指はまるで動かなかったのである。[55] いずれにせよこれら模作の時代は『失われた時』執筆開始の時期と重なり、一九一〇年前後にサン＝シモンの『回想録』を熟読したことが『失われた時』の構想を熟させるための決定的な契機となったことがうかがえる。

新たに作成したサン＝シモンの文体模写は、単行本『模作と雑録』(一九一九)出版に際して、やっと付け加えられることとなった。「ルモワーヌ事件　IX サン＝シモンの『回想録』より」(*PM*, 38-59) であって、ルモワーヌ事件とミュラ事件をめぐる物語となっている。これに一九〇四年発表の模作「ヌイイのモンテスキウ邸での祝宴」(*PM*, 710-713) を再録すると共に、ここではさらにモンテスキウが辛辣さゆえに敵をつくる欠点をも有していたことにまで触れている (*PM*, 52)。末尾には「続く」と記し、続編まで書くつもりでいた。

ところで、モンテスキウは当代の芸術至上主義者たちと同じく、**ジャポニスム**に傾倒していた。社交人士の肖像に秀でた画家であるラ・ガンダラ（一八六二―一九一七）の作ったグループ（ジャック＝エミール・ブランシュ、ポール・エルー、モンテスキウ、ドガ、ホイッスラー）は極東美術への嗜好から社交界では「日本人」と呼ばれていた。しかしその内実はというと、日本文化に通暁するというよりも、骨董趣味に終始していたことに注目する必要がある。モンテスキウはグレフュール伯爵夫人の邸にいた日本人庭師、畑和助を雇ってパッシーの自宅に日本庭園を造り、そこに様々な骨董品を集めては客たちに披露することを楽しんでいた。一八九四年五月三十日、モンテスキウが自邸で催した「ヴェルサイユ音楽祭」においても、招待客たちは短い幕間に「日本ふうの温室と、（主人によって）そこに集められた珍しい花や小鳥」や立食を楽しんだ。ヴェルサイユ近郊には本格的な日本庭園「緑の里」があり、一八九五年七月二日、モンテスキウはここにプルーストも含め、知人を招いた。[56] 庭園と同様、モンテスキウの家の中も、家具調度、書物、絵画、装飾品などの骨董品であふれかえっていた。[57] まさにボードレール風の理想とデカダン趣味とをないまぜにした、ユイスマンスの『さかしま』の世界が演出されていたのである。当時のジャポニスムはデカダンスの一部を成していたと考えて差し支えないだろう。プルーストの模作「ルモワーヌ事件『ゴンクール兄弟の日記』より」において、日本公使が少しデカダンな様子をして出てくるのは、そのためである（*PM*, 25）。ボードレールは自然に対する人工の優位を説いたモデルニテの美学の提唱者で、奇異なもの、珍しいものへの偏愛によって現実から逃避しようとした、まさにデカダンの典型で、プルーストも評論「ボードレールについて」の中で彼をダンディと規定している（*EA*, 622）。ワイルドやドリアン・グレイと同様、「芸術家は自分自身が芸術作品でなければならぬ」の銘を心に刻み、美の崇拝によって完璧たらんとしたモンテスキウは、家具調度の蒐集や配置に関してゴーチエ、ユゴー、ゴンクール兄弟から多くのものを学んでいたのである。[58] ジェイムズ・ティソやアルフレッド・ステヴァンスの絵には日本趣味の調度品が出てくるので、モンテスキウはこれに夢中になった。モンテスキウは家具についての自説を美術雑誌に掲載し、彼の趣味は珍しいもの、異様なものへと向かいがちだったが、驚異的な学殖をもって《自由な家具》論でアール・ヌーヴォーを擁護し、ガレとティファニーの名を広く世に知らしめ、彼らの評価を高めたという功績もある。自らが息絶える日まで彼の秘書を務めたスペイン人のイチュリも骨董に詳しかったことが、プルーストによるサン＝シモンの模作の中に出てくる（*PM*, 50）。しかしイチュリの方が、主人であるモンテスキウよりも目利きであったため、彼の存命中は、置物は厳選されたのである。[59] モンテスキウの骨董趣味は巷に知れわたっていた。その証拠にモーリス・バレスは彼の著作『グレコ――トレドの秘密』（一九一二）の冒頭に、モンテスキウの骨董趣味をうかがわせる、彼への巻頭献辞を載せた。「ロベール・ド・モンテスキウ伯爵に捧げる　詩人にして　かずかずの珍しい品や姿かたちの考案者　エル・グレコの最初の擁護者のひとり……」。[60] このような骨董趣味はもともとプルーストにはなかったが、モンテスキウに触発され、インテリアの装飾品や家具調度、置物の美などを評価するすべを心得ることとなった。[61] 一九〇五年八月一日、最愛の秘書イチュリを亡くし思い出の品を贈ろうとするモンテスキウから、プルースト宛の手紙にこんな文句が見られる。「あなたが品物をお好きでないのは、なんと残念なことでしょう」（*Corr.* V, 317）。ところがその一年半後、一九〇七年一月七日、プルーストからレーナルド・アーン宛の手紙では、モンテスキウの詩《品々》が大好きになり始めたと言っている（*Corr.* VII, 23）が、これは『青い紫陽花』に収録された詩の題名であると同時に、「骨董品」のことも意味している。

ところで、このような珍しい物を蒐集する趣味が高じて、それが稀少語収集、細部への異常なこだわりへと至ったのではないだろうか。モンテスキウもシャルリュスも細密画のような描写で有名なバルザックを愛読していたことは納得のいく話である。しかしモンテスキウは言葉を巧みに凝りに凝って操った詩人ではあったが、それは言葉のコレクションに専心することに留まっていたとも言える。物の骨董趣味が言葉の骨董趣味、ひいては言葉の偶像崇拝へと至ってしまったのではないか。しかしプルーストはそれを潔しとしなかった。「特徴となる明確な細部をおそろしく綿密に描き出した」(*EA*, 517) モンテスキウを見習う半面、知的スノビスムを前面に押し出すような専門用語は拒否した。(62) 偶像崇拝を警戒し、その誘惑から訣別しようとしたがゆえに、プルーストは先入観やレッテル貼りを排し、まさに現象学的方法で事物に立ち向かい、言葉を生み出していったのである。モンテスキウとプルーストとの決定的な違いは、言葉というものをどう扱いどうとらえているか、その言語観の差から生じていると言えよう。プルーストはモンテスキウのように盲目的に言葉の蒐集に終始するようなことはしない。モンテスキウは珍しい骨董品を蒐集する感覚で言葉を一つのオブジェとして扱うのに対し、プルーストの場合は言葉が自分の心の底——すなわち失われた時——から蘇生するのをじっと待つのである。ラスキンに対する場合と等しく、プルーストによるモンテスキウへの傾倒、模倣、批判、否認という過程を経て、『失われた時』は出来上がったのである。ここにおいて、否認することによってしか創造することはできないというプルーストの言葉が重く響いてくる。「エルスチールがシャルダンを否認したように、人は愛するものを否認してはじめて、それを再び作り出すことができる」(*RIV*, 620)。プルーストがモンテスキウの文体や話法を模倣したように、『失われた時』の語り手がシャルリュスの話し方を真似ている部分がある。模倣、自己批判も含めた批判、そして否認、創造へと至るこの行程がプルーストの文学的営為の大きな特徴であることは間違いない。

ルナン

文学は「人種、環境、時代」という三要素から決定的に生み出されると提唱したイポリット・テーヌ（一八二八—九三）と並んで、エルネスト・ルナン（一八二三—九二）は、プルーストと同時代の青年たちが巨匠と仰ぐ思想家であった。東方への調査旅行をもとに執筆した、『キリスト教起源史』(一八六三—八一）の第一巻『イエス伝』(一八六三）は、イエスを歴史上に生きた一人の人間としてとらえ、彼が生きた時代と地理の中で実証的に解釈し直す、という前代未聞の画期的なもので、大きな反響を呼んだ。前年の一八六二年、コレージュ・ド・フランスの教授に任ぜられたものの、開講時にキリストを「比類なき人」un homme incomparable と呼んだために講義は中止させられ、二年後の六四年には教職を剥奪されているだけに、七巻にも及ぶこの宗教史研究書は世の注目を浴びた中での上梓であった。当時、ルナンの『イエス伝』がどれほどのスキャンダルであったかは、『失われた時』の語り手がジルベルトと仲良くなって、出入りするようになったスワン家のアパルトマンがありきたりのものであるとする考えを、この『イエス伝』と同様に危険思想だとして排除した、という一節にもうかがえる（*RI*, 497）。

ルナンは一八九二年に他界し、一八九四年には彼の草稿がフランスの国立図書館に寄贈されることになるわけだが、同時代人たる若きプルーストも彼に心酔し、至る所でルナンを引用している。ルナンは教会権を支持したため、社交界ではルナンがもてはやされていた。とりわけ政教分離に反対し「緑の枢機卿」の一人に数えられたドーソンヴィル伯爵のサロンでは、ルナンがしきりに読まれていたとするサロン評、「ドーソンヴィル伯爵夫人のサロン」をプルーストは一九〇四年一月四日の「フィガロ」紙に「ホレーショ」なる署名で載せている。

そして例によってルナンもまたプルーストによる批判を免れていない。『サント＝ブーヴに反論する』の「サント＝ブーヴとバルザック」で、バルザックにもルナンにも共通する文体的特徴、すなわち何もかもが委細かまわず詰め込まれ、調和に欠けたイメージが羅列されていること、が批判の対象となる（*CSB*, 297）。これはがらくたの集積場よろしく何もかもが詰め込まれている、ワイルドのアトリエを思わせないか。

一九〇八年から一九〇九年初めにかけては、プルーストが十九世紀の大作家たちの模作に耽った時期であるが、なかでも「ルモワーヌ事件」を題材にしたルナンの模作（*PM*, 31-38）は他と比べても分量的に多く、一九〇八年三月二十一日の「フィガロ」紙にルナンの模作だけを単独で載せていることからも、彼のルナンに対する関心の大きさがうかがえる。しかしプルーストに通例のことだが、とりわけ同時代の特定の作家に心酔した後は、必ず痛烈な批判精神が首をもたげてくる。プルーストにおいて愛読と批判は表裏一体になっているのだ。「ルモワーヌ事件」を題材とした模作においては、ルナンを真似たものが一番長いが、明らかに皮肉としか思えない文体模倣が随所に見られるのである。ルモワーヌ事件とは、炭素を光熱処理で結晶化すれば人工的にダイヤモンドが製造できるとして、技師ルモワーヌがデ・ビアス会社の会長ワーナーをだまして大金を手に入れたという、一九〇四年から一九〇八年にかけてフランス全土を騒がせた大スキャンダルであった。

次に、実際のプルーストによるルナンの模作を詳しく見ていくことにする。プルーストは一文が長いことで広く知られているが、それは学者であるルナンが著した文学的に香りの高い自叙伝『青少年時代の思い出』（一八八三）から学んでいることでもある。模作の次の一文に典型的な例を見ることができよう。下線部の「宝石」及びそれを受ける名詞に後から延々と修飾語句が連なって一つの文になっている。これは日本語ではできない芸当である。ここでは「息の長さ」という感触よりも、分かりやすさの方を優先させて、以下のように四つの文に分けて訳してみた。

Pour moi, <u>les seules pierres précieuses</u> qui seraient encore capables de me faire quitter le Collège de France, malgré mes rhumatismes, et prendre la mer, si seulement un de mes vieux saints bretons consentait à m'emmener sur sa barque apostolique, ce sont celles que les pêcheurs de Saint-Michel-en-Grève aperçoivent parfois au fond des eaux, par les temps calmes, là où s'élevait autrefois la ville d'Ys, enchâssées dans les vitraux de ses cent cathédrales englouties. (*PM*, 36)

私には、コレージュ・ド・フランスを辞するに足るような唯一の宝石がある。そしてブルターニュの年老いた聖人の一人が使徒の小舟に乗せて私を連れて行くことに同意してくれさえしたら、リューマチにもかかわらず、航海に出て探しに行きたくなるような唯一の宝石がある。それはサン＝ミッシェル＝アン＝グレーヴの漁師たちが、かつてイスの町が建っていた所に、海が凪ぎの時に時折水底に輝くのを認める宝石である。その宝石は今では海に呑み込まれた、百もの聖堂のステンドグラスに嵌め込まれていたものであった。

この「私」（ルナン）はいかにも宝石を探すという道楽のために、コレージュ・ド・フランスを辞したように読めるが、内実は辞めさせられているのである。例の、開講演説でキリストを「比類なき人」と呼んだために物議をかもしたことが原因であった。そして冷たく妖しい光を放つ宝石は世紀末文学にうってつけの材料であるから、このルモワーヌ事件というダイヤモンド偽造事件そのものが、十九世紀の名だたる学者の模作を行うのに、格好の材料だったに違いない。また、ブルターニュの聖人の「使徒の小舟」というのも、イマージュの貧困さをうかがわせる、月並みな表現である。大げさな内容を語りながらも、ルナンの用いる形容詞は凡庸であり、ここに限らず紋切り型表現があちこちに見られるのである。(63)プルーストはそれを巧みに仕組んだのであった。

同様の批判は、プルーストが晩年に執筆し、一九二〇年十一月十五日号の「パリ評論」に掲載された、「ある友に（文体についての覚え書）」にも読み取れる。これは後に一九二一年発行のポール・モラン（一八八八—一九七六）の小説集『タンドル・ストック』（一九二一）にも「序文」として再録されている（*EA*, 606-616）。プルーストによれば、ルナンの文章は下手くそで、描写能力が欠如している、と実に手厳しい。執筆したルナン自身の印象から生じたとは到底思えない、優等生の作文のイマージュを思わせる、他の書物から取ってきたようなありきたりの表現、フローベール流に言えば「紋切り型表現」があちこちに見られることが許せないのだ。それは次のような例である。「今や使徒の船が帆を風で膨らますことができるだろう」、「耐え難い光が、星々の数え切れない軍隊に場所を譲ってしまった時」、「死がその翼で我々を二人とも打ちのめした」（*EA*, 608）。「帆を風で膨らます」、「星々の数え切れない軍隊」、「翼で打ちのめした」といった、取って付けたような比喩がプルーストにとっては耐え難いのだ。プルーストは書物から表現を安易に拝借して紋切り型表現に安住するようなことは許せないがために、彼らと同じこと、すなわち他の作家の文体模倣や模作を敢えてすることで、彼らを痛烈に批判したのではなかろうか。欠点を論理的に直接的に糾弾するよりも、欠点をデフォルメして当てつけがましく見せた方が説得力があるというものである。

プルーストのルナン批判はまだまだ続く。ルナンの『キリスト教起源史』でなされている町の描写は、当時、各国語に翻訳されたドイツのベデカーの旅行案内書のような文体だとか、同じく『イエス伝』は、メイヤックとアレヴィの台本でオッフェンバックの作曲による滑稽歌劇『美しいヘレネ』(一八六四)のようだとか、とにかくルナンの文章の俗っぽさ、文学的価値の低さを徹底的にあげつらっている。プルーストは自身の翻訳書『アミアンの聖書』(一九〇四)に付けた序文が『模作と雑録』(一九一九)に再録されるにあたり、ルナンの俗な文章を『美しいヘレネ』にたとえる文を追加することを忘れていない(*PM*, 94)。我々は偶像崇拝について見てきたが、バルザックと同様、ルナンの場合もこれを免れていない。彼の場合はさらに「俗化」が追加されるのである。

次に、学者であるルナンの文体の特徴をうまくとらえた部分を挙げよう。滑稽味は聖書をはじめとする昔のテクストの内容を乱暴にも今の現実にあてはめているところからも来ている。模作の冒頭ではイエスにまつわるガリラヤ地方をピカルディー地方に置き直しているし、中ほどでは『黙示録』で語られるエルサレムの町とパリのオスマン大通りを同一視したりしている(*PM*, 36)。このようなやり方は取りも直さず、ルナンの著作『イエス伝』で顕著に見られるような、キリストを現代の地理の中に置き直した、ルナン独自の「科学的」、「実証的」な手法を真似たものである。

文献を渉猟する学者ルナンを茶化した例もある。当時、コクラン兄と呼ばれた実在のコンスタン・コクラン（一八四一－一九〇九）は役者であったにもかかわらず、文献を読んだというルナンによれば行政官ということになっている。

Il est souvent question dans les documents de cette époque d'un certain *Coquelin aîné* qui paraît avoir été une sorte de personnage proconsulaire, peut-être un riche administrateur à la manière de Crassus ou de Murena.（*PM*, 34）

この時代の資料ではコクラン兄とかいう人がしばしば話題に上っている。彼は地方総督のような人物だったと思われ、おそらくはクラッススやムーレナのような富裕な行政官だったのだろう。

たったこれだけの一文に、筆者が下線を施した、推測の言葉が四つも並んでいる。これは文献に依拠しながらも、論証の怪しいルナンを滑稽視したものにほかならない。ここに限らず、他の場所においても留保してみたり、ためらったり、自明のことでも仮説的に言うという、博識な学者ならではの言い回しは、あちこちで多用されている。しかもナポレオンがレジオン・ドヌール勲章を創設したのは軍功に限らず国家への功労者を称えるためであったのに、上記の引用文のすぐ後で「コクラン兄が兵役についていたことを立証する文献は一切ないが、ナポレオンがはっきりと expressément 軍功を称えるために創設したレジオン・ドヌール騎士団で、彼は高い地位を占めていた」などと的外れなことを言っている。「はっきりと」という副詞はプルーストのルナンに対する痛烈な皮肉である。そしてこれの筆者と想定されているルナンは文献を調べながらも、「レジオン・ドヌール」は「レジオン・ドヌール勲章」を意味するものなのに、「レジオン」がもともと軍団を意味することからこれを語源に忠実に解釈し、「レジオン・ドヌール騎士団で、高い地位を占めていた」などとして、勘違い、間違いに事欠かない (*PM*, 34)。こうしてルナンに特有の、語源に根拠を求める文献学的方法がプルーストによって徹底的に揶揄されているのである。『失われた時』でブリショの師と設定されているルナン (*RIII*, 831) だが、彼は実際に言語学者であったことにも注意しよう。青年時代は聖職者を目指してサン＝シュルピス神学校で勉学に励みつつ、聖書の原典研究のためにセム語文献学も学んでいた。哲学教授資格を取得する前には、セム語系言語、特にヘブライ語に関する研究で学士院賞を受賞しているし、その後も宗教史と並んで言語学の研究にも打ち込んでいた。このルナンが『失われた時』において文学のアマチュアであるルグランダンと、言語学の蘊蓄を傾け出すと止まらないソルボンヌ大学教授ブリショに投影されているのだ。(64)

実生活にせよ、著作にせよ、ルナンにまつわるものがこの模作においては凝縮して言及され、しかも彼特有の大げさな感嘆符を伴って出てくる。「ああ！　我がトレギエ地方においては、シユラミの女のように、若い娘たちが婚約者から幾重もの真珠の輪、虫食い形模様のある銀を嵌め込んだ高価な首飾りを受け取ることはないのだ」(*PM*, 35-36)。トレギエとはブルターニュにあるルーアンの生地であり、シュラミの女も、娘が婚約者から高価な首飾りをもらうことも、ルナンが注解を施して仏訳した『雅歌』（一八六〇）に出てくる話である。最も象徴的な感嘆符は、「だから辛抱せよ！　人類よ、辛抱だ！　既に何度も消えたかまどの火を、明日もまた再び起こせ！　そこからおそらくいつかダイヤモンドが出てくるだろう」（*PM*, 36）にある。プルーストはルナンが上梓した一連の宗教関連の研究書、仏訳書を念頭に置いて、聖書の文脈に置き直した上でルモワーヌ事件を語っているのである。また、このような大げさな感嘆符が出てくるのは、プルーストに言わせればルナン特有の「聖歌隊の少年のように無邪気な感傷」ということになるだろう。

ヴェルデュラン家でヴァントゥイユの七重奏曲が披露されたのは、ヴァントゥイユが他人には解読不可能な記号のまま残した未発表作品を、ヴァントゥイユ嬢の女友達が根気と知性とこの作曲家への敬意によって、解読に成功したためである（*RIII*, 765）。ヴァントゥイユ嬢の女友達はモンジューヴァンで、まだ父の喪に服しているヴァントゥイユ嬢と同性愛行為に耽り、挙句の果てに亡きヴァントゥイユ氏の写真に唾を吐いたという悪徳の塊のような娘である（*RI*, 161）。ところでこのヴァントゥイユの七重奏曲の演奏に際してヴァイオリンを弾いたのは、同性愛者シャルリュス氏に庇護されたモレルであった。人々がここに集まったのは、この二人の関係に興味を引かれたからであり、他方シャルリュス氏はこの場でモレルを宣伝しようと目論んでいた。この中で注目すべきは次の文章である。

哲学的ジャーナリストたちは、こんな夜会はもうないだろう、イプセン、ルナン、ドストエフスキー、ダンヌンツィオ、トルストイ、ワーグナー、シュトラウスなどはもはや称賛されることはないだろう、と確信している。というのも哲学的ジャーナリストたちはこのような公式の催しに潜むいかがわしい内幕を論拠として、この芸術に何か退廃的なものを見出すからだ。その芸術はまさにこの催しが賛美するものであり、多くの場合、すべての芸術のうちで最も峻厳なものなのだ。(*RIII*, 768-769)

イプセンからシュトラウスまでの名前は同性愛に関係する芸術家として列挙されているに相違ない。ここにルナンも含まれていること、そして同性愛を「最も峻厳なもの」とし、天才と悪徳とが同居していることを強調していることに注目しなければならない。

ラスキン

イギリスのジョン・ラスキン(一八一九―一九〇〇)は美術評論家であり社会思想家であるが、イタリア・ルネサンス、ゴシック、ターナーに詳しく、とりわけラファエル前派の擁護者として知られている。一八四八年に産声を上げたばかりの、中世美術を継承した幻想性と装飾性に特徴をもつラファエル前派をいち早く擁護し、一八五一年には早くも評論「ラファエル前派主義」を発表した。ラスキンが熱烈に賛美していたゴシック趣味も世紀末美術の発展において大きな役割を果たすことになる。[65]

プルーストは、イギリスとイタリアの芸術に通暁していた評論家ロベール・ド・ラ・シズランヌ（一八六六―一九三二）による著作、『ラスキンと美の宗教』（一八九七）を通じてラスキンを知ることになる。プルーストが書物上の知識だけに頼らず、ラスキンが見たとおりに実際に建築物や美術品を見に出かける、いわゆる「ラスキン巡礼」に赴くことになるのも、ラ・シズランヌの提言によるものである。すなわち自然賛美者の審美家ラスキンに倣って、自然の中で芸術品を愛でるための「ラスキン巡礼」である。自然の美を知性でなく感覚でとらえようとするラスキンの態度は、プルーストの『サント＝ブーヴに反論する』の冒頭、「日ごと私は知性に対してそれほど価値を認めなくなっている」へと受け継がれることになる。空高くそびえる尖頭アーチをもつゴシック建築は森の姿、樹木のイメージを模したものであり、幾何学模様でなく、自然界の枝や蔓が絡み合う植物のモチーフを過剰なまでに装飾的に使っていることから、自然を愛するラスキンがゴシックを賛美するのはごく自然な成り行きであった。ラスキンの著作『ヴェネツィアの石』（一八五一）の「第二期　ゴシック期」の冒頭の章、「ゴシックの特質」にゴシック全般について解説を見ることができる。

ラスキンのプルーストへの影響は他にも多々ある。ペインターによれば、ラスキンの『空の女王』（一八六九）の文体は主題をめぐってアラベスク模様を描いており、後のプルーストによる『ジャン・サントゥイユ』の文体と酷似している。(66) ラスキンは自叙伝『プラエテリタ』の中で自分の少年時代・青年時代のことを語るにあたって、過去の発見と自分の天職の発見とを重ね合わせており、これは「失われた時」を求めることで天職発見へと至る小説を書いたプルーストを予告するもの以外の何ものでもない。『プラエテリタ』を暗唱するほど愛読したプルーストはこれの仏訳を始めたが、程なくやめている。翻訳するよりはむしろ自分の作品、すなわち後の『失われた時』の執筆に専念したくなったため、と考えるのが妥当であろう。他にも暗唱するほど愛読していたラスキンの作品は多々あったが、プルーストはラスキンの『サン・マルコの憩い』の翻訳を辞退している。そうしなければ自分の作品が書けなくなることを懸念してのことだった。

プルーストとラスキンには共通した考え方がある。ロンドン図書館の創設者であり歴史哲学を究めたトマス・カーライル（一七九五―一八八一）と同様、ラスキンにとって詩人とは、自然の秘密を自然の声に従って書き取る書記のことである（*PM*, 111）。プルーストもラスキンの翻訳書『アミアンの聖書』（一九〇四）や『失われた時』で、「偉大な作家の義務、任務は翻訳者のそれなのだ」（*RIII*, 890）とプラトン的な考え方を明確に打ち出している。しかも書き取る対象物は時間を背負っている。プルーストが「ある事物の形態はそれの本性のイマージュであるだけでなく、それの運命を語る言葉であり、それの歴史の道筋である」（*PM*, 112）と述べるように、運命は未来を、歴史は過去を示すものであるから、事物は現在・過去・未来を携えて存在しているのだ。ここでカーライル、ラスキン、プルーストを結んで強力な線を引くことができる。それを象徴するかのように、プルーストの寝室にはホイッスラーの《カーライル》の肖像画の複製が飾られていた。カーライルは外界の雑音を遮断するために壁を補強した屋根裏部屋を書斎にしており、コルク張りの部屋で晩年、ひたすら執筆にいそしんだプルーストにとって、カーライルは正に手本となるような人物だったのである。すると次に持ち上がる問題は、書き取る対象が何かということだ。ラスキンとカーライルにとって、それは神によって創られた自然だった。プルーストにとっての書き取る対象、すなわち翻訳すべきものは自分自身、厳密に言えば自分が体験した過去であった。

　ところでプルーストはラスキンを手放しで称賛し続けたわけではなかった。ラスキンには絵の中で見た人物にそっくりだという理由で特定の人に関心をもつという、スワンの偶像崇拝を思わせるエピソードがある。さらにモンテスキウが文豪たちの名文の中に現れた、ある一つの言葉を文脈から抜き出して熱愛することに喜びを見出していたのと同様、ラスキンも聖なる文章に依拠し、特定の言葉を崇めており、プルーストが言うところの偶像崇拝の罪を犯していたのである。モンテスキウ、シャルリュス、スワンも同様の罪を犯していることに関しては前述したので、そちらも参照されたい。文脈を度外視することを諫めるというのは、「無意志的記憶」の重要性を訴えるプルーストならではの行為と言えよう。なぜなら無意志的記憶は、ある感覚をきっかけとして、それを味わった時の過去の状況が一気に蘇るというものである以上、過去の文脈が蘇らなければ、そもそも無意志的記憶はあり得ないものだからだ。

プルーストが実際にラスキンの偶像崇拝を批判している箇所を列挙してみよう。まず翻訳『アミアンの聖書』に付けた「訳者の序文」の中の、一九〇三年六月に執筆された「IV あとがき」に見られる（*PM*, 135-137）。ここでの叙述は一九〇〇年から一九〇三年の間にプルーストのラスキン観が変貌したことと関連している。一九〇〇年五月、プルーストの生涯において特筆すべきヴェネツィア事件（*PM*, 133）が起こった。ヴェネツィアで嵐に襲われたある午後、サン＝マルコ寺院で雨宿りをしていた時に、マリー・ノードリンガーが朗読してくれた、ラスキンの著作『ヴェネツィアの石』の第二巻第四章「サン＝マルコ寺院」の一節、「ヴェネツィア衰退の諸原因」の部分を聞いて、プルーストは奇妙な感動に襲われる。それはヴェネツィア人の犯した罪が他の人たちのそれよりも許しがたい理由として、ラスキンが次のようなことを挙げている部分であった。ヴェネツィアが石灰岩の聖堂の代わりに、オリエント風のきらびやかな大理石の教会〔サン＝マルコ寺院〕をもっていたこと、掟の書が書き込まれた神の家の正面で罪が犯されたこと、その掟の書とはモザイクの上に刻まれた、福音書ないし預言からの引用――「そのすべてのことのために、神はあなたを裁かれることを知れ」――の文字であったこと、である。ラスキンのこの文章とサン＝マルコのモザイクは、聖書から引用した文章を書き添えているという意味で、同様に偶像崇拝の罪、すなわち象徴の外面的な美を求めるという罪を犯しているのである。プルーストによれば、ラスキンの著作・才能の根源にはあらゆる瞬間に偶像崇拝が見出されるという。ラスキンの文章には聖書からの引用が多いが、これは教化主義が博識の人に与える利己的な快楽、芸術家たちが好んで陥る知的な罪、エゴイスティックな自己回帰にすぎない。「ラスキンのイメージの美しさは、聖なる文章に依拠する誇りによって生気を帯びると同時に腐敗させられてもいたのである」(*PM*, 133)。偶像崇拝は不誠実な罪である。肝心な所で聖なる文章に依拠することは、著者ラスキン自身の文章の美しさを弱めることになる。原典の聖書がどんなに聖なるものであれ、引用することは所詮、借り物の美に頼ることであって、自分の文章を生み出さなければならない芸術家には、いつかは克服すべき一段階なのだ。言葉は一連の文章の中でこそ輝くにもかかわらず、元の文脈から切り離した言葉だけを崇める行為は、まさに偶像崇拝である。「本質的にラスキン的なこの恭しい言い方のかげに相変わらず逃げ込んでいたら、私自身まさに偶像崇拝の罪を犯すことになるはずなのだ」(*PM*, 135)。さらにプルーストは「私はさんざしの絵を蒐集するようなことはしない。さんざしを崇拝することはない。それを見に行き、匂いをかぎに行くだけだ」(*PM*, 137) と言っている。現物に接することなく芸術作品だけに頼ろうとすることは、誠実さを欠くことであり、「芸術家たちが好んで陥る知的な罪」(*PM*, 136) であることを自覚しているのだ。(67)

ラスキンの翻訳に付けた注に戻って、なぜ、スノビスムは文学的に悪徳であるのか。それを考察するためには、これまで述べてきた一般的な意味でのスノビスムとは別に、知的スノビスムというものを検討せねばなるまい。知的スノビスムとは、より高度な名文や名文句に依拠することによって、自分の博識ぶりを意図的にであれ無意識的にであれ、結果的にはひけらかし、無知無学な人に教えるふうを装いながら、暗に彼らとは一線を画すという、排他的な衒学趣味である。知的スノビスムは「芸術家たちが特に陥りやすい知的な罪」、言い換えるならば「偶像崇拝」である（*PM*, 136）。

ラスキンは読書を勧める講演集『胡麻と百合』の冒頭をルキアノスのエピグラフで飾っている。それは「あなた方の一人一人に、胡麻の菓子一つと金十ポンド差し上げよう。――ルキアノス『漁師』[68]」というものである。もともと『千夜一夜物語』の「胡麻」は「開け、胡麻！」で知られるように盗賊の洞窟の扉を開ける魔法の言葉であり、まさに読書こそが知恵の宝庫の扉を開けるにふさわしいことを示唆するものであった。しかしここで敢えてラスキンは『千夜一夜物語』を飛び越えて、ギリシャの作家ルキアノスにまで遡っている。古くは堕落した哲学者を試すための報酬が、当時貴重で贅沢品であった胡麻だったのである。胡麻を世間一般で知られた「開け、胡麻！」の意味でなく、ご褒美であった胡麻そのものの古い価値にこだわっている。

ここに知的スノビスムを見ることは容易であろう。また、訳者である吉田城氏によれば、ラスキンは第四版まではルキアノスでなく聖書の「ヨブ記」第二十八章第五－六節を引用してエピグラフとしていた[69]。該当箇所は次のような記述になっている。「そこから食物が獲られる地、その地の深い所は火で覆される。地の石はサファイアのある所、その中には金の粒が含まれている」[70]。ここには胡麻そのものへの言及は見られず、比喩的な表現に留まっている。したがってヨブ記からルキアノスへの変更の意味するところは、ラスキンが読書の効用よりも、あくまで「胡麻」そのもの、「胡麻」という言葉にこだわった、と考えるのが妥当であろう。このエピグラフの箇所にプルーストは注をつけていて、「文豪たちのあらゆる名文の中に現れたひとつの言葉を熱愛することに喜びを見出す」のは「偶像崇拝」にほかならないということでラスキンを批判している。そしてラスキンと同様の偶像崇拝家として、先に述べたモンテスキウ批判が次に続くのである。

名文の中の特定の単語のみを崇拝するというのは、その単語を敢えて元の文脈から断ち切って、うやうやしく博物館や万国博覧会に陳列するようなものだ。エジプトで発見された考古学的出土品をパリのルーヴル美術館に並べることを考えてみよう。陳列された脇には、その出土品の学問的意味だけが記述される。ところがその遺品はもともとは特定の個人が生活の中で使用し、個人の人生の文脈の中にあった。どんなオブジェも歴史を、平たく言えば過去を背負っている。言葉も然り、である。後述するが、大学教授のブリショが得意になってやっている語源談義は、まさに言葉の博物館だ。語源談義に耽る以上、蘇らせている過去は、博物館で個々の展示品に添えられた説明書きにあるような、無色透明の死んだ過去だ。それに反してプルーストは生きている過去を求めたのだ。偶像崇拝者は言葉の歴史を敢えて個々の人間の文脈から引き離し、無臭の学問的なものにしてしまう。だから語源にこだわるのだろう。時にその学問的意味は衒学的な香りさえする。このような偶像崇拝者の犯した過ちを認め、オブジェを個人の元の次元に引き戻したのがプルーストの功績、と言えまいか。「私はさんざしを集めることはしない。見て匂いをかぐだけである」の一言は、さんざしを根付いている土壌から引き抜いて、標本とすることの愚を批判しているのだ。匂いは標本からは決して計り知ることはできない。実際に今、生きているものからしか感じることはできない。匂いの陳列された博物館は、ない。

ルコント・ド・リール

若きプルーストが愛読した詩人ルコント・ド・リールは、『失われた時』の語り手の年上の友人ブロックがしばしば話題にする。プルーストは自分の若い頃の文学趣味を、語り手より先輩格で尊敬の対象である（*RII*, 126）、このユダヤ人の友に投影しているのだ。「美しい詩は何も意味がなければそれだけいっそう美しい」という芸術至上主義を標榜するブロック（*RI*, 90）の影響で、詩句からひたすら真理の啓示のみを期待する語り手が、書く意欲を失ったという経緯がある。古代ギリシャから着想を得た高踏派の領袖ルコント・ド・リールは当時、押しも押されもせぬ大詩人で流行の先端をいっていた。ブロックはルコント・ド・リールだけでなく、彼の忠実な弟子であるエレディアも崇拝していた（*RII*, 107）。ブロックは大袈裟に「親愛なる師匠、ルコント大将」と呼び、彼の言うことを「デルポイの神託」として崇めるがゆえに、彼の推奨するベルゴットを読むことを話者に勧めるのである（*RI*, 89）。ベルゴットを読めば「君はオリュンポスの神酒《みき》の喜びを味わうことになるだろう」（*RI*, 89）と。この「デルポイの神託」や「オリュンポスの神酒《みき》の喜び」les joies nectaréennes de l'Olympos という神話的な隠喩は、ルコント・ド・リールによるホメロスの翻訳から借りてきたものだ（*RI*, 1146, n.10）。したがって語り手がベルゴットを読むようになったのは、ブロック並びにルコント・ド・リールを経由して、ということになる。このブロックが語り手と貴族のサン＝ルーを夕食に誘う時の表現は、スノビスムの塊のような言い方であった。「親愛なる先生よ、そして軍神アレスのお気に入りの騎士であり馬を調教するド・サン＝ルー＝パン＝ブレーよ、快速船をもつメニエ家のテントの近く、波の泡沫がとどろくアンピトリテの岸であなた方にお会いしたからには、非の打ちどころのない心をもつ高名なる我が父親の家に、ご両人で今週のいつか、夕食においで下さらぬか」（*RII*, 106）。ここでの「先生」とは語り手のこと、アンピトリテは潮流の女神であって、海神ポセイドンの妻でもある。メニエ家とは、アリアーヌ号という有名なヨットを擁していたチョコレート製造業者、ガストン・メニエ家のことらしい。古いギリシャ神話と新しい最先端の流行とを取り混ぜた、「私はこれだけのことを知っているんだぞ」と言わんばかりの、スノッブの匂いがぷんぷんと鼻につく誘い文句である。この誘い方はコンブレのルグランダンが語り手を誘うときの、実に衒学的かつ感傷的な台詞（*RI*, 124）を思い出させるものである。

そもそも十三から十四歳の頃、プルーストのお気に入りの詩人はミュッセであった（*EA*, 336）。ところが二十代後半に執筆したものの途中放棄した『ジャン・サントゥイユ』の中でプルーストは、芸術と人生を対立させせず、手紙を書きまくり、しゃべりすぎる、すなわちフローベールとは全く逆のミュッセを、「才能に乏しい」としている（*JS*, 762）。晩年に執筆した「ボードレールについて」（「新フランス評論」一九二一年六月号）においても、「ミュッセは二流詩人」と言い切っている（*EA*, 633）。

形式美の追求と不感無覚を旨とする高踏派のルコント・ド・リールは、色彩や音を構成する技術に長けている点で、ロマン派のミュッセの後継者と評されるほど、両者は似かよったところがあり、プルーストもこの点を評論「ボードレールについて」の中で指摘している。ルコント・ド・リールはミュッセを皮肉な眼差しで見つめていたにもかかわらず、出来上がった詩は、と見ると両者にさしたる違いはないという皮肉なことが起こっている。たとえば、「オフェリアのように静かに、お前は眠っていなかった」（*EA*, 635）はルコント・ド・リールの『夷狄詩集』（一八六二）の一句であるが、ミュッセと見紛うばかりだと言う。その理由はおそらくオフェリアという固有名詞に頼っている点に求められるであろう。なぜなら、ブロックもその点に着目していて、ミュッセの詩篇《五月の夜》の一句、「白いオロソーヌと、白いカミール」をルコント・ド・リールがミュッセを弁護する文章で指摘していた（*RI*, 89）からだ。またブロックは「誓いの守護神であるクロニオン・ゼウスにかけて」（*RII*, 104）などと仰々しく誓ったりするが、これはゼウスがクロノスの子であることから、ルコント・ド・リールがゼウスのことを気取って「クロニオン」と呼んでいたことに由来する。また、プルーストによれば、ルコント・ド・リールはとりわけ獣を表現するに当たっては、普通名詞を敢えて使わず、彼独自の凝った言い回しをすることが多い。正午は「夏の帝」、ライオンは「シナールの王」、虎は「縞模様の領主」、黒豹は「ジャヴァの王、黒い狩人」、ジャガーは「美しい毛並みの猟師」、狼は「ハルツの領主」、アホウドリは「大空の王」、鮫は「海の草原の不吉な徘徊者」など（*EA*, 635）。フローベール流に言えば、これらは紋切り型表現ということになるのではないか。持って回った表現のレッテルを貼って良しとしてしまうこの手法は、これもまた一種の偶像崇拝ではなかろうか。ところで、プルーストの『失われた時』においては、紅茶に浸したマドレーヌや不揃いな敷石をきっかけとして蘇る無意志的記憶が、内容的にも構造的にも必要欠くべからざるものであることは誰もが認めるところである。コンブレの思い出、ヴェネツィアの思い出、といったラベルや名前によって分類され、理知によって支配された、言うなれば意志的記憶よりも上位に、無意志的記憶が位置づけられていることは間違いない。この無意志的記憶と意志的記憶との対立と同様に、無意志的隠喩と意志的隠喩という対立構造も考えられるのではなかろうか。ルコント・ド・リールが使った、獣を表現する際の凝った別名は、言うなれば意志的隠喩である。読者に敢えて立ち止まって考えさせる凝った表現は気取りを感じさせるし、もしそれらの表現が文学に通じた人たちにとって常識的なものであれば、知的スノビスムにほかならない。意志的隠喩は事情通が使う集団的なものであるが、無意志的隠喩はそれを実際に体験した人だけのものであって個人的なものである。

若きプルーストが投影されているブロックはミュッセも好んで読んでいるが、彼が夢中になって愛唱するのは、パドヴァやヴェネツィアなどイタリアのよく知られた地名はもとより、サン・ブレーズやラ・ツェッカといったヴェネツィアの地名が出てくる詩句に限られている（*RII*, 127）。このような地名の出てくる箇所ばかりを愛好するのは、やはり偶像崇拝ではないだろうか。その後、プルーストは、続けて見解を述べる。自分が称賛する作家の作品となると、駄作であっても蒐集したり引用したりするのは、作家が真実だからという理由で知っている言葉や人物を使って、小説全体からすればその部分が凡庸になってしまうのと同じである、と。様々な著名人たちを『回想録』の中で活写したサン＝シモンでさえ、他から引用した人物描写は精彩を欠いたものになっている、と。そして、「観察する」時の精神状態は、創造する時の水準よりもずっと低い位置にあるのだ、と結論づけている。

ここで、観察と創造をプルーストが対立するものとしてとらえていることに注目したい。サン＝トゥーヴェルト公爵夫人邸での夜会で、ブレオーテ氏が久しぶりに会ったスワンと挨拶を交わした後に、次のような場面がある。

一方では、ブレオーテ氏がたずねていた、「おや、あなたはここで一体何をなさっているんです？」、こう聞かれた社交界好きの小説家は、心理探求と冷酷な分析を行うただ一つの道具であるその片眼鏡を、目の隅にすえたところであったが、重々しく謎めいたように、「ル」の音を巻き舌で発音しながら答えた。

「観察しているんです J'observe」(*RI*, 321)

この小説家は正体を明らかにしておらず、その後、他の箇所に現れることもない。プルースト自身のかつての姿と考えるのが自然であろう。確かに小説家にとって周囲を鋭く観察することが必須であることは誰もが認めることではあるが、では観察すればそれで済むのかというと、事はそれほど単純ではない。『見出された時』では、語り手がゴンクールの『日記』を読んで文学とはこんなものかと失望する件がある。それはゴンクールが会食者から聞いた話を材料に書いているに違いないのだが、それならそのネタの提供者自身が同様に書いたところで何の違いもなかろう、すなわち書き手自身の創造性が感じられない、というものだった。それを端的に次のように表現している。「ゴンクールは、注意深く見ることもできるのと同様に、人の話をよく聞くことも心得ていた。それが私にはできなかったのである」(*RIV*, 299)。ゴンクールにできたことがなぜ語り手にはできないのか。それは能力の違いではなく、価値観の相違である。ゴンクールに満足できることが、語り手には到底、容認できない。語り手、すなわちプルーストにとっては表面上の観察や借り物の引用だけでは意味をなさず、深いところへと達しない限り芸術的に容認できないのである。彼を感動させるのは、作品の表層に現れる内容ではなく、深遠の部分から立ちのぼる文体なのだ。

私のなかには、多少なりとも注意深く見ることのできる人物がいるのだが、それは間歇的にしか現れない人物で、彼が正気をとり戻すのは、彼にとって糧となり喜びにもなるような、いくつかの物に共通した何か普遍的な本質が顕わになる時だけなのだ。その時この人物は眺めたり聴いたりするのだが、それは一定の深さをおいている時だけなので、いわゆる観察にはこれが活用できないのであった。[……]したがって、人々の外面上の複写の可能な魅力は、私の手を逃れてしまうのだ。なぜなら私にはそこに注意を向ける能力がないからである。(*RIV*, 296)

プルーストが当初、この長篇小説全体の表題とすることも考えた「心情の間歇」は実は、真の意味で観察できる人物が間歇的にしか現れないこと、換言すればいくつもの物に共通した本質が見つかるのは間歇的でしかないことから生じているのである。事物そのものの表面上の観察よりも、物の深い本質に迫るべきだとする考えは、実は、プルーストが若い頃手がけて完成せずに放棄した『ジャン・サントゥイユ』で、既に萌芽的に現れていたのだった。「冬の三つの楽しみ——ガスパール・ド・レヴェイヨン伯爵夫人」の断章で、十九歳の女流詩人、ガスパール・ド・レヴェイヨン伯爵夫人の詩が「両世界評論」誌上に発表されたばかりという設定になっており、これは現実ではプルーストと親交のあったノアイユ伯爵夫人を思わせる。主人公のジャンとレヴェイヨン伯爵夫人は同一の詩の天分を持ち合わせており、ここで既に、単なる観察と事物の本質を見抜くこととは決定的に違うこと、そしてその本質は会話の中には見られない類のものであることが語られる。「というのも彼［ジャン］は物の本質は強く感じていたが、物そのものを観察することはできなかったからである。［……］会話で話題にしない、諸々の物の内奥の本質こそが実際は彼女［レヴェイヨン伯爵夫人］にとって本当に大切であり、真に彼女を甘美で高揚した状態にする、唯一のものだったのである」。そしてその本質こそは、無意志的記憶の蘇りによってもたらされることも語られる。「現実の生活のなかで我々は、決してこの本質を感じることはない。その生活が同時に過去の生活である場合を除いて。だから我々は一瞬、現在という普段は逆らえない力から解放されて、現在の時間を越える何ものかを、すなわち我々自身の本質を、感じていたのだった」（*JS*, 520-521）。

さて、ルコント・ド・リールと古代ギリシャとは、話者の頭の中で緊密に結びついているので、バルベックの海を見ているときも、ルコント・ド・リールの詩に歌われた、英雄的な古代ギリシャの戦士たちが櫂《かい》をもって音高く漕いだ波と同じなのではないかと思うことさえあった（*RII*, 68）。実はこれはアイスキュロスの《オレステイア》にもとづいたルコント・ド・リールによる韻文劇《エリニュスたち（復讐の女神たち）》の一節である（*RII*, 256）。興味深いのは、実はこの詩句はルコント・ド・リールの『古代詩集』所収の《エリニュスたち》であるのに、プルーストは、「ルコント・ド・リールが《オレステイア》の中で描いているように」（*RII*, 67-68）と書いていることだ。この混同が意識的であるにせよ、無意識的であるにせよ、ルコント・ド・リールの《エリニュスたち》が、読者の頭の中ではアイスキュロスの《オレステイア》とほぼ同等であることを言いたいのであろう。アイスキュロスから想を得たルコント・ド・リール、そして級友ブロックが愛好するルコント・ド・リールの詩句にこだわって現実世界に同じものを見ようとする語り手、いずれも他者のテクストに依拠していることに変わりはない。一種の偶像崇拝と言っていいだろう。しかしその後、語り手はエルスチーヌのアトリエに招かれ、話を聞き、大いに感化されることによって、バルベックの現実の海を前にして、ルコント・ド・リールの詩句と同じ古代の海を空しく求めることは止め、ヨットや海水浴客を夾雑物として視界から遮ろうとすることはなくなったのだ（*RII*, 256）。ルコント・ド・リールが古代に立ち返り永遠のものを歌っているようでいて、実際はそうでない、ということに語り手は気づいたのである。

ところで、「君はオリュンポスの神酒《みき》の喜びを味わうことになるだろう」（*RI*, 89）と、ルコント・ド・リールの匂いをぷんぷんとさせた表現で、語り手にベルゴットを読むことを勧めたブロックだが、この「神酒《みき》の喜び」les joies nectaréennes に注目しよう。ルコント・ド・リール自身は「神酒」を表現するのに、フランス語の nectar でなく、ギリシャ表記に従い nektar と綴っていた。ここに彼特有の衒学趣味が見られる。ブロックもこれに倣って、ごく簡単なことにもギリシャ語式の綴りを採用し、これこそが文学的才能の証だと信じ込んでいた（*RIII*, 230）。しかし固有名詞をギリシャ語で綴ることに腐心したルコント・ド・リールだが、その内実はというと、誤りも多く見受けられた。加藤靖恵氏は一九〇九年後半に執筆され、ルコント・ド・リールについて多くのページが割かれたカイエ六四に注目し、これを『失われた時』と比較すると、後者の方が明らかにルコント・ド・リールの衒学性と擬古主義を前面に打ち出していると言う。[71]若い頃に心酔したルコント・ド・リールが、最終的にはプルーストにとっては超えるべき反面教師として設定されていることは明らかだ。また、カイエ二八の段階では、ブロックはゴーチエの信奉者であった（*RI*, 1144, n.3）。ゴーチエの衒学趣味は前述したので、これは大いにうなずける話である。

ところでプルーストの若い頃のテクストでは、ルコント・ド・リールとフローベールとの類似（*RI*, 1145, n.8）を指摘した箇所が多々見受けられる。ルコント・ド・リールもフローベールも、綿密な資料調査を基にして作品を書いているという共通点は既知のことであるが、若きプルーストが両者を同一視していたことは確認しておかなければならない。二十歳の頃に執筆したとされる「真の美しさ」では、読書愛好家はフローベールとルコント・ド・リールによって終着点の港に導かれ、彼らはそこで「美」の不動の鏡を見出す、としている（*EA*, 342）。次に一九〇二年から一九〇四年の間に執筆したとされる「アンリ・ド・レニエ」では、アンリ・ド・レニエの硬直した形式、気取りと嘲弄の混じった内容は、フローベールとルコント・ド・リールからきているのだ、と言う（*EA*, 503）。「新フランス評論」一九二〇年一月号に発表された「フローベールの文体について」では、フローベールとルコント・ド・リールの文体の具体的な類似性について述べている。フローベールにおいては、接続詞の「そして」et が副次的な文章の始まりを示すものであるが、、ルコント・ド・リールの作品では、「遠くないところに」non loin、「もっと先に」plus loin、「結局」au fond、「以下に」plus bas、「ただ」seulsといった表現が、フローベールの「そして」と同様の役割をもつことが指摘される。このような接続詞や副詞の特異な使用こそが作家の新しいヴィジョンを翻訳していると言う（EA, 592）。両者とも副詞や副詞句を重苦しく配置するなどして、堅牢さへの欲求が見られることもプルーストは指摘する（*EA*, 593）。また、「新フランス評論」一九二一年六月号に発表された「ボードレールについて」では、ルコント・ド・リールも後期作品においては、前述したような獣を表現する際の安易な暗喩を放棄して、語と対象の間に何も入り込ませないようにし、《マグヌスの猟犬》に至ってはフローベールの『聖ジュリアン伝』を思わせるほどに、猟犬をありのままに描き出している、としている（*EA*, 635）。そしてルコント・ド・リールを「高踏派と象徴派以前で、低下したとは言え、〈巨匠たち〉の伝統を受け継いだ唯一の詩人」（*EA*, 634）であるとか、ボードレールに遠く及ばないとは言え、「高踏派と象徴派以前で、何がしかの才能をもった最後の詩人」（*EA*, 636）と位置づける。しかし『失われた時』においては、ルコント・ド・リールとフローベールとの親近性を指摘した部分は見られない。このことからもプルーストがこの小説の中では、ルコント・ド・リールに限定的な役割を負わせていることを、うかがい知ることができる。

2 『失われた時を求めて』の登場人物たち

ブリショ

バルベックに滞在中、水曜日にラ・ラスプリエール荘でヴェルデュラン家が開催する晩餐会に出席するために語り手は軽便鉄道に乗るのだが、そこで医師コタール、彫刻家スキー、そしてアカデミー会員でソルボンヌ大学教授であるブリショと乗り合わせる。倫理学の講座を担当する教授のブリショは、ヴェルデュラン家のサロンの熱心な「信者」と呼ばれる常連である。大学の同僚にはヴェルデュラン家と親しいことをひけらかし、訪問の間はずっとシルクハットを床に置いたままでかまわないことや、野外の晩餐会ではシルクハットでなくソフト帽をかぶるべきといった、無頓着とも見えるエレガンスを備えた、社交人哲学者として通っている。彼は当時もてはやされていたドイツ式の正確さを重んじる実証主義や科学主義よりも、フランスの古典学《ユマニスム》の伝統の方を重んじていたため、新ソルボンヌ大学にあまり共感を覚えていなかった（*RIII*, 261）。ブリショの盲目的な古代派ぶりは、彼がゴンクール兄弟に敵意を抱いていることにも現れている。それはゴンクール兄弟の未発表の日記として『見出された時』に組み込まれた部分で、ゴンクール兄弟のぼやきとして表現される（*RIV*, 289）。ディドロをホメロスよりも上におき、ヴァトーをラファエロより上におくゴンクールを見て、古代派ブリショとしては我慢がならなかったのである（*RIV*, 358）。

ブリショは、師であるルナンと同様、滑稽なまでに語源にこだわり、衒学的であること、そしてその衒学性はもう一人の師、メリメからもきていることが指摘されている（*RIII*, 831）。実際のモデルとなった、コンドルセの哲学教授で後にソルボンヌの教授となったブロシャールも、長舌の語り口と衒学趣味で有名だった。[72] 読者の目を引き、そして時に読者を辟易させるのは、何と言ってもペダンティスムの塊のようなブリショのしゃべり方である。「今は亡きヴィルマン〔ソルボンヌ大学の雄弁家として鳴らした教授〕風に言えば」（*RIII*, 268）とか、サロンには新入りの語り手に向かってヴェルデュラン夫人のところほど「生きる快さ」を感じられるところはない、などと大革命時に巧みに生き延びた政治家タレーラン大公の有名な表現を借用したりする（*RIII*, 269）。さらに過去の大貴族のことを話す時は、称号の前に殿《ムッシュー》をつけたり、過去の有名人物の名前を言うのに、事情通でないと分からないような持って回った呼称を使ったりするというペダンティスムのオンパレードである。先のタレーラン大公のことも、政治家になる前は僧職についていたことから、「シャルル＝モーリスなるペリゴールの司祭」などと言ったりする（*RIII*, 275）。また、挨拶で「さようなら」を言うだけなのに、古代ギリシャ語で「カイレ！」Khairé と言うほどである（*RIII*, 497）。地名のバルベックのことも他の人のように普通にバルベックと言わず、間違いを指摘されつつも頑固にアンカルヴィル、ないしはバルベック＝アンカルヴィルという呼び名で呼ぶ（*RIII*, 441）。これもペダンティスムの現れであろう。

　ありきたりのことを言うのにも、言葉の方は皮肉にも高尚な表現にして才気の程を見せたつもりでいる。退廃的な象徴主義を批判する際も、「マラルメ礼拝堂……ヴェルレーヌの注射を打つ……ボードレールにかぶれてエーテル常用者に……阿片窟のごとき象徴主義……文学的神経症……」などと、語り手を意識しながら支離滅裂な台詞を滔々《とうとう》としゃべるのである（*RIII*, 346）。また、語り手が馬車でパリのセーヌ河岸に沿って進み、左岸の第六区にあるコンティ河岸のヴェルデュラン家に近づいていた時、半ば盲目のブリショが鉄道馬車を降りて歩き出そうとしているのに気づいて、語り手は馬車を降りて腕を貸してやった。するとブリショは「このたびお目にかかれたのは大シェルブールの近くではなく、小ダンケルクのそばですね」などとよく分からないことを言う。語り手はこの教授特有の長い講釈を考えただけでぞっとするので、敢えて説明は求めなかった（*RIII*, 703）。ところでこれらの地名はいずれもヴェルデュラン家のことを示す。シェルブールはノルマンディの港町だから、ヴェルデュラン家が借りていたノルマンディのラ・ラスプリエール荘を示し、ダンケルクはベルギー国境に近い北フランスの港町だが、コンティ河岸の女性服飾店が「小ダンケルク」なる看板を掲げていたことから、コンティ河岸のヴェルデュラン家のことを言っているのである。シェルブールにわざわざ「大」をつけているのは、「小ダンケルク」と対称的に表現するためであろう。もともとヴェルデュラン家のサロンのことを常連たちは「コンティ河岸」と呼んでいたが、それよりもさらに一歩進んで凝った言い回しである。それゆえ、事情通でない人を寄せ付けない排他性がある。

ブリショの他にもヴェルデュラン家のサロンには衒学的な人物が多々いるが、元古文書学者のサニエットはブリショほど学識を強引にまくし立てることがなく中途半端な出し方をするのでヴェルデュラン氏に「知ったかぶりとは、あなたのことだ」とまで言われてしまう。[73] このようないじめが常習化した挙句、サニエットは何も言われなくてもビクビクして常に息をはあはあしている可愛そうな存在である。現代の用法とずれた古い語法を衒学的に使ってヴェルデュラン家のサロンで周囲の人に違和感を抱かせると、ブリショは通訳ないし説明役を買って出てサニエットを誤解から解いて守ろうとする。たとえばサニエットが「ヴァントゥイユの未発表作品を《奇妙なことに》singulièrement モレルが弾くそうで」と言って、モレルを庇護するシャルリュスからは当然、糾弾されるわけだが、「奇妙なことに」は今日の「とりわけ」の意味だと解説してサニエットを援護するのは、ブリショの役目なのだ（*RIII*, 730-731）。また、ヴェルデュラン家のクロークで召使にコートをあずけようとサニエットがおとなしく順番を待っていると、ヴェルデュラン氏にそんなところで何をしていると詰問され、「着物に番をしている surveiller aux vêtements 人がコートを受け取って番号札をくれるのを待っているんですよ」とまたまた古い語法を持ち出して言う。するとヴェルデュラン氏はすかさず、「《着物に番をしている》とは言わない。《着物の番をする》surveiller les vêtements と言うものだ」とどやしつける。サニエットが典拠を出して解説しようとするとヴェルデュラン氏はその間も与えず、その剣幕のすごさに同調してクロークの人たちもサニエットをとばして他のお客の方を先に通してしまう。こんな時、「彼は悪いやつではなくて気取っているだけですよ」とサニエットをかばうのは、やはりブリショなのだ（*RIII*, 732-733）。

また、田舎貴族のカンブルメール侯爵が「できあいの」表現を使って、それの長所も短所も知り尽くしたコタール氏に批判されると、弁護を買って出て、一つ一つの言い方の起源を説明するのもブリショである（*RIII*, 314）。ブルジョワから貴族に嫁いだルグランダンの妹、カンブルメール侯爵夫人は大変なスノッブであるが、新し物好きの彼女は古い物好きのブリショに大層好かれていた。両者ともスノッブということで共通しているのであろう。もっとも強権的な「女主人」であるヴェルデュラン夫人に、二人の仲は裂かれてしまう。そしてそれが原因で後に彼は完全に失明し、モルヒネの常用者になってしまうのである（*RIII*, 314, 785）。

さて、コンブレの司祭が著したノルマンディの地名の語源の本を、語り手はカンブルメール夫人から貸してもらう約束をしていた。この司祭はベッドに寝たきりのレオニ叔母と訪れたウーラリを前に、コンブレの地名や歴史について長々と講釈していた人物である（*RI*, 101-105）。イリエの旧司祭、司教座聖堂参事会員で、歴史と語源学の愛好者であったジョセフ・マルキがモデルであるが、ルナンがモデルだともされている。[74] 司祭の長い講釈は、早くても一九一三年夏、第二回の校正刷りで加筆されたもので、古文書学校の教授、ジュール・キシュラによる『古い土地の名のフランスでの形成について』が元になっている。またプルーストはシャルトルの司教区の古文書の中でも一九〇七年に出たイリエに関するマルキの論文も参照している。[75] カンブルメール夫人はコンブレの司祭の著作を、ありとあらゆる古文書を調べ歩いた末の「ベネディクト会修道士のような篤学の士の仕事」だと褒めちぎる（*RIII*, 204）。だがラ・ラスプリエール荘にあったこの本をぱらぱらとめくってみたブリショは、「地名学は厳密な科学ではなく、私はこれについて何も知らない」（*RIII*, 283）としながらも、一つ一つ根拠を挙げて司祭の説をことごとく覆す（*RIII*, 280-284）。この司祭はノルマンディに着いた時は神経衰弱で、帰るときにはリューマチになりかかっていたという語り手の弁明も、厳格なブリショにとっては何の意味ももたない。司祭は異教的な起源を見落とす一方で、キリスト教の痕跡も見逃してしまう、と手厳しい（*RIII*, 281）。語り手としては司祭の誤解の原因は、農民たちが破格として反対の意味や歪められた発音を定着させてしまい、司祭が参照した教会の台帳にも破格の用法が見られたためだと分析している（*RIII*, 305）。カンブルメール氏が昔、領主だった地方のポン＝タ＝クールーヴル〔蛇《クールーヴル》のいる橋〕という地名について司祭は蛇の出没する橋だとしているが、カンブルメール氏は蛇など一匹も見たことがないと言う。するとブリショは、司祭は教会財産目録でも参照してそう言うのだろうが、他の典拠からたどるとラテン語のポンス・クイ・アペリット Pons cui aperit に至り、これは金を払った者だけが渡れる橋の意味だという（*RIII*, 317）。油絵を再開したアルベルチーヌが画題として選んだサン＝ジャン＝ド＝ラ＝エーズの教会はエプルヴィルの駅から相当入ったひなびた所にある。このエプルヴィル Epreville の名前の語源についても司祭とブリショでは意見が割れ、前者は昔のスプレヴィルラ Sprevilla を挙げ、後者はアプリヴィルラ Aprivilla を掲げた（*RIII*, 383）。司祭とブリショで意見が一致した数少ない例もある。バルベックにおいてアルベルチーヌと外出した際、語り手は自動車を一台まわすようにサン＝ファルジョー Saint-Fargeau に注文したが、司祭の書物によると語源はサンクトゥス・フェルレオルス Sanctus Ferreolus（*RIII*, 384）である。このサンクトゥス・フェルレオルスがサン＝ファルジョーの語源であることは、ブリショも認めている（*RIII*, 323）。ブリショがコンブレの司祭の語源学を批判する場面では、プルーストはイポリット・コシュリ（一八二九−一八八二）によって一八七四年に上梓された『場所の名の起源と形成』を参照している。そしてカイエ四で作った語源のリストをカイエ七二でさらに発展させている（*RIII*, 1526, 1612-13）。

さて、ブリショの延々と続く語源談義に耳を傾けて驚くのは、彼の精通する言語の広範さである。引き合いに出すのは、北欧ノルド語の古語、デンマーク語、ラテン語、ゴール語、高地ドイツ語、ノルド語、ドイツ語、ケルト語、ノルマン語、ギリシャ語、ブルトン語、ゲルマン語、英語と、地名の語源に関わるありとあらゆる言語を持ち出してくる。バルベック Balbec という地名はダルベック Dalbec の訛りだと言う（*RIII*, 327）。ノルマン語の bec は小川、dal は Thal、つまり谷間の一つの形（*RIII*, 328-329）であると。また、バルベックの語源はというと、ノルマンディのベックの大修道院がパリに法廷 barre《バール》を持っていたため、そこがバール＝デュ＝ベック Barre-du-Bec 街と呼ばれていたことに由来することも教えてくれる（*RIII*, 491）。このようにブリショは知識を与えてくれる反面、語り手が土地の名前から連想していた夢想を打ち砕いてしまう。フィックフルール Fiquefleur やオンフルール Honfleur などの地名の最後にくる「フルール」

は花《フルール》fleurでなく「港」の意であること、ブリックブフBricquebœufの末尾の「ブフ」は牛《ブフ》bœufでなくノルマンディ方言で「小屋」を意味するbudhからきていることをブリショから聞いて、語り手がこれまで夢想をふくらませていた地名が一気に特殊性を失って一般化してしまい、何の変哲もないものになってしまった。またペンヌドゥピPennedepieのような荒削りの個性丸出しと思われた地名も、ゴール語で「山」を意味するペンpenが含まれているだけのことで、それはペンマルクPenmarchのように他の「ペン」を含む地名も同様であることを知ってがっかりしてまうのである（*RIII*, 484）。ブリショは地名だけでなく、人名にまで首を突っ込む。ブリショは人の名前に木の名前が隠されていることが往々あることに薀蓄を傾ける（*RIII*, 321-323）。バルベックの軽便鉄道のエルモンヴィル駅で時々乗りこんでくる、カンブルメール家の親戚のシュヴルニーChevregny氏は、ブリショによれば、「山羊《シェーヴル》chèvresの集まる場所」という意味なのだ（*RIII*, 472）。

そもそも十九世紀後半には、ノルマンディ地方の地名に対するスカンジナヴィアの影響が広く研究されたという史実が背景にある。(76) 地名を見るとノルマン人だけでなく、ドイツ人、サクソン人、ゴート人、モール人、ラテン人がノルマンディ地方を征服した痕跡が見られるのである（*RIII*, 485）。たとえばバルベックのことを示すのにブリショが敢えて使っていた地名、アンカルヴィルIncarvilleもノルマン人であるウィスカルWiscarの村の意味となる（*RIII*, 485）。アルベルチーヌが興味をもつ地名、マルクーヴィル＝ロルグイユーズMarcouville-l'Orgueilleuseも

「高慢な女《ロルグイユーズ》マルクーヴィル」かと思いきや、バイユーの司教の教会台帳にあるような後期ラテン語の Marcovilla superba でもなく、もっと古い形、ノルマン語に近い Marculphivilla superba であって、メルクルフ Merculph の持っていた村、領地の意味である（*RIII*, 484）。さらにアルベルチーヌはサン＝マルスがなぜ「着衣の《ル・ヴェチュ》」って呼ばれるか、ブリショに聞いておく必要があると言う（*RIII*, 403）。アルベルチーヌは同性愛者であることが後で判明するのだが、このように語源に興味をもつのは同性愛者の特徴になっている。語源、すなわち古い所に遡りたいという欲求だ。歴史的に言えば、古代ギリシャやローマの文学作品を見ても分かるとおり、古い時代に同性愛は容認されていたという事情がある。同性愛者が肩身の狭い思いをしなくて済んでいたそのような昔に興味を持つのは当然であろう。また生物学的に言えば、植物を見ても分かるとおり、男女の性にはっきりと分かれる前の両性具有の状態があった。同性愛者は両性具有者でもあるのだ。それからまた同性愛者は同じ趣味を持つ者として徒党を組んでおり、これが排他的な博識者の仲間内と一致するのである。(77) 倒錯と博識が結びついているのは、共に限られた閉鎖的な集団を前提としているからだ。両者はいずれも、同じ趣味を持つ仲間の間でしか通じない符牒で楽しんでいる。他方、男性同性愛者であるシャルリュスが興味をもつトルプオム Thorpehomme は、《オム》と言えども男 homme《オム》の意味でなく、ノルマン語からきているのであって、Holm は《小さな島》、トルプ Thorp は《村》の意味である（*RIII*, 485）。またバルベック近郊の、兵営のある町ドンシエール Doncières は、まさに地名に士官学校のあったサン＝シール Saint-Cyr

を含んでいて、Dominus Cyriacus であることをブリショは指摘する（*RIII*, 486）。

　このように博学なブリショであるが、大学での講義中ならともかく、サロンにおいてこのように学をひけらかすことは、鼻持ちならないものであることは間違いない。ヴェルデュラン氏は彼のことを「上品で、素敵で、まるで学者ぶったところがなくて」と皮肉をこめて褒める。そうしたことを承知の上で、バルベックの近くにあるシャントピーの森では、かささぎ《ピー》が鳴く《シャント》というのは本当かとヴェルデュラン夫人がブリショに聞く（*RIII*, 313-314）と、ポーランドの芸術家でヴェルデュラン家の信者であるスキーは、「やれシャントピーだと口をはさむ暇も与えずまくしたてていましたね」と後でヴェルデュラン夫人に言う（*RIII*, 339）。ヴェルデュラン家のサロンの人々はここで「かささぎが鳴く」だけでなく、ブリショが鳥の鳴くように語源談義に耽っていることを諷刺したいのであろう。ここで重要なのは、「シャントピーの話でしょう、きっとそうだと思った」と言いながら、ヴェルデュラン氏が近づいてきた時、語り手だけはラ・ラスプリエール荘の割れた窓ガラスをふさいでいる緑の裏地綿布《ラストリン》や木の匂いのことを考えていたために、あの語源談義でブリショが失笑を買ったのに気がつかなかったことである。語り手にとって無意志的記憶を思わせる、事物に価値を与えてくれる印象は、他の人にとっては意味のないものだったからである。割れた窓ガラスをふさいだ急場しのぎの緑の裏地綿布《ラストリン》は、ラ・ラスプリエール荘を借りているヴェルデュラン夫妻がとりつけたもので、それを敢えて話題にすることは、ラ・ラスプリエール荘の持ち主であるカンブルメール夫人を立腹させるだけだった。「窓の下半分だけにカーテンなんかくっつけているわ！」と叫ぶ彼女は、ブルジョワである借家人たちの悪趣味ぶりに我慢がならなかったのである（*RIII*, 335）。ブリショの衒学ぶりに対する周囲の反応にも、ブルジョワと田舎貴族との火花の散るような熾烈な戦いも、いずれも意に介さず超然として無意志的記憶の方に陶然となる語り手の姿が浮かび上がってくる。語り手は緑の裏地綿布《ラストリン》に何ゆえにここまでこだわるのだろうか。緑色の花は同性愛を想起させる色である。そこからの連想で、同性愛が粗末なブルジョワのサロンを半分覆っている、と言いたいのであろうか。またブリショのいでたちは麦藁帽に緑色の傘、そして青い眼鏡とある。緑色の傘も、同性愛を意識した色なのかもしれない。

　ヴェルデュラン夫人もブリショのペダンティスムには辟易していて、「ブリショときたら何でも知っていて、晩餐の最中でも平気で、山のような辞書を片っ端から私たちの前に投げつける」と呆れる。いらいらさせるくらいによどみなくしゃべるブリショを指差して、ヴェルデュラン夫人は「ご注意！」と小声で他の人に注意したりする。また、夫人は彼のことを「とても頭が切れるなんて言うことはできないし、立派な高校《リセ》の教授で、私の力でなんとか学士院《アカデミー》に入れるようにした」と恩着せがましく語り手に打ち明けたりする。ドレフュス事件においては、ヴェルデュラン家の信者たちの中でただ一人、ブリショは軍部の方を支持する「反ドレフュス派」だったので、ヴェルデュラン夫人の尊敬を失っていたという事実もある。このようにブリショは自分が笑いものにされていることを知っていたが、それでも〈女主人《パトロンヌ》〉すなわちヴェルデュラン夫人を最良の女友だちとみなしていた（*RIII*, 341）。ブリショはヴェルデュラン夫人のパリの水曜会では、アベイ＝オ＝ボワのレカミエ夫人（一七七七―一八四九）のサロンにおいて終生愛情をささげられたシャトーブリヤンに、そして田舎の水曜会では、シャトレ夫人の館にかくまわれたヴォルテール（一六九四―一七七八）に、それぞれ自分をなぞらえるのだった（*RIII*, 270）。ここで、シャトーブリヤンもヴォルテールも同性愛の傾向から免れていないことを指摘しておこう。この点はブリショとシャルリュスとの関わりのところで後述する。さて、語り手としてはヴェルデュラン夫人のようにブリショの価値を全面的に否定したりはせず、それなりに評価している。「少なくともゲルマント家の才気《エスプリ》を持っているような人たち、ブリショのような衒学的な冗談には顔を赤らめてそれを避けるくらいのよい趣味と恥じらいを持っている人たちよりも劣っているとは言えないのではないか」、そんなふうに語り手は思い迷う（*RIII*, 361）。

さて、ブリショとシャルリュスの関係は、何とも奇妙極まりない、しかし重要なものである。ヴェルデュラン家の夜会からの帰りの馬車で、語り手と乗り合わせたブリショは、シャルリュスに好感を持ち、友情を感じていることを語り手に告げる。ブリショの知識とシャルリュスの体験を交換することによって、お互いに多くの利益を得ているのだ（*RIII*, 833）。それは教授が講義しながらも詩人たちの作り話と思っていたものの生きた見本を提供してくれる魅力を、シャルリュスが備えていたことに気づいたからである。ウェルギリウスの『牧歌』の第二の歌には、コリドンが美少年アレクシスに対する恋心が綴られているのだが、それと同様のものをブリショはシャルリュスの中に見出すことができたのだ。同性愛がブリショにとっては紙の上にだけ存在していたものが、シャルリュスを通じて実際に存在することを確認するのである。広範な学識を活用してギリシャやローマの古い文学作品から同性愛をうかがわせる部分を巧みに引用し披露することをやってのけるブリショは、これまで書物の中でしか見られなかった同性愛の生きた見本をシャルリュスによって提示されて喜んでいるというわけである。その過程は言うなれば、ブリショの師であり言語学にも造詣の深い考古学者メリメとルナン、同僚の考古学者ガストン・マスペロ（一八四六－一九一六）、彼らが書物で研究してきた古代の情景を、現代のスペイン、パレスチナ、エジプトを実際に旅行することで見出した喜びに相通ずるものである（*RIII*, 831）。書物で見たのと同じものを現実の中に見出すのは、いわば「無意志的記憶」とは対極にあるとも言えるだろう。プルーストが青春時代を送った十九世紀は、東方趣味が流行したとはいえ、未知との遭遇を求めるというよりは、主に聖書やギリシャ・ローマの古典やエジプト学の文献や先人の旅行記など、既に書物にあるものを再発見するための旅だった。十九世紀知識人の典型であるオリエンタリストは「学識」のかたまりのような人間だったのである(78)。プルーストはそれの格好の例をブリショに求めたのではなかろうか。すなわち実物よりも名前や名称の方が先行していたのである。そもそも一九一三年七月のルイ・ド・ロベール宛の手紙で、プルーストは作品のタイトルとして第一部「名の時代」、第二部「言葉の時代」、第三部「物の時代」を考えていることを打ち明けていた（*Corr.* XII, 232）。このように名前の時代から始まって物の時代へと移る行程を構想していたのである。そして名前の時代とは偶像崇拝の時代でもある。

最も無骨な人間でもブリショの話しぶりはばかげていると思うのに、意外にも気難しいシャルリュスがブリショを気に入っている。それはブリショがシャルリュスの趣味をちゃんと心得ていて、同性愛が語られている部分を引用するからにほかならない。ブリショはギリシャの哲学者、ローマの詩人、東方の物語作家たちの作品から適切な文章を拾い出して、シャルリュスの好みを奇妙なうっとりする詞華集で飾ったからである。それゆえシャルリュスから大層重宝がられ、彼の講義まで聞きに来てくれるようになった（*RIII*, 794）。このことをブリショは「シャルリュス男爵、すなわちコンデ家の末裔のアグリジャント大公」も出席していて名誉なことであると言わんばかりに周囲に吹聴する（*RIII*, 796）。ブリショとシャルリュスの関係は面白い。同性愛が罪悪でなかったギリシャ時代に詳しいブリショを前に、サン＝シモンの『回想録』を愛読するシャルリュスは、同性愛がギリシャ以降も実は連綿と続いていたことをルイ十四世治下のモリエールや大コンデたちの人物たちを挙げて説明する。するとブリショは、大コンデが友人ラ・ムーセー侯爵と共にローヌ河を下っていた時、突然雷雨に見舞われたことを嘆くと、ラ・ムーセーは「ソドムの民を滅ぼすは天の業火のほかになし」と答えて安心させたという当時のラテン語の戯れ歌を披露して、このことがシャルリュスにもろ手をあげて絶賛される。当意即妙に同性愛を匂わせているだけでなく、シャルリュスの三等親の曾祖母がコンデ大公の妹だという血縁関係もあるからだ（*RIII*, 807）。極めつけは十八世紀の哲学者ディドロ（一七一三―八四）が愛誦したローマの詩人ホラティウス（前六五―前八）のオードをブリショも吟じながら、パイナップルを味わうという件である（*RIII*, 832）。このホラティウスのオードはディドロの《諷刺一》の中で引用されている。文脈から考えて同性愛に関するものであろう。ディドロは同性愛を宗教から分離してとらえ、快楽の一種として認めていた。[79] そしてこのパイナップルは、シャルリュスが保護し植民地に職を見つけてやった若い電報配達夫が彼に恩義を感じて送ったものので、ヴェルデュラン家の食卓に出されたものである。これは同性愛の産物としての果実とも言うべきだろうか。面白いのはディドロが愛誦したホラティウスのオードをさらにブリショが引用している、という引用の二重構造である。また、ブリショがシャルリュスのことを表現する場合も同性愛に関する蘊蓄を傾けて仰々しく言う。「我らが無信仰の時代に抗してアドニスを擁護すべく、自分の種族〔同性愛者〕の本能に従い、全く純真なソドミストとして十字軍に加わった封建領主」（*RIII*, 831）などと言う。アドニスはアプロディテに愛された美少年である。

以上のようにブリショもシャルリュスも同性愛と関わりがあり意気投合しているようにも見えるが、関わり方は両者の間で異なっている。というのは、心もまた盲目のブリショには、彼の慣れ親しんだ古代の文学作品の生まれた当時にあって若い男を愛するということが、今日では踊り子を囲い、婚約するのと同じだということが分からなかったからである。ところがシャルリュスは同性愛は古代と同様ではなく、世に隠れ自分をも偽る同性愛しか生き残っていないことを理解していなかった（*RIII*, 710）。両者の同性愛に対する理解は、一致しているわけではなかった。

語り手がブリショに手を貸しているのを見て、シャルリュスは「これじゃ恋人同士だ！」と警告し、君が若い男と散歩していることをソルボンヌに告げ口するぞと脅かす（*RIII*, 715-717）。当時は同性愛行為をするだけで有罪であり、職も名誉も失う烙印に値するものだったからだ。これらのことから、ブリショが半盲として設定されているのは、作家プルーストが仕組んだ然るべき措置だったことが分かる。同性愛を暗示された文学を見る目は、語り手やシャルリュスとは異なり、ブリショが字面の上だけの盲目的な理解に留まっているという心理的意味もさることながら、語り手が馬車を降りたブリショに腕を貸す格好の理由を与える、「目がよく見えない」という身体的口実である。また旧約聖書外典「トビト書」に失明したトビトを父にもつ息子トビアが大天使ラファエルに助けられ、魚の胆汁を持ち帰って父親の目を癒す逸話がある。シャルリュスは自分をラファエルに、モレルをトビアに、ブリショをトビトにたとえて楽しむのだ（*RIII*, 460, 827）。

ブリショとシャルリュスのずれが顕著に現れるのは、とりわけバルザックに対する評価の違いである。そもそもブリショは古代派だからルネサンス期のラブレーや十八世紀の哲学者ヴォルテールを評価しても、十九世紀の小説家であるシャトーブリヤンやバルザックは評価していない（*RIII*, 437-440）。その際、人名を直接出すのでなく、彼らの住んだ土地だけを言うところにブリショの衒学性が現れている。ラブレーのことを「ムードンの司祭館」、ヴォルテールのことを「フェルネーの隠れ家」などと呼び、通でなければ分からない、彼らが居を構えた土地の名を出す。その調子で「ルネ〔シャトーブリヤン〕がけわしい教皇職の務めを崇高に果たしたヴァレー＝オ＝ルー」だとか、「バルザックが差押さえの執達吏の立会い人どもにさんざん悩まされながら、ちんぷんかんぷんな宗教の熱心な使徒として、さるポーランド女〔ハンスカ夫人〕のためにたえず悪文を書きなぐり続けたレ・ジャルディ」などと、辛辣な言葉でシャトーブリヤンとバルザックを批判する。バルザックのことをブリショは「その場の即興でぐだぐだとでっち上げ、常に細かなことをごてごてと書く三文文士」であるとし、「私は形式のための形式の信奉者ではないが、『人間喜劇』という人間的でない代物は、オウィディウスが言うような、技巧が内容を凌駕する作品とはあまりにもかけ離れている」とまで言う。ところでアウグストゥスの時代の詩人であるウェルギリウス、ホラティウス、オウィディウスの詩には同性愛を話題にした詩が多い(80)。またコルブが編纂した『プルースト書簡集』を見ても、古代ギリシャ・ローマの文学者で頻度の高いものの一位はウェルギリウス、三位はホラティウスであり、プルーストの彼らに対する興味が並々ならぬものであったことがうかがえる(81)。ところで、バルザックは同性愛を作品中で描いたものの、ハンスカ夫人と結婚したことから分かるように同性愛者ではなかった。それと同様のことがブリショについても言えないだろうか。同性愛を文学活動に際して扱うことはするが、実践者ではないという意味において両者は共通点がある。

ブリショは「過ぎる年のペシミズムのようにバルザックが大いにはやっていることは存じている」と言いつつ、『幻滅』を「その道に通じた人の熱情に達するべく四苦八苦して読んだ」が、「二重にも三重にもわけの分からない言葉で書かれている。説明のつかない人気のおかげで一時的に傑作の地位にまで昇格したのは不可解きわまる」(*RIII*, 438) と言って、バルザックの人気には同意できないことを明らかにする。実は『幻滅』ではカルロス・エレーラの同性愛について触れられていたのだ。だから「その道に通じた人」とは同性愛者のことである。この発言のせいでシャルリュスは自分が芸術家であり同性愛者であることがブリショに理解されていないことを感じてしまう。バルザックを愛読するシャルリュスは、バルザックが「ある種の情熱」を心得ていることでスワンやテーヌと同意見であり、バルザックの『幻滅』、『サラジーヌ』、『金色の目の娘』、『沙漠の情熱』、『いつわりの愛人』を例に挙げて、彼の「自然からはみ出た」側面、すなわち同性愛を認めてバルザックを擁護する。ブリショがバルザックのことを「ちんぷんかんぷんな宗教の熱心な使徒」と評していたのは、バルザックの作品に描かれた同性愛趣味が理解できなかったためだろう (*RIII*, 439-440)。さらにシャルリュスの偶像崇拝ぶりが発揮されると、二人の意見の不一致はますます高まる。シャルリュスが『カディニャン大公夫人の秘密』のディアーヌ・ド・カディニャンがデスパール夫人と一緒に散歩した庭は自分のいとこの庭だと言うと、貴族でないブリショには別世界の話なので白けるだけである。そしてシャルリュスがバルザックの作品に描かれているとおりにカディニャン夫人の小さな散歩道を思い描いていようとは、ブリショには考えもつかないことだった（*RIII*, 442-443）。

さて、ブリショはパリで洗濯女と暮らして女の子までもうけていたとか、カンブルメール夫人に首ったけだとかいうことで、実践面において同性愛の趣向は見られないが、古代の文学作品を通じてそれの知識が豊富なため、彼も同性愛者として規定されていることは間違いない。ブリショのあだ名のショショット Chochotte は、「かまとと」の意味であるが、俗語で「おかま」の意味もある。であればこそ、第一次世界大戦時にブリショ、外交官ノルポワ、モレル、ルグランダンといった人々がフランスの敵国であるドイツを悪く言う記事を新聞紙上に載せると、シャルリュスは、「あいつら同性愛者のくせに、ドイツを悪く言いやがって」（*RIV*, 355）と憤懣やる方なしという心境に達する。彼らは自らの悪徳を省みず、「残忍な帝国」の元首たちやワーグナーなどが有する彼らと同じ悪徳を暴くという汚いことをやってのけるからである。このようにシャルリュスがブリショを手厳しく判断するようになることは、ヴェルデュラン家からの帰りの馬車の場面で既に、語り手によって予告されていたことだった（*RIII*, 833）。しかも同性愛者シャルリュスは同性愛者の巣窟であるドイツをひいきするようになり、フラウ・ボッシュ Frau Bosch とかフラウ・ファン・デン・ボッシュ Frau van den Bosch というあだ名まで持つほどになっていただけになおさら、同性愛者たちのドイツ批判は許せない（*RIV*, 347）。ボッシュ Bosch はドイツ語で普通に見られる名前だが、フランス語でボッシュ boche と言えば蔑視をこめた「ドイツ野郎」の意味だから、男性の同性愛者は女性性を兼ね備えることを加味して、前者の「ドイツ野郎夫人」や後者の「ドイツ野郎貴夫人」といったあだ名で呼ばれることになったと考えられる。もともとシャルリュスの属するゲルマント家は、ドイツの陪臣となった領主の家系が掲載されている〈貴族名鑑《ゴータ》〉第二部に掲載されており、元来ドイツとの縁は深いものがあった（*RIII*, 338）。シャルリュスが「同性愛（シャルリスム）」ゆえにドイツ好きになったことは、作品中ではっきりと明言されている（*RIV*, 356）。シャルリスム charlisme（*RIV*, 326）は、シャルリュスが庇護するヴァイオリン奏者、シャルル・モレルの名前を用いてシャルル（シャルリ）を好む傾向ということで同性愛を意味する。なお、シャルリュスと結びつけて Charlusisme と解釈する例もある[82]。

前述したようにブリショは、レカミエ夫人に愛情を注がれたシャトーブリヤンや、シャトレ夫人を愛人にもつ十八世紀の哲学者ヴォルテールのように、自身をヴェルデュラン夫人に庇護された彼らと同様の人物にたとえている。シャトーブリヤンもヴォルテールも同性愛から免れていないことから、彼らと同等に扱うことは、結果的に自らを同性愛者と規定していることになるのだ。ブリショはシャルリュスが同席しているにもかかわらず、「シャトーブリヤンこそは結束したあの仲間〔同性愛者〕のパトロンですよ」と公言し、コタールを冷や冷やさせた。この教授の言葉にコタール医師はぎくりとして不安げにシャルリュスを眺めたのである（*RIII*, 438）。シャトーブリヤンの同性愛趣向は彼の作品にうかがえる。彼の『墓の彼方の思い出』が自分の女性関係について慎重に口を閉ざし、中途半端な告白の書となっていることがサント＝ブーヴによって指摘されているが、このことは取りも直さず、彼自身に同性愛の傾向があったからである。この経緯はブリショによって指摘され、彼の同僚X……氏の倫理学概論が、〔同性愛の相手である〕若い電報配達夫にヒントを得て書かれたことと同様だと語り手に言う（*RIII*, 832）。一方、ヴォルテールはシャトレ夫人という愛人がいるにもかかわらず、プロシア王であるフリードリヒ大王（在位一七四〇－八六）に誘われ、女性と僧侶は立入禁止という男性だけの宮廷に赴くわけだから、同性愛とも無縁ではなかった。(83)

ルグランダン

『失われた時』に登場する、スノビスムを批判する正真正銘のスノッブ（*RI*, 67）であるルグランダンはコンブレに週末だけ過ごす別荘を持ち、技師でありながら大変な文学通でバルザック愛好者でもあるが、彼の話す言葉は文学作品からの引用や模倣だらけである。夕暮れ時であることを言うのに、ポール・デジャルダンの「森はすでに黒く、空は未だに青し」を二度も声高らかに引用するのだ（*RI*, 118）。復活祭の休暇をレオニ叔母の家のあるコンブレで過ごす年下の語り手と出会って、文学的才能があることを見抜き、書き言葉にしかありえないような美文調でしゃべりながら、言葉巧みに彼を夕食に誘う。この時の、実に持って回った言い方、「年とった友人につきあってください。旅人が、私たちのもう戻ることのない国から送ってくれる花束のように、青年であるあなたの遠い国に咲く、私も何十年も前に通り抜けてきた春の花たちの匂いを私にかがせてください。桜草や、マメダオシやキンポウゲを持っていらっしゃい。バルザックの植物誌のなかで愛の花束を作るベンケイソウを持っていらっしゃい。〈復活〉の日の花や、ヒナギクや、庭に咲く肝木の花を持っていらっしゃい。［……］」（*RI*, 124）は、アナトール・フランスの文体の模作とされている（*RI*, 1160）。それだけでなく、フェリックス・ド・ヴァンドネス子爵がモルソフ伯爵夫人への花束を作る場面で、微に入り細をうがち、野に咲く様々な花を列挙したバルザックの『谷間の百合』の向こうを張るものである。アンナ・ド・ノアイユ伯爵夫人による旧約聖書「雅歌」（第七章一二－一四行）の翻案で、プルーストによる書評「ド・ノアイユ伯爵夫人著『眩惑』」（「フィガロ」紙文学特集号、一九〇七年六月十五日）に挿入された、「私と一緒に庭へ、谷間の草を見にいらっしゃい。ぶどうが芽を出したか、ざくろが咲いたかを見に。私の庭の茂みでは、ざくろの木が最も美しい果実と絡み合い、イボタノキが甘松香と、甘松香が、サフランが、肉桂が、シナモンが、没薬が、あらゆる種類の香りのいい木と入り混じっています」（*EA*, 534）もルグランダンの台詞と無縁とは思われない。もちろん書いたのはすべてプルースト自身であるから、プルーストの手によって様々な作家の文体が縦横無尽に交錯していることになる。さらに、ルグランダンの言うベンケイソウ sédum は先の『谷間の百合』では愛を隠れて告白する印となっているし[84]、『幻滅』第三部の中では、リュシアン・ド・リュバンプレがカルロス・エレーラに出会うときに手にしている花でもあることから[85]、ルグランダンから若い主人公に対する同性愛の愛情表現と解釈できる[86]。さらに付け加えると、カルロス・エレーラのリュシアン・ド・リュバンプレとの関係は、『失われた時』のシャルリュス氏とモレルとの同性愛の関係と重なり合う[87]。カルロス・エレーラはスペインの高僧としての偽名で、ヴォートランの偽名も用いる、実の名はジャック・コランである。彼は自殺しようとしていたリュシアンの前に現れ、自分と契約を結ぶことを条件に、リュシアンを保護するのである。

一方、語り手の方はコンブレに領地をもつゲルマント公爵夫人に憧れており、紹介者を探してなんとか近付きになりたいと思っていた。妹が貴族と結婚してカンブルメール侯爵夫人となったというルグランダンに期待を寄せて、「ゲルマントのお城の女の方々をご存知ですか？」とおずおずと聞く。ルグランダンの答えは「いいえ、存じません」というものであったが、急に顔色を変え、「眼差しは、身体に矢を射こまれた美しい殉教者の眼差しのようにいつまでも痛々しげだった」(*RI*, 126) とある。この矢を射こまれた殉教者こそ、聖セバスチャンである。ゲルマント公爵夫人のような大貴族と近付きになりたいルグランダンだが、口では平静を装いつつも、目は動揺を隠せない。スノッブはスノッブであることをひた隠しに隠す。実はそうした振舞いこそがスノッブ以外の何者でもないことを最も如実に明らかにしてしまうことを知らずに。悪気はなく投げかけられた語り手の言葉に、殉教者ルグランダンの目は次のように訴えかける。

このひた隠しにされていたルグランダンが、傷ついたような目つきや、引きつらせた口許や、答える声の調子の重々しさや、また家の者の知るルグランダンをまるでスノビスムに殉ずる聖セバスティアヌスのようにあっという間に刺し通してぐったりさせる無数の矢によって、もうとっくに答えていたのである、「ああ！　なんとあなたは私を傷めつけるのでしょう！　いいえ、私はゲルマントのみなさんを存じあげていないのです。どうか私の生涯の大きな傷を呼びさまさないでください」(*RI*, 127)

さらに言えば、このルグランダンは同性愛者であることが後で明らかになるのだが、それとも重ね合わせると、この断章はより意味深長となってくる。

もう一箇所、「囚われの女」となったアルベルチーヌと語り手が車でブーローニュの森に出かけたときにも同じ殉教図への言及がある。この頃のアルベルチーヌは、絵画に関してひとかどの目利きになっており、語り手を随所で感心させる。

「それからね、あたし、あなたの持ってるマンテーニャの複製を思い出したわ。あんなふうに地上にそびえてるんだもの。あの複製はたしか聖セバスティアヌスだったわね。ずっと向こうに斜面に建てられた町が見えててまるでトロカデロそっくり」「ほおらごらん！　でもどうしてマンテーニャの複製を見たの？　驚いたなあ」(*RIII*, 673-674)

以上、二つの引用で想起されているのは、いずれもマンテーニャ（一四三一－一五〇六）の描いた《聖セバスティアヌス》（一四八〇頃）である。ルグランダンとの一場面の方は殉教図の作者名は明らかになっていないが、プルーストは一九一〇年、コクトーと共にルーヴル美術館でこの絵を見ているため[88]、マンテーニャ作と考えるのが妥当である。上記、二番目の引用のアルベルチーヌの台詞は、いかにもコクトーが言いそうなことだとタディエが指摘している[89]。マンテーニャの聖セバスチャンは壮健な体つきをしており、確かに天を仰ぐ目には悲しみの色しか見えない。

スワン

美術愛好家スワンこそは語り手をバルベックへと誘い、そこで多くの人物、すなわちヴィルパリジ夫人、サン＝ルー、シャルリュスと出会うきっかけをつくったキーパーソンである（*RIV*, 493-494）。スワンはレオニ叔母の家の妊娠した下女中をジョットの《隣人愛》と呼び（*RI*, 80）、語り手の友人ブロックのことを、ベルニーニの描いたマホメット二世の肖像にそっくりだと言うなど（*RI*, 96）、生きた人間を美術品のどの作品に似ているか指摘するといった偶像崇拝ぶりを発揮することは日常茶飯事であった。スワンの御者レミはヴェネツィアの彫刻家アントニオ・リッツォ作の総督ロレダーノの胸像に、パランシー氏の鼻の色はフィレンツェ派の画家ギルランダーヨのある作品の色彩に、デュ・ブールボン医師はティントレットのある肖像画に、それぞれそっくりであることを見出しては喜んでいた（*RI*, 219）。ただ極めつけはやはり、オデットのことをボッティチェリがシスティナ礼拝堂の壁画に描いたチッポラにそっくりだと気づいて、スワンにとっての彼女がより美しく、より貴重な「芸術品」に思えてきたりするところであろう（*RI*, 219-222）。ボッティチェリとは正式名サンドロ・ディ・マリアーノの渾名で、チッポラはエテロの娘でモーセの妻になる人物である。この時のオデットはチッポラに似て首を傾げており、髪や瞼の曲線がスワンの心をとらえてしまう。また、『スワン家のほうへ』の第二部「スワンの恋」では、サン＝トゥーヴェルト侯爵夫人邸の晩餐会に出席するため到着したスワンが、馬車を降りて真っ先に目にしたのが、バルザックの『カディニャン大公夫人の秘密』に出てくる「虎」（王政復古期の若い馬丁の呼称）（*RI*, 317）であった。さらに、この時は既に社交界を離れていたので、「生きた人間と美術館の肖像画との間に類似点を探し求めるという、いつもの彼独自の性向は今なお、しかし以前よりも持続的に、より広範な面において発揮されていた」（*RI*, 317）ということになり、今自分の目の前にいて働いている召使たちは、とりわけルネサンス期のイタリア絵画や彫刻のどの像と類似しているか、スワンはここから延々と探し求めることになる（*RI*, 317-320）。スワンはサン＝トゥーヴェルト邸の従僕たちに対して熱のこもった観察をしているが、これは同性愛趣味をうかがわせるものであり、[90] しかもスワンが偶像崇拝する対象は、主にプリミティフ派やルネサンスのイタリア画家であることにも注目しておく必要があるだろう。[91] また『ゲルマントのほう』で、イエナ家の息子であるグアスタラ公爵のベッドに彫られた人魚像と、ギュスターヴ・モローの《若者と死の女神》との類似を指摘したことで、芸術上の偶像崇拝者として批判される場面もある（*RII*, 810）。ところで、『見出された時』のタンソンヴィルのジルベルトの家で話者が過ごす最後の夜、未刊だったゴンクール兄弟の日記の一冊を彼女から借りて読むという設定の下で長々と紹介されるゴンクール兄弟の文章は、作者プルーストによるゴンクールの模作という形をとっている。これはヴェルデュラン家での晩餐会の様子を描写したものとなっており、ここに「蒐集家スワン」も会食者として登場する（*RIV*, 289）。ここでもスワンは偶像崇拝者ぶりを発揮する。ヴェルデュラン夫人がつけている黒い真珠のネックレスは、ラ・ファイエット夫人の後裔が売りに出したものをヴェルデュラン夫人が買ったもので、もとは真っ白だったが火事のために真っ黒になったこと、そのネックレスをしたラ・ファイエット夫人の肖像画がゲルマント公爵のコレクションにあること、公爵はこの肖像画を、可愛がってくれた叔母のボーセルジャン夫人から相続したことなどを滔々《とうとう》としゃべるのである（*RIV*, 293）。スワンの死後長い時が経って、『見出された時』ではフォルシュヴィル夫人となったオデットがゲルマント公爵の愛人になる。王政復古調のゲルマント公爵と第二帝政時代を思わせるオデットを、昔スワンが集めて「蒐集家」の配列で並べた絵が見下ろし、二人の時代遅れの古い情景を完全なものにする（*RIV*, 596）ことになるのである。そして実は『失われた時』の語り手もスワンと同様、周囲の人たちを表現するにあたって、どの絵のどの人物に似ているか、という偶像崇拝的行為を繰り返しているのだ。たとえば彼の父親はベノッツォ・ゴッツォリの複製のアブラハム（*RI*, 36）、シャルリュスはエル・グレコの描く異端裁判の大法官（*RIII*,

712)、喪服を着た母親はカルパッチョの描いた《聖女ウルスラ物語》の中の年取った婦人（*RIV*, 225）というふうに。(92)

シャルリュス

性的倒錯

同性愛者のシャルリュスは医師コタールをして「天才と狂気は紙一重だ」（*RIII*, 428）と言わしめるほどの、奇人変人の一歩手前の所にいる才人である。ヴェルデュラン家の常連たちも、彼は「倒錯者であるにもかかわらず」ではなく、「倒錯者であるがため」に他の人たちよりも頭がいい、ということを認めるようになった（*RIII*, 429）。そんな彼は芸術的にも優れた資質を備えていたのである。音楽にも詳しく素晴らしいピアニストでもあり、フォーレのピアノとヴァイオリンのためのソナタの最終部分の伴奏を、この上もなく純粋な弾き方でやってのける（*RIII*, 343）。それだけではない。アルベルチーヌの服装を見て、バルザックのカディニャン大公夫人のと同じドレスであることを指摘する等、女性の服飾についてもしばしばすぐれた眼識のほどを披瀝する（*RIII*, 442, 712）。このバルザックの愛好家シャルリュスは画才を備え、プルーストは彼の女性の装いについての関心や該博な知識や鋭い観察眼が「男性的魅力に惹かれる傾向」への埋め合わせではないかとの意見を述べる（*RIII*, 712-713）。肉体的な欠陥と精神的な天賦の才能は結びついていること、シャルリュス氏の芸術的才能は神経系統のバランスの崩れ、神経の欠陥からきていることを兄弟のゲルマント公爵と比較しながらプルーストは説明している（*RIII*, 343-344）。なお、この考えは一九一二年の稿で付け加えられた。倒錯と芸術的資質との結びつきは二十世紀に入ると医学での常套句となる。また一九一四年六月十日または十一日のジッド宛の手紙でも、「シャルリュス氏がその兄弟のゲルマント公爵よりも明敏にして感受性豊かなのは彼の同性愛のおかげ」（*Corr.* XIII, 246）だとしている。同様の記述は草稿の中にも見られる。「知性はある身体的条件と強固に結びついているので、シャルリュスをその兄弟のゲルマント公爵と違うものにしている原理は、彼の同性愛的志向が彼の神経メカニズムの調子をわずかに狂わせたことから来ているのだということを私は理解した」（*RIII*, 954）[93]とある。

語り手は才能溢れるシャルリュス氏が作品を何ひとつ書こうとしなかった（*RIII*, 344）のを嘆く（*RIII*, 713-714）。「もし彼が本を書いたなら、彼の精神的価値がそれだけでとり出され、悪から分離するだろう」という非現実を想定する言葉は、まさにプルーストには現実となって現れる。この何気ない嘆息の言葉は、同性愛という悪から分離するために作品を書くこと、同性愛志向によって貶められがちな自らの精神的価値を高い位置に保つというプルースト自身の隠れた決意表明ないしは自己弁明のように聞こえる。第一次大戦下のパリで、ジュピヤンの経営する同性愛者向けの売春宿を訪れた語り手は再び次のように考える。「シャルリュス氏が小説家か詩人でなかったのは、なんと不幸なことだろう！……しかし芸術において、シャルリュス氏は一介のディレッタントにすぎず、物を書こうと考えもしなければ、その才能に恵まれてもいなかったのである」(*RIV*, 410)。シャルリュスの洗練された美意識はあくまで骨董趣味や偶像崇拝の次元に留まったものだったのである。シャルリュスの偶像崇拝ぶりを示す例として、彼がルイ十四世の治世下を描いたサン＝シモンの『回想録』を愛読し、ユクセル元帥のふりをして楽しんでいたという件がある。ギリシャ的放蕩に溺れて若い士官に言い寄り、傲然としていて椅子から立ち上がろうともしないこの元帥の肖像が『回想録』に掲載されている。シャルリュスは〈女主人《パトロンヌ》〉であるブルジョワのヴェルデュラン夫人を前にして肘掛椅子に座ったままでいたが、それはカルタ・テーブルでエカルテに夢中のモレルのそばを離れたくないためという直接的な理由のほかに、大貴族であると同時に芸術愛好家でもある自分を見せつけるという間接的な理由もあった。このような行為は偶像崇拝にほかならない。

プルーストは偶像崇拝を超えるためにこそ同性愛を暴露し凌駕しようとしたのではないか。悪徳が芸術的才能と両立しうること、あるいは悪徳が芸術的才能を開花させるのを妨げるどころか一助となることは、ヴァントゥイユ嬢が女友だちと同性愛行為に耽るモンジューヴァンの場面(*RI*, 157-163; *RIII*, 9)にも見られる。後に分かるようにヴァントゥイユ嬢の年老いた父親がばらばらの紙に書き散らしただけで彼の死後はそのまま埋もれてしまうだろうと思われた曲を解読して世に出したのは、この悪徳に身を任せた女友だちなのだ。さらにこのモンジューヴァンにおいては、最期まで娘が「人並み」でないことに苦悩し続けた挙句、亡くなったばかりのヴァントゥイユ氏の写真を前にして、女友だちが快楽に耽り写真に唾を吐きかけることさえ阻止しないというヴァントゥイユ嬢の残酷なサディズムを伴っている。しかもこの女友だちの口からは人に見られるのをはばかるどころか、見られるのはむしろ望むところというような言葉（*RI*, 159）まで発せられるのである。この見せびらかす、というのも同性愛者に本質的な行為である。[94] サン＝ルーが叔父パラメード、すなわちシャルリュス氏のことを語り手に語る場面においても、同性愛者のサディズムが明らかになる。「ある日のこと、バルザックふうに言えば今日のフォーブール・サン＝ジェルマンで最ももてはやされている男の一人なのだけれども、当時は若気の過ちでずいぶん荒んで異様な趣味を示す人がいてね、その人がぼくの叔父にこの男所帯に来てくれと頼んだのだ。ところがいざ着いてみると、相手は女たちに言い寄るのではなくて、叔父のパラメードに自分の気持ちを打ち明けはじめた。叔父は何の意味だか分からないふりをしながら、口実を設けて例の二人の友だちを連れて来た。彼らはやって来ると相手の男をつかまえ、裸にして血が出るまでこれを打ちすえた上で、氷点下十度という寒さなのに足蹴にして外へ叩き出し、男は半死半生の姿で発見されたのだ」（*RII*, 109）。しかしヴァントゥイユ嬢はサディストであるにせよ、悪を悪と感じる「純粋な感傷家」である以上、悪に飲み込まれることはなく、悪を外部に置き続ける「悪の芸術家」になる。

性的倒錯という素材の中味よりも、その素材が生む思考の方が大事であることをプルーストは最終巻の『見出された時』の中で言っている。「普通の恋はそれ自体がすでに教訓に富む現象だが、それにもましてまるで理解されることなく不当に非難されてきた性的倒錯という現象の方が、いっそう真実を大きく見せてくれることが分かったのである」(*RIV*, 489)。行き着くところはプルーストの言葉を借りれば「観念論《イデアリスム》」である。これと同様のことは、若い頃に書いて放棄した『ジャン・サントウイユ』の中にも「意志」という言葉で見られる。「一篇の小説を書くこととそれを生きることとは、断じて同じでない。それでもわれわれの実人生は、完全に作品から切り離されているわけではないのである。私が読者に物語るすべての情景、それは私の体験したものだ。では、いったいなぜそれが実人生の情景としてよりも、書物のなかの情景として価値を持っているのだろうか。そのわけは、私がそうしたことを実際に体験したときに、働いていたのは私の意志だったからである」(*JS*, 490)。したがって同性愛はそれ自体では悪ではない。性癖の善悪はそれが精神に与える作用によって判断が下されるのである。「悪とはかれにとって精神を硬直させるいっさいのもの、精神のなかに貴族の名前や、気の利いた会話や、俗っぽい事柄や、習いおぼえた決まり文句や、運動、競馬、会話への欲望を漂わせるいっさいのものだった。……官能的な快楽は善とは言えなくても、少なくとも無害……スノビスムはかれにとっては耳を澄ます状態にいずに、閑談をする状態(たとえひとりきりでいても)に精神を置くという不都合があった」(*JS*, 702-703)。名前や決まり文句に拘泥することは、知的スノビスムとも言うべき偶像崇拝である。「善とは霊感を助けるものであり、悪とはそれを麻痺させるものであった」(*JS*, 705-706)というところにプルーストの価値観が示されている。

シャルリュスの高い声

さて、性的倒錯者の特徴をすべからく持ち合わせている人物シャルリュスの特徴的な声にも注目したい。シャルリュスのモデルであるロベール・ド・モンテスキウも金切り声であった。並外れた美への欲求と背徳とが背中合わせになっていることは、ジュリアンが『世紀末の夢』の中で指摘している。「度外れな美の欲求……同じ熱情は、サラの悲嘆の声にも、マックスの怒号にも、モンテスキューの金切り声にも響いている」(95)。アンリ・ド・レニエの『深夜の結婚』(一九〇三)の登場人物、甲高い裏声でしゃべる骨董屋のセルピニー氏もモデルはモンテスキウであった。ところで、シャルリュスの甲高い声に注目したジャン・ルーセは次のように言う。

私がこれから論じるのは、『失われた時』全篇を通じて耳を聾するほどに響きわたるシャルリュスの声についてである。〔……〕その声は高く、しばしば非常に鋭い。シャルリュスは乱暴に語り手を迎える場面で鋭い声で激高した口調で叫ぶ。そこでは彼の怒りは絶頂にまで至るのであるが、ちなみに後にゲルマント公爵邸でのマチネにおいても、金切り声、あたりのざわめきを圧倒するような騒々しさ、無礼な口笛に至るまで様々な隠喩の表現で語られる。さらにそれには、鋭く気取った声や鋭くわざとらしいリズミカルな声など、抑揚の様々な変化があちこちで付け加わる(96)。

『失われた時』の中でシャルリュス氏の声はどのように描かれているだろうか。その甲高い声は、手短に言えば、女性を思わせる声なのだ。低い女声と高い男声とが入り混じったような声である。男らしさを求めるシャルリュス自身は、内に女性性を秘めているのである。

彼の声そのものが、ある種のコントラルト〔現在はアルトと同じで、女声の低い音域を指すが、もとは高い音域の男声にも用いられた〕の声――中音が充分に引き出せないために、まるで若い男と女が交互に歌う二重唱のような声――に似ており、こうしたきわめて微妙な思考を表現するときになると、その声は高い音のところにとまって意外なやさしさを帯び、愛情をふりまく許婚《いいなずけ》の娘たちや修道女たちのコーラスを内に含んでいるように思われた。(*RII*, 122-123)

そのシャルリュスの女性的な声はバイエルンかロレーヌの祖母に由来するものであった。バイエルンはドイツ南部の一地方、ロレーヌはドイツとの国境近くのフランス東部の一地方である(*RIII*, 332)。コントラルトの声はサン＝トゥーヴェルト夫人邸での夜会で聞くヴァントゥイユのソナタにも見られたことを指摘しておこう。「ヴァイオリンの音の中にコントラルトのある種の声とまったく共通の調子があるので、まるで演奏に一人の女性歌手が加わったように思ってしまう」(*RI*, 341)とある。ところでこれは一九一三年四月十九日、プルーストが聞いたフランクの《ピアノとヴァイオリンのためのソナタ》(一八八六)をもとにしている。[97] 彼はその時の感動の様をその日のうちに親友のアントワーヌ・ビベスコ大公に手紙で伝えている。「ヴァイオリンが痛ましく小鳥のようにピーピー鳴く音や嘆くような呼びかけは、一本の木からのように、また神秘的な葉の茂りからのように、ピアノに応えていた」(*Corr*, XII, 147-148)。これはそのまま「まずはじめに孤独なピアノが、妻に捨てられた小鳥のように嘆き歌うと、ヴァイオリンがそれを聞いて、隣の木から声をかけるようにそれに答える」(*RI*, 346) というヴァントゥイユのソナタに姿を変えて登場することになるのだ。

戦争を礼賛するノルポワを批判するときも、シャルリュスはきんきん声になる (*RIV*, 360) が、同性愛者が娼窟であげる叫び声は一層高い声となる。

> はじめのうちジュピヤン側の店から聞こえてきたのは、不明瞭な音にすぎず、それから想像すると言葉はほとんど発せられなかったからだ。たしかにこの音は非常に激しかったから、もしたえずそれと平行した一オクターブ高いうめき声によって引きつがれていなければ、私は自分のわきでひとりの人間が別の人間の咽喉をさいていて、そのあとで人殺しと生き返った犠牲者とが、犯罪の痕跡を消すために風呂に入っているのだと思ったことだろう。後になって、私はそこから結論した、苦痛と同じくらいに騒がしいものがあり、それは快楽である。(*RIII*, 11)

このような物議をかもすような箇所は出版時にはたしかに非難されたものの、『同性愛と文学』(一九七七)の著者、ジェフリー・メイヤーズはその重要性を認めていた。苦痛と快楽とを併せ持った高い声に注目する所以である。

同性愛者であることがわかる声

同性愛者であるかどうかは、眼差しと声で見分けがつくことをプルーストは草稿の段階から繰り返し述べている。『ソドムとゴモラI』の草稿では、シャルリュスの前身であるギュルシーに言及して次のように言う。「声、言葉、仕草、態度、もっとしばしば顔立ちによってさえ、それは表面を彩った人間なのだ……ギュルシー氏が私をじっと見つめる。私は彼の眼差しの裏に、真の欲望が巧みに隠された秘密の生活が透けて見える」(*RIII*, 956)とあり、『見出された時』の草稿でも、眼差しと声の調子から同性愛者を見抜くのがどんなに容易かを説いている。「彼の声の響きによって、私に投げかけられた言葉を翻訳してくれた眼差しの意味するものが分かった」(*RIV*, 972)。シャルリュスとジュピヤンの出会いの場面においても、互いが互いを同じ趣味であることを確認した。「似た者同士もたちまち相手を見分ける。そんなふうにして、シャルリュス氏もやはりジュピヤンに気づかれたのである」(*RIII*, 15)。特徴的なのは、「女」を隠し持った鋭い声だ。

シャルリュス氏がこのように鋭い声で、微笑と手のふりをまじえながら、「いや、私はそのお隣の方が好きでした、イチゴジュースの方が」と言うのを耳にすれば、人びとは、「ほほう、彼は男が好きなんだな」と言いかねない〔……〕はるかな昔からある一定の数の天使のような女たちが間違って男性のなかに組みこまれてそこに流刑にされてしまい、男たちに肉体的な嫌悪感を与えながらも彼らに近づこうと空しい羽ばたきを繰り返しながら、巧みにサロンをととのえて、その「インテリア」を構成している、〔……〕(*RIII*, 356)

テオドシウス王の国に派遣されたフランスの特命全権公使（大使）である外交官、ヴォーグーベール氏の声もシャルリュスの声と同様で、「一風変わった声、将来もけっして間違うことなくききわけられそうな声。後になって、私はどこかのサロンで、しかじかの男の声の抑揚や笑い方にぎょっとさせられたことが、何度あったろう！」とか、「その作りものの声をきいただけで、調律師の音叉のようによく訓練された私の耳は、たちまち『ここにもうひとりのシャルリュスがいる』ということを知るのであった！」(*RIII*, 63) と思われるほどの特徴をもった声である。倒錯者であることが容易に見分けられる声については、クラフト＝エビング（一八四〇―一九〇二）も『性的精神病理』（一八八六）の中で指摘している。

同性愛者が双方の気質を確かめるために出会いに交わす儀式がある。関心を示し、反応があると誘導し接近するのである。同性愛者同士に通用するマークがあるが、しばらくするとそれがファッションになり、一般人にも使われることになる。シャーテルロー侯爵がヴィルパリジ夫人のサロンを訪問して、本来なら帽子は手に持っていなければならないのにもかかわらず、そのころはやった習慣にしたがって帽子を床に置く（*RIII*, 509）という奇異な行動をするが、これも同性愛者絡みの習慣かもしれない。シャーテルロー侯爵が同性愛者であることは後に暗示され（*RIII*, 13）、決定的となる（*RIII*, 35）。

同性愛者が仲間かどうかを見抜くときは熱い火花が散るようだ。「彼ら〔倒錯者〕の気質は（高い徳性を伴うこともあるけれども）、あまりに特殊なものなので、〔……〕、いっそう他の人びとに忌みきらわれる。彼らは一つの秘密結社《フリーメーソン》を形成しているが、それは各支部からなる本物の秘密結社《フリーメーソン》よりもはるかに広がりを持ち、もっと有効で、しかも容易に勘づかれることがない。なぜならそれは、趣味、欲求、習慣、危険、修業、知識、取引、用語などの同一性にもとづいており、その内部では、互いに知合いになりたがらぬメンバー自身が、自然な合図またはとりきめられた合図で、無意識の合図ないしは意識的な合図で、ただちに互いを認めあう〔……〕」（*RIII*, 18-19）、「彼らはたちまち、同じ特殊な好みによって自分たちに近づいてくる他の若者たちを見つけてしまう」（*RIII*, 20）。

さらに同性愛者の集まりは古いもの、珍しいものの収集家たちと似たような集団になる。ちなみにジャン・ロランやオスカー・ワイルドなど世紀末の作家にも骨董趣味があり、また彼らの作品の主人公である『フォカス氏』のフルヌーズやドリアン・グレイ、ユイスマンスの『さかしま』の主人公デ・ゼッサントは宝石の収集家であった。注目すべきなのは、同じ趣味の者同士が出会ったときに散る火花のすさまじさである。「自分たちの職業生活を導くのと同じ功利的な本能、同じ玄人《プロ》の精神を、気晴らしの対象にも適用する彼らは、古い煙草入れや、日本の版画や、珍しい花などの愛好家たちの会合と同様に、だれも門外漢の入れない集まりで例の若者たちに再会するのであるが、そうした会合では、新しいことを知る楽しみや、交換の実利や、奪い合いを恐れる気持などのために、まるで切手市でのように、専門家同士の緊密な了解と、収集家同士のすさまじいライバル意識とが、同時に支配しているのである」（*RIII*, 20）。

男性の女性化と両性具有

プルーストにとって同性愛は女の体に男の精神、男の体に女の精神をもつこと(98)であって、それは彼ら自身が無意識のときに、ふとしたことから露呈される。

比較的清らかな生活を送ってきた彼ら〔孤独な倒錯者〕は、経験に乏しく、夢想によって満足することを余儀なくされてきたために、玄人《プロ》がしきりに消し去ろうとつとめてきた女性化のあの特殊な性格が、くっきりとあらわれているからだ。しかも認めなければならないのは、これら新参者の場合、女性が単に内部で男と一体になっているばかりでなく、人によっては醜い形で外から見えるものとなっていることで、ヒステリー患者の痙攣のように膝や手をわなわなと震わせる甲高い笑いに揺さぶられたときの彼らは、メランコリック に隈のできた目をして物をつかめる足を持った猿がタキシードを着て黒ネクタイをしめている場合よりも、もっと一般の男に似ていないのである。(*RIII*, 21)

ある人たちは、朝まで寝ているところをのぞいてみると、見事なまでに女性の顔をあらわしている。それほどまでに表情は広く全女性を象徴するものになっているのだ。〔……〕この若い婦人、いや若い娘、自分を閉じ込めているこの男の身体〔……〕(*RIII*, 22)

プルーストにとって同性愛とは基本的に男性の女性化であった。もともと語り手がシャルリュスは女なのだと気づくのが、同性愛世界発見のきっかけである。同性愛者はシェイクスピアの劇のなかの「変装した娘」のようだ(*RIII*, 23)。すべての人間が潜在的に両性具有なのだという考えは、プラトンの『饗宴』にあるように、ギリシャの昔からある。シャルリュスの顔に「昔のギリシャ人たちに親しかった例の言葉」(*RIII*, 15)が刻まれているというのは、まさに同性愛を意味する。モローの描くヘラクレス、オルフェウス、ナルキッソスら男性が女性化され、セイレーンや踊るサロメなど女性が男性化されているのは両性具有の最たるものである。両性具有は世紀末デカダン派の芸術家たち、すなわちジョゼファン・ペラダン、ジャン・ロラン、スウィンバーン、ラファエロ前派の画家たちが愛好した観念である。デカダンティスムはアンドロギュヌスを好み、不毛性に行き着くのである。[99] 両性具有的体質には芸術家の素養がみられるが、[100] もともと性が分化する前の「ユニセックス」こそが崇高な存在であり、英雄なのだと、〈戦闘的同性愛者〉であるドミニック・フェルナンデスは主張する。原田武氏は両性具有的な人間の見方が、対立するものの綜合・同一化としての「メタフォール」というプルーストの美学の最も重要な概念と結びつくことを指摘している。[101]

一九一四年六月十日または十一日のジッド宛の手紙でプルーストは次のように言う。「私がこのように、男らしさに惹かれる同性愛者を描こうと試みたのは、彼〔シャルリュス氏〕が自分では気づかない一人の〈女〉だからです」(*Corr.* XIII, 246)。『失われた時』においてもシャルリュスが無意識、無防備であるときに女性らしさを見せる。

> ヴィルパリジ夫人のところから出てきたときの彼〔シャルリュス氏〕の顔にはあんなに無邪気に穏和さや人の好さが広がっているのが見られた……私はそんなふうにくつろいでいる自然のままの彼の顔を目にして、なにかあまりに愛情深い、無防備のものをそこに見出した……というのもこの男が不意に私に連想させたもの……それはひとりの女だったからである。(*RIII*, 6)

それればかりか、つい先ほどヴィルパリジ夫人のところから出てくるシャルリュス氏を見たときに、どうして彼のことを女のようだと思ったか、その理由も今や私は理解した。彼は一人の女だったのだ！（*RIII*, 16）

同性愛

プルーストの生涯は同性愛の否認と弁明に明け暮れていると言ってもよいほどだ。たとえば、作家であり演劇評論家でもあるアベル・エルマンがある若者を養子にしたことについて、これは結婚ではなく、友情の名残が受け継がれていることから美徳をとどめているとした（*Corr.* VIII, 72-73）。これは同性愛の正当化と受け取れる。また、アルビュフェラから「この種の関係」についてからかわれ、抗議し（*Corr.* VIII, 98）、エマニュエル・ビベスコに対しても同性愛に関する噂話について遠まわしに批判する（*Corr.* VIII, 108-110）など、あちこちで物議をかもしている。だから、「同性愛」そのものの語を使わずに、プルーストと親しい友人たちとの間では符牒を用いることも多かった。名高い同性愛者サラ伯爵から転じて、「サライスム」（同性愛）や「サライスト」（同性愛者）の隠語はプルーストとビベスコ兄弟の間で使われた（*Corr.* II, 463; *Corr.* III, 42）。また「土星人《サチュルニアン》」（「サトゥルヌス人」）と言えば同性愛者のことだった。『失われた時』には倒錯者が「サトゥルヌスの星の下」で暮らすという記述がある（*RIII*, 24, 1283）。ヨゼフ主義 Joséphisme という言葉も使われていた（*Corr.* VIII, 108）。このような符牒を用いたのは、同性愛者であることを公表すれば、文壇での地位そのものが揺らぐこと、社会から追放されることが必至であったからだ。同性愛者にとっては受難の時代だったのである。

同性愛者がその社会的信用を保つためには、行為には及ばずプラトニスムを守るほかなかった。『失われた時』の登場人物で東方のテオドシウス王のもとに派遣されたフランス大使〔公使となっている箇所もある（*RIII*, 43)〕ヴォーグーベールはシャルリュスとソドムの国で「腹心の友」と呼ばれていたにもかかわらず、彼の言動を見ると出世のために禁欲的生活を貫き通したことがよく分かる（*RIII*, 43-47, 64)。フランスとテオドシウス王の国が協定を結び調印された日に、王はヴォーグーベールを抱擁までしたのでヴォーグーベールがそのことに感動したと言うと、シャルリュスは「そんなときこそあなたのやりたがっていることを、あの人に伝えるチャンスだったのに」と茶化すとヴォーグーベールは「まさか！　とんでもない、くわばらくわばら、ちょっとでも疑いを持たれたりしたらたいへんだ！」と慌てるのである（*RIII*, 65)。聡明そうな若い書記官の姿に心を奪われたり、大使館員を倒錯の趣味で人選したり（*RIII*, 74)、れっきとした「外交小国ソドム」の頂点に立っているのにもかかわらず。通りを歩けば片眼鏡《モノクル》を目にあてて、通りがかりの若者たちをきょろきょろ見回し、かと思うと役人たちが通るのを見ては震え上がるのだった。「ほれ、あのギャルリー・ラファイエットの配達人、なんてすばらしい！おやいけない、通商局長だ。いまの格好に気がつかなければいいが！　大臣に話をされたら私は休職にされるかもしらん。おまけに大臣もこれらしいからあぶないのなんのって」と言う始末である（*RIII*, 555)。また、「ジュピヤンのこの弱点を知っている私が、褐色の髪を金髪におきかえてみると、その肖像はシャーテルロー侯爵にぴったり当てはまるように思われた」(*RIII*, 13)とあることから、シャーテルロー侯爵も同性愛者であることは明白なのだが、彼が自分の身分を明かさず、ゲルマント大公夫人の門衛《ユイシエ》に対して相手の素性も知らずにシャンゼリゼで快楽と施しを与えながらも、相手にいろいろ聞かれてもイギリス人のふりをして「I do not speak french.」と言い張るだけだった (*RIII*, 35)。ところがその二日後、ゲルマント大公夫人の夜会に招待されたシャーテルロー侯爵は、その門衛に声高らかに名前を呼ばれるのである (*RIII*, 37)。滑稽きわまる喜劇であるが、どれもこれも同性愛者というレッテルが、社会的失格者の烙印を押してしまう、そのような時代ならではの可笑しさである。

ゆえにプルーストは、性的倒錯を描くにあたっては、惹かれる気持ちを否認により覆い隠さざるをえなかった。(102) ここに、同性愛擁護論を告白した『コリドン』(一九二四)を発表したアンドレ・ジッド(一八六九―一九五一)との決定的な相違がある。(103) そもそもジッドの『背徳者』(一九〇二)や回想『一粒の麦もし死なずば』(一九二六)も同性愛を扱ったものではあったが、告白の書『コリドン』は匿名で一九一一年に十二部だけ発行され、一九二〇年にも無署名のまま自費出版の形で再刊された。一九二二年三月には、出版の意思をマルタン・デュ・ガール(一八八一―一九五八)に打ち明けた。彼はジッドのこの相談を受けてから三十年あまりの時を経て、自ら同性愛の物語『モモール中佐』を執筆することになるが、それでも出版されたのは彼の死後である。ついに一九二四年に『コリドン』が公刊されるが、予想どおり、親しい友人たちの顰蹙をも買うこととなり、スキャンダルを巻き起こすことは避けられなかった。同時代のコクトーも同性愛を告白しそれを擁護する『白書』（一九二六）を出版しているがあくまで匿名である。ジッドが同性愛をいかにして公表すべきか尋ねたとき、プルーストはこう答えた。「何でも話したらいいのです、ただし〈私〉とけっして言わない条件で」。さらにプルーストは言う。「作家が同性愛について巨細にわたって書くことができるのは、自らの行為と設定しない限りにおいてである」。同性愛を牧歌的に容認し自ら公表するジッドと、同性愛を自分自身から切り離した上で容赦なく断罪するプルーストとの間には越えがたい深淵が横たわっている（*Corr.* XX, 239-241）。モランから贈呈された性科学者マグヌス・ヒルシュフェルトの本をプルーストは突き返したという徹底ぶりである。(104)

同性愛者であるプルーストが、自身の同性愛傾向をジッドのように告白せずに匿名の「私」――条件付で「マルセル」と呼ばれることは二回だけあるが――に他の登場人物の同性愛を語らせたことは、『サント＝ブーヴに反論する』の冒頭で語られた「現実と芸術との峻別」へと行き着く。上述したように自身の同性愛的傾向を公表することを拒絶し、その手の中傷には決闘をも辞さずに闘ってきたプルーストであるから、作者がたとえ社会から非難されるような特異な性癖を持っていたにせよ、作者とその作品は全く別物であることを力説し、自分の作品の価値が貶められることを極力阻止しようとしていた意図もうかがえる。作家は『失われた時』のどこにも語り手が同性愛者であるとは書いていない。なお、当時は「同性愛者」homosexuel とは言わず、倒錯者 inverti とか男色者 pédéraste とか言っていた。呪われた種族である同性愛者の悲惨な運命を、シャルリュスを例に彼は次のように記す。

彼〔シャルリュス氏〕が属している種族は見かけのように矛盾した人びとではなく、男性的なものを理想とするのは、まさに女性的な気質をもっているからで、〔……〕ニンフよりも美少年を求める〔……〕ある呪いの重圧を受け、嘘と偽りの誓いとのなかで生きなければならない種族である。なぜなら、あらゆる被造物にとって生きている最大の喜びを作るのはその欲望だが、彼らは自分の欲望が罰せられるべき恥ずかしいものであり、口にできないものとされていることを知っているからだ。自分の神を否認しなければならない種族である。〔……〕母のない息子である。一生涯、母の目を閉じてやるときでさえ、彼女に嘘をつき通さなければならないからだ。(*RIII*, 16-17)

「はかない名誉しかなく、罪が発覚するまでの一時的な自由しかない彼ら」(*RIII*, 17)とも言っており、プルーストが同性愛をこのように否定的に書いたり、自らの同性愛的傾向を公にしていなかったことはジッドの気分を大いに損ねるものであったが、プルーストは同性愛の甘美な思い出は『花咲く乙女たちのかげに』の異性愛の描写の方につぎこみ、『ソドムとゴモラ』を中心とする同性愛の叙述の方には醜悪な面しか注ぎ込むことができなかったと言い訳している。(105)

注

（1）クラックのこの方法は、小説と批評との境界線のない作品を目指していたプルーストの意思に反するものとなった。Kazuyoshi Yoshikawa, « Du *Contre Sainte-Beuve* à la *Recherche* », *Proust, la mémoire et la littérature*, Odile Jacob, 2009, p.49-71 を参照のこと。

（2）プルースト＝ラスキン『胡麻と百合』吉田城訳、筑摩書房、一九九〇年、一五三頁。

（3）Ph. デュ・ピュイ・ド・クランシャン『スノビスム』横山一雄訳、白水社、文庫クセジュ、一九六五年、六六―七七頁。

（4）ペインター、前掲書、下、一八七頁。

（5）Brian G. Rogers, «Proust et Barbey d'Aurevilly contre Sainte-Beuve », *Marcel Proust 3*, Minard, 2001, p.167-177 を参照のこと。

（6）『バルザック全集　第24巻』、東京創元社、一九七四年、三五九―三六一頁。

（7）タディエ、前掲書、上、一八二頁。

（8）Annick Bouillaguet, *Marcel Proust. Le jeu intertextuel*, Éditions du Titre, 1990.

（9）A. Bouillaguet, *Proust lecteur de Balzac et de Flaubert. L'imitation cryptée*, Honoré Champion, 2000.

（10）A. Bouillaguet, « Le pastiche chez Proust: une affaire de style », *BIP*, n°36, 2006, p.52-56.

（11）ポール・ブールジェ『現代心理論集――デカダンス・ペシミズム・コスモポリタニズムの考察』平岡昇・伊藤なお訳、法政大学出版局、一九八七年、二八頁。

（12）Marion Schmid, « Proust et le style décadent », *BIP*, n°27, 2007, p.111.

（13）ブールジェ、前掲書、三一頁。

（14）Jean Milly, *Les Pastiches de Proust*, Armand Colin, 1970, p.37.

（15）A. Bouillaguet, « Proust, lecteur des Goncourt: du pastiche satirique à l'imitation sérieuse » dans *Les frères Goncourt: art et écriture*, édition préparée par Jean-Louis Cabanès, Presses Universitaires de Bordeaux, 1997, p.339-348.

(16) A. Bouillaguet, « Le pastiche chez Proust: une affaire de style », *op. cit.*, p.49-51.
(17) プラーツ、前掲書、四七八頁。
(18) A. Bouillaguet, « Proust, lecteur des Goncourt: du pastiche satirique à l'imitation sérieuse », *op.cit.*, p.344.
(19) Philippe Thiébaut, *Robert de Montesquiou ou l'art de paraître*, Réunion des musées nationaux, 1999.
(20) タディエ、前掲書、上、一七〇頁。
(21) フィリップ・ジュリアン『１９００年のプリンス』、前掲書、五五、一〇二頁。
(22) タディエ、前掲書、上、三〇〇頁。
(23) 生田、前掲書、一五頁。
(24) E. de Clermont-Tonnerre, *Robert de Montesquiou et Marcel Proust*, Flammarion, 1925, p.33.
(25) ジュリアン『１９００年のプリンス』、前掲書、四六一頁。
(26) Antoine Bertrand, *Les Curiosités esthétiques de Robert de Montesquiou*, Droz, 1996, tome II, p.853-867
(27) ジュリアン『１９００年のプリンス』、前掲書、一九三―一九四頁。
(28) タディエ、前掲書、上、一七五頁。
(29) 同書、二五六頁。
(30) 同書、一七四頁。
(31) 同書、一七六頁。
(32) *Les Pas effacés*, vol.3, p.25
(33) A. Bertrand, *op.cit.*, tome II, « Une "redécouverte": Marceline Desbordes-Valmore », p.489-508
(34) « Une fête littéraire à Versailles », *Professeur de Beauté*, La Bibliothèque, 1999. 六月三日、「プレス」紙の「エコー」欄にもこの催しの報告が掲載された（*Corr.* I, 298-299）。
(35) ジュリアン『１９００年のプリンス』、前掲書、五八―五九、八三頁。
(36) 同書、三七四頁。
(37) 同書、一九九―二〇一頁。

(38) ジュリアン『1900年のプリンス』、前掲書、二四八頁。
(39) タディエ、前掲書、上、三〇四頁。
(40) タディエ、前掲書、下、四四九頁。
(41) *Chroniques*, Gallimard, 1927, p.92-99.
(42) タディエ、前掲書、下、二八六、四九九頁。
(43) 同書、三三七頁。
(44) 同書、三六四、五二二頁。
(45) 同書、三六五頁。
(46) H. de Balzac, *La Comédie Humaine*, la Pléiade, t. VI, p.979-980. アルベルチーヌとゲルマント公爵夫人の、カディニャン大公夫人を思わせる装いに関しては、ブイヤゲが次の箇所で詳述している。A. Bouillaguet, *Proust lecteur de Balzac et de Flaubert*, *op.cit.*, p.153-163.
(47) E. de Clermont-Tonnerre, *op.cit.*, p.59
(48) Journées de lecture, 10/18, p.254-270 ; *Professeur de Beauté*, La Bibliothèque, 1999, p.75-100.
(49) タディエ、前掲書、下、一〇四頁。
(50) 同書、同頁。
(51) フランソワ・カラデック『レーモン・ルーセルの生涯』北山研二訳、リブロポート、一九八九年、一一二頁。
(52) プルースト=ラスキン『胡麻と百合』、前掲書、五八頁。
(53) 同書、一〇三頁。
(54) ペインター、前掲書、下、一三頁。
(55) タディエ、前掲書、下、一四八頁。
(56) 鈴木順二「プルーストの観た日本」『ユリイカ』、二〇〇一年四月、一七一頁。
(57) モンテスキウが蒐集した日本趣味のコレクションに関しては、彼がしつらえた日本庭園も含めて、Junji Suzuki, *Le japonisme dans la vie et l'œuvre de Marcel Proust*, 慶應義塾大学出版会、2003, p.46-75 に詳しい。

(58) ジュリアン『1900年のプリンス』、前掲書、七八頁。
(59) E. de Clermont-Tonnerre, *op.cit.*, p.58
(60) モーリス・バレス『グレコ――トレドの秘密』吉川一義訳、筑摩書房、一九九六年。
(61) タディエ、前掲書、上、一七三頁。
(62) タディエ、前掲書、下、四三七頁。
(63) Jean Milly, *Les Pastiches de Proust*, Armand Colin, 1970, p.200.
(64) *Ibid.*
(65) 高階、前掲書、一〇九頁。
(66) ペインター、前掲書、上、二六〇頁。
(67) 加藤靖恵氏は論文 « La genèse de la préface de *La Bible d'Amiens* », *BIP*, n°33, 2003, p.29-40 及び « La genèse de la préface de *La Bible d'Amiens* (suite) », *BIP*, n°36, 2006, p.21-36 において、プルーストの草稿のみならず、ミルサン、ド・ラ・シズランヌ、バルドゥーといったプルーストが依拠したラスキンの研究書にも注目し、プルーストのラスキン批評の変遷―とりわけ偶像崇拝批判―について詳説している。加藤靖恵「モザイクから生まれたテクスト：『アミアンの聖書』序文とプルーストのラスキン観の変遷」『シュンポシオン』、朝日出版社、二〇〇六年、三六五―三七四頁も参照されたい。
(68) プルースト＝ラスキン『胡麻と百合』、前掲書、五六頁。
(69) 同書、五九頁。
(70)『旧約聖書　ヨブ記』関根正雄訳、岩波文庫、一九七一年、一〇〇頁。
(71) 加藤靖恵「感覚の詩学――プルーストとルコント・ド・リール」『テクストの生理学』、朝日出版社、二〇〇八年、五二三、五二五頁。
(72) フィリップ・ミシェル＝チリエ『事典　プルースト博物館』保苅瑞穂監訳、筑摩書房、二〇〇二年、三五七頁。
(73) これについては、第一章4、ゴーチエの項目で詳述した。
(74) フィリップ・ミシェル＝チリエ、前掲書、三八〇頁。

(75) Isabelle Serça, « Étymologie », *Dict.M.P.*, p.360.
(76) 鈴木道彦氏による。『失われた時を求めて８』集英社、一九九九年、五〇八頁。
(77) Antoine Compagnon, *Proust entre deux siècles*, Seuil, 1989, p.249, 255.
(78) 工藤、前掲書、四五頁。
(79) 海野、前掲書、一五頁。
(80) 海野、前掲書、一一六頁。
(81) 和田章男「プルーストの文学的・芸術的教養―『プルースト書簡集』作品別および作者名索引に基づく統計的分析の試み―」『大阪大学大学院文学研究科紀要』、四一巻、二〇〇一年、五七頁。
(82) 『失われた時を求めて12』鈴木道彦訳、集英社、二〇〇〇年、四〇四頁。
(83) 海野、前掲書、一四二頁。
(84) H. de Balzac, *La Comédie Humaine*, la Pléiade, t. IX, p.1056.
(85) H. de Balzac, *La Comédie Humaine*, la Pléiade, t. V, p.689.
(86) 吉田城「聖セバスチアンの殉教のエロティスム」（前掲論文）、二二八―二二九頁。吉川一義『プルーストの世界を読む』、岩波書店、二〇〇四年、一四〇―一四一頁。ベンケイソウに限らず、ルグランダンとの関わりで言及されるバラやアスパラガスにも同性愛の意味が含まれていることは、Francine Goujon, « Références balzaciennes et cryptage autobiographique dans *Du côté de chez Swann* », *BIP*, n°33, 2003, p.53-57 で詳細に論述されている。
(87) これに関しては、Francine Goujon, « Morel ou le dernière incarnation de Lucien », *BIP*, n°32, 2001/2002, p.41-62 を参照のこと。シャルリュス氏とモレルとの関係が、バルザックの『幻滅』や『娼婦の栄光と悲惨』を下敷きにしていることは、ブイヤゲも指摘している。
(88) タディエ、前掲書、下、一九一頁。
(89) 同書、四七三頁。
(90) ミシェル・シュネデール『プルースト　母親殺し』吉田城訳、白水社、二〇〇一年、五九頁。
(91) M. Schmid, *Proust dans la décadence*, Champion, 2008, p.118.

(92) *Ibid.*, p.123.
(93) Cahier 49, f°60v°.
(94) 原田武氏はボディ・ビルで鍛えた肉体を見せびらかした三島由紀夫を例に挙げ、同性愛という欲望の形態そのものの本質として「演劇性」を指摘している（原田、前掲書、二六七、二六九頁。シュネデールはヴァントゥイユVinteuilという名にウィユœil（目）が隠されているとする（シュネデール、前掲書、一三二頁）。「覗き」は最初から仕組まれていたのだ。同性愛者とは、すぐれた喜劇の主人公である。
(95) ジュリアン『世紀末の夢』、前掲書、一三一―一三二頁。
(96) Jean Rousset, « La voix de Charlus », *Poétique*, no.108, novembre 1996, p.388-389.
(97) 牛場暁生『マルセル・プルースト――『失われた時を求めて』の開かれた世界』、河出書房新社、一九九九年、三一一―三一二頁。
(98) Emily Eells, « Homosexualité masculine », *Dict. M.P.*, p.480.
(99) プラーツ、前掲書、三九一頁。
(100) 吉川一義『プルースト美術館』、筑摩書房、一九九八年、一九二頁。
(101) 原田、前掲書、二五二頁。
(102) タディエ、前掲書、下、一五一頁。
(103) 同性愛に関するプルーストとジッドの相違に関しては、中村栄子『プルーストの想像世界』、前掲書、一八一―一三〇頁に詳しい。
(104) タディエ、前掲書、下、五二二頁。
(105) 同書、三六三頁。

第三章

プルーストとワーグナー

1 プルーストと音楽、そしてワーグナー

プルーストは音楽に対して並々ならぬ情熱を持っていた。彼自身、楽譜を読み、ピアノを弾くことを学んでいたし、親友の音楽家レーナルド・アーンからは数々の情報を得、音楽のサロンやコンサートにも足繁く通った。一九一一年には自宅に居ながらにしてオペラやコンサートが聴けるテアトロフォンにも契約している。第一次世界大戦で外でのコンサートが不可能になると、自宅に音楽家たちを呼んで演奏させることまでしており、単なるディレッタントの域をはるかに超えるものであった。彼の絵画論が本物の絵画を実際に見るのを待たずに、ラスキンをはじめとした既存の絵画批評や複製画を下敷きにしていることとは事情を大きく異にしている。[1] このことは音楽と絵画との本質的な違いにもよる。絵画の本物は一点しかなく、それが所蔵されている美術館に出向かなければならないが、音楽は演奏されて初めて聴取者を前に表現されるわけだから、その音楽の演奏される場所に、我が身を置けばいいのだ。音楽作品は楽譜が一つであっても、演奏された数だけ差異を伴って存在する。オリジナル云々を問題にするのは一般の聴取者にとってあまり意味がない。

音楽は文学とも異なる。言葉という媒介手段を経ることなく直接、魂に訴えかける音楽は、常に事物の背後に本質を求めてやまないイデアリストたるプルースト、普通の人間なら見過ご

すようなものでも、何事かを訴えようとしているに違いないという認識のもと、それの発するメッセージを敏感に読み取ろうとしたプルーストにとって、音楽は神秘的な存在であり、絶えざる関心の的であった。『失われた時』にも、語り手がヴェルデュラン家の夜会でヴァントゥイユの七重奏曲を初めて聞いて陶酔し、音楽の価値に脱帽した次のような断章がある。

もし言語の発明、言葉の形成、観念の分析がなければ、音楽が魂間の交流になり得たものの唯一の例ではないかと私は自問した。音楽はその後の経過を伴わなかった一つの可能性のようなものだ。人類は他の道――話し言葉と書き言葉の道――に入り込んでしまったのだ。（*RIII*, 762-763）

また、囚われの女であるアルベルチーヌとの同棲生活において、彼女に自動ピアノでヴァントゥイユの音楽を弾いてもらうときにも、文学に対する音楽の優越性をあらわにしている。

たとえばこの音楽〔ヴァントゥイユの音楽〕はあらゆる既知の本よりももっと真実な何かに私には思われた。時折、私は次のように考えた。人生において我々が感じることは観念の形では感じられないので、文学的、すなわち知的に翻訳することでようやくそれを知らしめ、説明し、分析することができるのだが、音楽のように再構成することはできない。

ところが音楽においては音が存在の抑揚を捉え、感覚の内的な極限の最高点を再生するのである、と。(*RIII*, 876)

唯美主義者ウォルター・ペイターも主著『ルネサンス』(一八七三) の中で、「あらゆる芸術は常に音楽の状態たらんことを希求する」と言っている。さて、プルーストは一八九五年五月二十日のシュゼット・ルメール宛の手紙で、音楽は文学・絵画・彫刻などでは表現し得ない心の内奥を表す、宗教的なものであるとして、この点で自分は友人レーナルド・アーンと意見が異なることを表明している (*Corr.* I, 388-389)。なお、プルーストはここで既に自分がワーグナー崇拝者であることを明らかにしている。他方、アーンは伝統を重んじるグノー、マスネの流れを汲み、彼自身がカミーユ・サン＝サーンス (一八三五―一九二一) の弟子であるがゆえに、革命的なリヒャルト・ワーグナー (一八一三―八三) を認めていない。このことは、秩序を愛するペキュシェと革命主義者ブヴァールとを対立させた、『楽しみと日々』の中の「ブヴァールとペキュシェの社交趣味　II 音楽マニア」(*PJ*, 62-65) を読むと理解できる。そもそも十九世紀後半に興隆した、ボードレールを先駆者としたヴェルレーヌ、ランボー、マラルメらを代表とする象徴主義詩人たちにおいては、言葉を手段として用いながらも「詩の本来的な富を音楽から奪い返す」ことが共通の命題であった。そしてボードレールもマラルメも、総合芸術を目指したワーグナーに心酔していたのである。そしてワーグナーこそは十九世紀全体の中に位置する大きな存在である。

プルーストと音楽を考える際には、ショーペンハウアー(一七八八―一八六〇)の影響を忘れてはならない。この哲学者が主著『意志と表象としての世界』で提唱しているのは、世界は絶対的な不動のものとして存在するのでなく、見る人の意志を表象したものにほかならず、したがって世界は特定の視点や見方からしかとらえられないという相対主義であり、プルーストの遠近法主義 perspectivisme と容易に結びつくものである。ショーペンハウアーは音楽を「複数の情動の共通した本質の卓越した表現」と定義し、音楽を人間の行動の頂点に置いている。なぜなら絵画・建築・彫刻は描写の対象となる世界があるが、音楽は意志を直接に表したものにほかならないからだ。音楽を音の芸術に留めず、形而上学的な真実と結びつけたことは、ショーペンハウアーの大きな功績である。(2) ワーグナーも一八五四年に同著を読み、彼の学説が自分の詩的構想においてずっと前から親しんできたことと一致することを認識し、「天の恩恵のようだ」と親友であるフランツ・リスト(一八一一―八六)に手紙を書き送っている。ショーペンハウアーの恐るべき厳粛な「生命への意志の究極の否定」に唯一の救済を見出したワーグナーが、愛の結合による意志の消滅、究極の救済を死に求める『トリスタンとイゾルデ』の構想へと向かったのはごく自然なことであった。

プルースト自身が好きな音楽家は年齢を経て変化しており、十三、四歳の頃にはグノーやモーツァルトが好みであったが、次第にドイツ・ロマン派のワーグナーやシューマンへと好みが移行し、晩年はセザール・フランク（一八二二－九〇）やベートーヴェンになる。数々の質問に答えた「マルセル・プルースト自己を語る」は、筆跡などから二十歳を越えていた頃のものとされているが、ここでプルーストは好きな音楽家として既にベートーヴェン、ワーグナー、シューマンを挙げている（*EA*, 337）。『失われた時』で引用・言及される音楽家を索引で調べてみても、ベートーヴェンを差し置いてワーグナーが特権的な地位を占めていることは明らかである。プルーストとワーグナーの考察に入る前に、十九世紀末から二十世紀初頭にかけてフランスに見られたワグネリスムについてまとめておきたい。

2 フランスにおけるワグネリスム

「詩の本来的な富を音楽から奪い返す」、換言すれば、言語の伝達機能を詩から排除し、詩的機能の方を十全に生かすことを目指した象徴主義の詩人たちがワーグナーに関心を持ったのは当然の成り行きであった。ワーグナーが「総合芸術」の名のもとに目指した楽劇は、従来のオペラがアリア、重唱、合唱などを独立させていたのに対し、主題や動機の操作で構成される交響的オペラ、すなわち音と言葉を統一させ、音楽・劇・舞踊・文学といった芸術の諸ジャンルを融合させせようと試みたものだったからである。オペラは一八六〇年代にシャルル・ラムルー

（一八三四－九九）によって創始された美的革命以前にフランスを席捲していたジャンルであるが、「総合芸術」として卓越した地位を確立したのはワグネリスムによるものであり、ベル・エポックの時代にはオペラがフランスの社交界においても音楽界においても高い地位を占めることとなった。

　ワーグナーは一八四三年にパリで初演された《さまよえるオランダ人》で音楽と文学の創作を兼ね備える劇詩人であるとの自覚を固めていたが、フランスでワーグナーが知られるようになったのは、ワーグナー最大の理解者、リストの著書『リヒャルト・ワーグナーの《ローエングリン》と《タンホイザー》』（一八五一）が仏語で出版されたことが大きい。しかしワーグナーの、耳に快いとは言い難い特徴的な音楽は、フランスの音楽家や視聴者たちには容易には受け入れられず、むしろ文学者たちによって擁護されたことが、ワーグナーの特異性を雄弁に物語っている。彼は音楽そのものだけでは評価されず、文学と「融合」して初めて、高い評価を受けることになるのだ。それこそがワグネリスムのワグネリスムたる所以と言ってもよい。

　具体的に言うと、リストの著書の出版から一年後の一八五二年、「ルヴュ・エ・ガゼット・ミュージカル・ド・パリ」誌においてパリ・コンセルヴァトワール出身の音楽教授にしてアカデミズムの権威、フランソワ＝ジョゼフ・フェティス（一七八四－一八七一）により、ワーグナーの音楽がメロディとリズムに欠けた不快音からできており、音楽的な不足を詩によって埋め合わせていると酷評されてしまう。確かにオペラ台本の詩は作曲家ワーグナー自身によって美しく荘重な韻文で書かれていたのだった。(3) テオフィル・ゴーチエはドイツのヴィースバーデンでみた《タンホイザー》のルポルタージュを「ワーグナーと《タンホイザー》」というタイトルで「ル・モニトゥール」誌（一八五七）に発表するが、これは文学者の立場からのフェティスへの反論であった。ゴーチエはワーグナーの音楽は暗示力が大きいこと、また記憶に訴えることで音楽と文学の融合を目指しているなど、後のボードレールを予告するような指摘をしている。

ドレスデン時代に革命に参加したことから政治犯となり指名手配されていたワーグナーだが、一八五九年九月、亡命先のスイスのチューリッヒからパリにやって来て毎週水曜日に自宅でサロンを開いた。これが二度目のパリ滞在である。ここにはワグネリヤンが集うこととなり、そのメンバーには作曲家のサン＝サーンスとシャルル・グノー、画家ギュスタフ・ドレ、パルナス派の詩人カチュール・マンデス、そしてクールベを擁護し文学におけるレアリスムを主張したシャンフルーリなどがいた。彼らの奔走により、一八六〇年一月二十五日、二月一日、八日の計三回、パリのイタリア座でパルドゥ管弦楽団の演奏により、初めてワーグナー・コンサートが催されることとなる。しかしジャーナリズムの反応は冷たく、ワーグナーの音楽を、耳ざわりで不快な理解しがたい音楽であると評した。世間はベルリオーズとワーグナーは同属であると思っていたが、そのベルリオーズもまたこのコンサートを評して、一八六〇年二月九日の「デバ」紙の中で、《トリスタンとイゾルデ》の音楽における作曲者の意図は理解不可能であり、ベルリオーズ自身はこのような不快な音楽の一派に属さないことを明言した。これに反論してワーグナーは、二月二十二日付で同じ「デバ」紙上においてフランス語で、自らの詩と音楽を融合させる楽劇論、すなわち「この二つの芸術を内的に結合することによって、個々の芸術では表現不可能なことを明確に表現する」ことを明らかにした。このようなワーグナーの反論を待つまでもなく、文学者シャンフルーリやボードレール(一八六〇年二月十七日の手紙)は、ワーグナーの音楽が、フェティスの考えるような自然を描写した写実の音楽ではなく、観念よりも感情を表現した、「暗示」の音楽であることを見抜いていたのである。

さて、《タンホイザー》がオペラ座で上演されたのは、一八六一年三月十三日、十八日、二十四日の計三回であるが、指揮者の問題、台本の仏訳の問題、バレエの挿入箇所の問題などで上演前から相当な軋轢があり、いざ上演が始まると今度はジョッキー・クラブ会員の組織的な妨害によって三回目にして途中で続行不可能に陥るという悲惨な結果に終わった。ボードレールはこれらの舞台を見たわけではなく、もっぱら前述したリストのワーグナー論(一八五一)やワーグナーの『オペラ詩四篇』(一八六〇)――《さまよえるオランダ人》、《タンホイザー》、《ローエングリン》、《トリスタンとイゾルデ》の詩の仏語散文訳と「音楽書簡」――を頼りに「リヒャルト・ワーグナーと《タンホイザー》のパリ公演」を執筆したとされている。これが一八六一年四月一日、「ヨーロッパ評論」誌に掲載された。ボードレール自身が、ドラクロワやポーに見出していた人工楽園的超感覚の世界を、ワーグナーに再発見したのであって、彼にとっては実物を見るまでもなく、既に心に準備されていたものを再認識したにすぎない。ボードレールは共感覚を詠った自身の詩《万物照応》Correspondances を引き合いに出して、「真の音楽は、異なった脳の中に、似た観念を暗示する」(4)と言っているが、これはまさにワーグナーを借りて自説を述べていることにほかならないのである。またワーグナーが好んで伝説に取材していることも、アレゴリーの世界を創造し、暗示的な音楽を入れることで、ボードレールの言う「想像力の支配する芸術」と見事に合致したものとなっている。

このようにフランスにワーグナーが広まるのはボードレールの功績が大きいが、ワーグナーが本格的に認められるのは七十年代後半からで、「ワーグナー評論」誌の創刊は一八八五年二月である。この「ワーグナー評論」誌（一八八五年八月）に収録され、後に『パージュ』（一八九一）や『ディヴァガシオン』（一八九七）にも再録されたマラルメの「リヒャルト・ワーグナー、あるフランス詩人の夢想」は、フランス詩人すなわちマラルメ自身の音楽家ワーグナーに対する嫉妬を告白すると同時に、象徴派詩人たちの聖典となるのである。

だから『失われた時』の中でカンブルメール＝ルグランダン夫人がショパンを軽蔑してワーグナーを礼賛するのは、新しいものが好きなスノッブゆえの行為である。有名なヴァイオリン奏者で指揮者でもあったラムルーが、一八八一年に創設したパリの管弦楽団コンセール・ラムルーに、彼女が通い詰めたりするのも、時流に乗ろうとする態度と考えてよい（*RIII*, 214）。それに反して古いもの好きのゲルマント公爵はダニエル＝フランソワ＝エスプリ・オベール（一七八二―一八七一）、フランソワ＝アドリヤン・ボワルデュー（一七七五―一八三四）、ベートーヴェン、モーツァルト、アダンを好み、ワーグナーは彼の趣味ではない（*RII*, 781）。

3 プルーストから見たワーグナーの音楽の特徴

神経症

スノッブなブルジョワとしてサロンを開くヴェルデュラン夫人はワーグナー崇拝者である。そんな彼女を語り手は「盛大な音楽の儀式を主宰する神、ワグネリスムと偏頭痛の女神」（*RIII*, 753）と称する。ところで「スワンの恋」にアバテュシ街を歩いていくオデットのことをスワンが話で聞くという部分があるが、現在はパリ第八区のラ・ボエシ街に相当するこの通りがアバテュシ街と呼ばれていたのは一八六八年から七九年までのことだから（*RI*, 236, 1211）、鈴木道彦氏によれば「スワンの恋」は一八七〇年代末の設定ということになる。(5)「ワーグナー評論」誌の創刊が一八八五年二月ということを考えてみても、ヴェルデュラン夫人のワーグナー崇拝は時代を先取りしていたことになる。その反応ぶりたるや滑稽なまでに極端で、《ワルキューレ》の騎行や《トリスタン》の序曲は印象が強烈すぎるので、ピアニストがこれらを弾こうとすると抗議する（*RI*, 186）ほどだ。注目すべきなのは、彼女がワーグナーの音楽に対してもヴァントゥイユの音楽に対しても、同様の反応をすることである。ヴァントゥイユはコンブレの隣人でピアノ教師であるが、作曲もしていたのである。ヴァントゥイユのソナタだということが後で明らかになる「《嬰ヘ調のソナタ》をピアノのために直したものを若い芸術家に弾いてもらう」と夫のヴェルデュラン氏が提案しても、夫人は「顔面神経痛になるから、やめて」と抵抗する。コタール医師はそこにある種の神経衰弱の症状を認めていた（*RII*, 203）。だからヴェルデュラン夫人はヴァントゥイユの曲が演奏される前にあらかじめ風邪の予防薬（リノ・ゴメノル）を塗布する。「私〔ヴェルデュラン夫人〕の考えでは、ヴァントゥイユは今世紀最大の作曲家でしょう。ただ、仕掛けの多い彼の作品を聴くと涙が止まりませんわ」（*RIII*, 745）という台詞の「ヴァントゥイユ」をそのまま「ワーグナー」に置き換えることは十分可能である。彼女は芸術的感動をけっして精神的な次元で表現することができない。ヴァントゥイユのソナタを称賛する際の言葉も受け売りで借りものの決まり文句ばかりで、音楽の価値を本当に分かっているわけではない（*RI*, 209-210）。だから自分の深い感動をアピールするには、「顔面神経痛になる」やら「涙が止まらない」やら、肉体的な表現に頼るしかない。ラ・ラスプリエール荘のサロンでヴァントゥイユの七重奏曲を演奏させて聴く時も、頭で拍子をとっているフォーブールの無知な婦人たちとの違いをあらわにして、「演奏者たちはするべきことを行って、私の神経の機嫌をとらなくてよい、私はアンダンテにたじろぐこともなければ、アレグロに叫び声をあげたりすることもないだろうから」といった彼女の勇気をアピールするがごとく、わざと「背筋を伸ばして動じない上体、無表情な目、後ろに流した髪の房」（*RIII*, 755）をしていた。

ヴァントゥイユを聴くヴェルデュラン夫人も神経症だが、ワーグナーの音楽もヴァントゥイユの音楽も神経症的なところがある。囚われの女であるアルベルチーヌが外出した後、話者が心の平静さを取り戻してヴァントゥイユのソナタをピアノで弾きながらワーグナーの《トリスタン》との類似を見出し、執拗に繰り返されるワーグナーのテーマについて次のように語る。

私はワーグナーの作品がもつすべての現実的なものを理解した。それらの執拗で束の間のテーマはある一幕にやって来て、遠ざかってもまた必ず戻ってくるのだから。それらのテーマは時々はるか遠くなり、まどろみ、ほとんど切り離されたようになっても、別の瞬間には漠としながらも、とてもしつこく、近くなり、内的で有機的で内臓に響くように奥深く迫るので、一つのモチーフというよりむしろ神経痛の再発のようだった。(*RIII*, 665)

また、ヴァントゥイユの七重奏曲においても、繰り返される曲のテーマなのか神経痛のぶり返しなのか分からないところがある(*RIII*, 764)。一九一三年六月のアンナ・ド・ノアイユ宛の手紙でプルーストは彼女の新作である《生者と死者》の詩をワーグナーのオペラにたとえて、その成長ぶりを褒め称えている。彼女の以前の作品を《ローエングリン》や《タンホイザー》だとするならば、新作は《トリスタン》、《マイスタージンガー》、《パルジファル》に相当する、それほどの違いだという。彼は次のように表現する。「あなたの才能の類まれな成長(そしてとりわけそれがあなたの形式にますます有機的に浸透していくさま）を見て思うのは、ワーグナーの作品全体のイメージです。〔……〕思考の無数の豊かさがしみ出して、表面にあらわれないところで伝わった結果、音の細胞が増殖するということの現象が、音楽においてと同様、言語において起こり得たというのは称賛すべきことです」(*Corr.* XII, 214)。先に見られた「有機的に浸透」や「音の細胞の増殖」などの、神経痛の再来と同等の現象が一作品を超えた次元でも存在するのだ。さらに言えばプルーストがアンナ・ド・ノアイユに対して指摘したこと、これこそまさにプルーストの書き方そのものである。モチーフが時を重ねるごとに「有機的に浸透」し、「増殖」していくのだ。

同性愛

プルーストは一八九三年十二月発行「白色評論」誌、第二六号に初出の「夜のまえに」において、女性同士の同性愛を語りながら、同性愛を「背徳的ではなく、神経の変質によるもの」であって道徳的にどうこう議論する類のものではないことを主張している (*JS*, 169)。

ニーチェはワーグナーを「一種の神経病」と評しているが、神経の歪みと同性愛趣向とは同一の障害であることから、ワーグナーの音楽がとりわけ同性愛者たちに好まれるのも、合点のいく話である。だからプルーストがワーグナーの音楽を同性愛のテーマと並列させて取り扱っているのは、何ら不思議ではない。『失われた時』ではシャルリュスが同性愛者であることが発覚するのは、ヴィルパリジ夫人の所から出てくる彼を見て、「彼は一人の女だったのだ！」（*RIII*, 16）と語り手が気がついたところであるが、カイエ四九ではオペラ座でゲルマント公爵夫人を待ち構える語り手が、ワーグナーの音楽を聞きながら眠り込んでしまったギュルシー氏の無意識のうちに見せる姿に一人の女性を見ることで明らかとなる（*RIII*, 943-946）。このギュルシー氏が後にゲルシー氏となり、最終的にシャルリュス氏となるのである。ファロワ版の『サント＝ブーヴに反論する』にも、ケルシー伯爵に関する似たような記述がある（*CSB* (B de F), 254-255）。

無意識の姿にこそ同性愛者であることがあらわになるのである。「しかしながら彼〔倒錯者〕においては蔓植物のように、何という策略、すばしこさ、執拗さをもって、無意識だが目に見える女が、男性の器官を求めていることだろう！〔……〕自然が無意識のうちに行うすばらしい努力」（*RIII*, 23）と、男性の同性愛者には女の姿が、本人が無意識のうちに見え隠れするのである。また話者はバルベックの海岸で、四十がらみの男からの強い視線を感じて振り向く。この男こそ、後に明らかになるシャルリュスである。

彼は私の方に窮極の流し目を送ったが、それは大胆であると同時に慎重であり、素速いが深遠で、まるで逃走時に放つ最後の一撃のようだった。そして自分の周囲を見回してから、突然、放心状態の傲慢な様子をして、体全体で急に向きを変え、ポスターの方を向くと、歌の一節を口ずさんだり、ボタンホールから下がっているモスローズを直したりしながら、ポスターの広告を読むのに夢中になった。彼はポケットから手帳を取り出し、掲載された芝居の題をメモしている様子だった。(*RII*, 111)

緊張感みなぎる刺すような視線であるが、実はこれこそ同性愛者が相手が同類であるかを確認し、相手を誘うときの仕草なのだ。語り手がその意味を理解するのはずっと後になってからのことなのだが。問題はこの時シャルリュスが熱心に見つめてメモするふりをしているポスターが、草稿段階ではワーグナーの曲目であることが明らかにされていたことだ(*RIII*, 947)。プルーストにおいては肝心なものは往々にして最終的に隠蔽されるのである。

当時、ベルリンが同性愛者の巣窟であったことからも分かるとおり、同性愛者は元来ドイツびいきであった。ところがドイツが戦争で敗れると、シャルリュスの周囲の同性愛者までがドイツをののしるようになり、自分の性的欠陥が知られていないと思って、ドイツの元首たちやワーグナーのその欠陥を得々として暴くに至った。これにシャルリュスは激怒し、いつか鼻を明かしてやりたいとうずうずしていた、という箇所が『見出された時』にあるが(*RIV*, 355)、これはワーグナーに同性愛的傾向があることをプルーストが見抜いていた証拠である。ワーグナーとバイエルン国王ルートヴィヒ二世との親密な関係も、「同性愛」と見られていたふしもある。そもそもワーグナーの晩年の神秘劇《パルジファル》とプルーストの『失われた時』とは、両者とも主人公が成長していく過程を語った「教養小説」である点で共通している。主人公の反面教師であるアンフォルタスとスワン、母の存在、クンドリーとアルベルチーヌによる誘惑、彼女らとの接吻、贖罪等々、実に構造が似通っており、その類似点と相違点を牛場暁生氏が詳しく解説している。(6) 注目すべきなのは、この場において経験不足の、極言すれば無知な、主人公を導くのが《パルジファル》のグルネマンツ、そして『失われた時』においてはシャルリュスであることだ。《パルジファル》が上演された当時は、禁欲的な聖杯騎士パルジファルは母なるもの、誘惑する女たちからの解放として、女に触れない無垢の若者を象徴しており、この劇作品が独占的に上演されていたバイロイトは、ホモセクシャルの聖地であったらしい。(7)

ライトモチーフ

ワーグナーの音楽を特徴づけるのに欠かせないものと言えば、「示導動機《ライトモチーフ》」であろう。そもそも彼の楽劇は、主題や動機の操作で音楽を構成する、すなわちライトモチーフが支配する交響的オペラであって、アリア、重唱、合唱などが独立した従来のオペラとは異なるものであった。この「ライトモチーフ」をパリで支持していたのはスノッブたちであり、ナポレオン三世の庇護のもとにパリのオペラ座で上演された《タンホイザー》を支持したのは知的エリートを自負する彼らであった。(8) さて、「ライトモチーフ」は特定の登場人物や状況に伴って、暗示ないしは象徴するかのごとく、繰り返し現れる旋律のことである。これはボードレールが一八五九年末から一八六〇年初めにかけて執筆したと推定される評論『近代生活の画家』の中で展開した「記憶の芸術」(9)の理念と一致している。ボードレールの場合は自然やモデルに頼らず、頭脳に書き込まれたイメージをもとに記憶を頼りにデッサンする画家たちのことを語っている。すなわち、芸術作品が対象を忠実に写実したものではない、観念的なものである以上、芸術家は作品を生み出す際に自分の記憶を頼りとし、またこのようにして出来上がった作品を前に、今度は鑑賞者の記憶を呼び起こして想像力に訴えるのである。

『失われた時』でスワン夫人がヴァントゥイユのソナタの小楽節を弾いてくれるのに語り手が耳を傾けている時にも、記憶の重要性が喚起される。記憶がなければ芸術作品を創造することはもちろん、それを鑑賞することもできないのだ。

おそらく初回に欠けているのは理解ではなくて記憶なのだろう。(*RI*, 520)

本当に稀有な作品がすぐには心に残らないというだけでなく、個々のそのような作品の内部においてさえ、まず認められるのは一番どうでもよい部分である。それがヴァントゥイユのソナタを聞いていて私に起こったことだ。〔……〕このソナタが私にもたらしてくれるいっさいのものを、私は連続する時間のなかでしか愛することができなかったので、けっしてソナタ全体を自分のものにすることがなかった。すなわちこのソナタは人生に似ていたのである。(*RI*, 521)

記憶がなければ、すなわち積み重ねられた時間の宝庫がなければ、芸術作品は生み出し得ないことはプルーストの次の有名な文章が明らかにしている。

身振り、最も単純な行為は無数の閉じた壺のなかに閉じ込められたままになっており、各々の壺には他とは全く異なった色、匂い、温度のものが充満しているのであろう。〔……〕そうだ、思い出は忘却のせいで現在の瞬間との間にいかなる絆も結ぶことができず、いかなる鎖の輪を投げかけることもできなかったとしても、〔……〕そうした思い出が、まさにかつて呼吸した空気であるからこそ新しい空気を突然、呼吸させることがある。〔……〕というのも真の楽園とは失われた楽園だからだ。（*RIV*, 448-449）

『楽しみと日々』（一八九六）の「ド・ブレーヴ夫人の憂鬱な別荘生活 Ⅳ」でフランソワーズ・ド・ブレーヴがかつてA……大公妃の夜会で聞いた《マイスタージンガー》の一節が、彼の凡庸さを知りつつも彼女の苦悩と喜びの原因となっているド・ラレアンド氏を思い出させる力をもっていたので、彼女はこの一節をド・ラレアンド氏の真のライトモチーフにしてしまったという件があるが、これは後の『失われた時』でヴァントゥイユのソナタの小楽節が、スワンとオデットの恋の国歌となることを予告している（*PJ*, 74）。「ライトモチーフ」は間隔をおいて同じモチーフが繰り返されるものであるから、必然的に長い時間を必要とする。したがって作品は当然のごとく壮大にならざるを得ない。画家モローもワーグナーの音楽を手本にして、暗示的な細部を張りめぐらせ、主要テーマが幾重にも反響し合う交響曲のような作品を描いた。(10)バルザックの細密画のような描写が、人物再登場という円環構造を発明するに至るのと、何と似ていることであろうか。プルーストは彼の小説世界の巨大な円環のうち、ある部分が後から付け加えられたことは、自分の作品の別々の部分に新たなつながりを見出した天才の成せる技、直観力の極みと高く評価している（CSB, 274）。プルーストにもワーグナーにも共通していた、細部の途方もない増殖傾向にあっては、散漫にならぬよう全体をまとめるもの、すなわちライトモチーフを必然的に要求するのだ。プルーストの作品執筆は個々の断片から始まる。それらをつなげ、構造化するのは後になってからである。したがって、あらかじめ執筆された断章を統合するのにライトモチーフは欠くべからざる手法であったのだ。だからライトモチーフは単なる繰り返しではなく、物語の筋の中に置かれてこそ意味をもつ。その形は特定の音型だけでなく、特定の和音、音色、音程、調性にまで及ぶ。ライトモチーフは「定数」ではなく、「変数」なのである。(11)

またプルーストは、「サント＝ブーヴとバルザック」において、ワーグナーの〈聖金曜日の歓喜〉が《パルジファル》を構想する以前に書かれた曲で、後からこの楽劇に組み入れられた――事実はそうではなく、プルーストがアルベール・ラヴィニャックの『バイロイトへの芸術の旅』

（一八九七）の記述をそのまま引き写したにすぎないのだが（*CSB*, 274; *RIII*, 1617）――がゆえに天才的であると言う。

後の『囚われの女』の中のアルベルチーヌとの文学談義では、ワーグナーの四部作《ニーベルングの指環》も事後的な統一によって完成されたとして、バルザックの人間喜劇との類似性を指摘している（*RIII*, 666）。ところで「事後的な統一」によって長い作品を生み出す作者には、書いている自分を客観的に見つめる批評的精神がある。「自分が制作者であると同時に審判者であるかのように、仕事をしている自分を眺め、作品の外にあって作品よりも優れた新しい美をこの自己観察から引き出して、作品そのものが持っていない統一性と偉大さとを過去に遡って作品に課す」（*RIII*, 666）のであるから。プルーストが当代きっての文筆家ロベール・ド・モンテスキウよりもイギリスの批評家ラスキンを高く評価するのは、後者の五〇巻の著作に統一性が保たれているからだという。十九世紀のユゴーやミシュレにも連作による統一という特徴がある。また、プルーストはノアイユ伯爵夫人の総合的構成力を備えた芸術を、ワーグナーのそれにたとえることもしている（*Corr.* VIII, 72）。

同じモチーフが変容を加えながら繰り返されることで、一大絵巻や連作を構成しているのはワーグナー、プルースト、バルザックの作品に限ったことではない。「偉大な文学者はたった一つの作品しか作らなかった、というより、この世界にたった一つの美を、様々な環境のなかで屈折させながらもたらしたにすぎない」と語り手がアルベルチーヌに向かって語るように、その例は、ヴァントゥイユの典型的楽節、バルベー・ドールヴィイの小説によく出てくる顔の赤み、トマス・ハーディの小説に出てくる石工の幾何学（*RIII*, 878）、ドストエフスキーが創造した家に見られるのである。「もし小説が大変長いものになると、同じ一つの小説の中に同じ場面や同じ人物が繰り返し出てくる」（*RIII*, 880）のだ。「各々の芸術家は未知の祖国の市民、自分自身忘れてしまった祖国の市民」（*RIII*, 761）なのだから。

宗教的テーマ――贖罪と救済

ショーペンハウアーは自分の著作を、理解可能な一握りの読者のための救済と贖罪の手段と考えていた。それと同様にプルーストとワーグナーの作品においても救済、贖罪など宗教的テーマが頻出する。

プルーストは「大聖堂の死」において「政府がカトリックの儀式に補助金を出すのは当然である。その儀式がもつ歴史的、社会的、造型的、音楽的な興味は非常に高いものがあり、ワーグナーだけが《パルジファル》の中でその美を模倣することによって、その美に近づけたのである」（*PM*, 142）とカトリックの儀式に匹敵するワーグナーの壮麗な美しさを認めながらも、「バイロイトにおけるワーグナーの上演は、シャルトル大聖堂での荘厳ミサに比べれば、取るに足らないものである」（*PM*, 146-147）と、カトリックのミサの絶対的優越性を否定していない。サン＝トゥーヴェルト夫人邸の夜会でヴァントゥイユのソナタの最終楽章の最後の部分に小楽節が再び現れた時の描写も、ワーグナーを思わせる宗教的感情に満ちている。「たった一人不在の者、おそらく死んだ者〔ヴァントゥイユ〕のえも言われぬ言葉がこれら司祭たちの行う典礼の上に立ちのぼり、それだけで三百人の聴衆の注意を他にそれることなく引きつけ、一つの魂がこのように喚起されるこの舞台は、超自然の儀式が遂行されうる最も高貴な祭壇の一つとなっていた」(*RI*, 347) というように。

プルーストの場合、聖なるものを強く認識してこそ、冒涜行為が重大な許し難い行為としての意味をもつ。彼は哲学教授アルフォンス・ダルリュから、倫理こそが哲学の中心課題となる「神なき精神主義」を受け継いでいる。[12] 結局、プルーストにとって信仰の対象は、宗教にまで転化された芸術なのだ。一八九五年五月二十日のシュゼット・ルメール宛の手紙でも、音楽は文学・絵画・彫刻などでは表現し得ない心の内奥を表す、宗教的なものである、と語っていた (*Corr.* I, 386-387)。それはまさに、「神とは絶対者に転化された人間の本質にほかならない」と説くルートヴィヒ・フォイエルバッハ (一八〇四―七二) の『キリスト教の本質』(一八四一) を読みながら、『未来の芸術作品』(一八五〇) を書き、「全体芸術作品」である芸術こそが人間を救済すると主張するワーグナーを思わせる。

一八六八年にワーグナーは哲学の学生ニーチェと出会い、ショーペンハウアー哲学や古代ギリシャ文化という共通の関心から交友を結んだものの、一八八二年に《パルジファル》が上演されると、これが「純然たるキリスト教的作品」であることに嫌気がさしたニーチェがワーグナーのもとを去っていくことになる。代わりにワーグナーが親交を結んだのはフランス人の人種差別論者、ゴビノー（一八一六－八二）であった。そもそも《パルジファル》にはショーペンハウアーの思想が色濃く反映されているが、ワーグナーはショーペンハウアー以上にキリスト教がユダヤ教に「歪曲」されたという被害者意識を持っており、そこにアーリア人を含む高貴な白人種が黄色人種や黒人種との混血により「退化する」というゴビノーの人種論を結びつけたのである。(13) ワーグナーは生後数ヶ月で父フリードリヒ・ワーグナーを失い、母がすぐにルートヴィヒ・ガイアーと再婚したため、ワーグナー自身にも周囲にも、実の父親は養父の方ではないかという疑念がつきまとっていた。ガイアーはユダヤ系――ニーチェはそう思っていた――ではないかと思われていたことから、アイデンティティーの不確かさが反ユダヤ主義の一因にもなっている。(14) 一方、プルーストは「ユダヤ人に特有の奇妙な冒涜趣味」について、シャルリュスに次のように語らせている。「ある日、コンセール・ラムルーで、私は裕福なユダヤ人銀行家と隣り同士になったんです。ベルリオーズの《キリストの幼時》が演奏されていて、彼は意気消沈していましたね。ところがその後すぐに〈聖金曜日の歓喜〉〔《パルジファル》第三幕〕が聞こえてきて、彼はいつものこの上なく幸福そうな表情を取り戻しました」（*RIII*, 490）。

4 《トリスタンとイゾルデ》

古いものの方を好む夫、ゲルマント公爵とは反対に、新しいワーグナーを愛好するゲルマント公爵夫人は「ワーグナーは耐え難いほど長いところがあるけれども、天才的」[15]と評し、《ローエングリン》や《さまよえるオランダ人》の〈糸つむぎの合唱〉に加えて、あちこちに好奇心をそそる部分がある《トリスタンとイゾルデ》に感嘆の意を隠さない（*RII*, 781）。ワーグナーの《トリスタン》（一八五九年完成、一八六五年初演）は《ニーベルングの指環》の執筆が一時中断された際に書かれた作品である。愛してはならない男女が愛し合い、破滅の死へと至る《トリスタン》には、資金面で助けてくれたワーグナーの恩人である実業家オットー・ヴェーゼンドンクの妻マティルデに対してワーグナーが道ならぬ恋に陥ったことが色濃く反映されている。[16]

さて、プルーストはこの《トリスタン》を『失われた時』の中で別格的に扱っているが、それは次の比喩から明らかである。ヴァントゥイユ嬢の女友だちの骨折りによってヴァントゥイユ氏の判読困難な遺稿が解読され、彼の全作品が世に知られるところとなった。だからヴァントゥイユのソナタだけを愛好して彼の全作品を知らずにいるのは、《タンホイザー》（一八四三―四五）の〈夕星の歌〉や〈エリーザベトの祈り〉のような無味乾燥で貧弱なつまらない曲に拍手喝采して、《トリスタン》《ラインの黄金》（《ニーベルングの指環》序夜）《（ニュルンベルクの）マイスタージンガー》を知らずにいる愛好家たちと変わりがない、と言っている（*RIII*, 767）。これと同じような記述は「ボードレールについて」にも見られる（*EA*, 623）。

《トリスタン》は一八六五年、ミュンヘンにて初演される。プルーストは、フランスでオペラが上演される前のコンサートの段階で夜の社交活動の一環として、一八九五年四月十二日、コンセール・ラムルーで《トリスタン》の一場面に耳を傾けている。パリでの初演にはグレフュール伯爵夫人が尽力し、一八九九年十月、ヌーヴォー・テアトル座でラムルーの指揮により行われた。コンセール・ラムルーによる《トリスタンとイゾルデ》は一九〇〇年頃、シャンゼリゼの円形劇場《シルク》で行われた。プルーストは、一九〇二年六月七日、ベルトラン・ド・フェヌロンやビベスコと共にシャトー・ドー座で《トリスタン》を聴いている。

さて、この《トリスタン》がヴァントゥイユのソナタの小楽節と類似していることが『失われた時』に繰り返し出てくるので、ここで考察してみたい。

こうしてヴァントゥイユのこの楽節は、たとえば《トリスタン》の某かのテーマがある感情の獲得したものを我々に表現しているように、人間の死すべき条件を取り入れ、感動を与える何か人間的なものをもっていたのだった。（*RI*, 344）

この楽節はこの観点から見れば人間的でありながら、それでも我々が一度も目にしたこ

ともない超自然的な被造物の次元に属していた。(*RI*, 345)

ヴァントゥイユのソナタの小楽節も《トリスタン》のあるテーマも、作曲者が神の世界に近づいて地上にもたらしてくれなければ、誰も見出し得なかったものだ。死をもって禁断の愛が成就するという非常に観念的な世界だ。

アルベルチーヌが外出した後、語り手がヴァントゥイユのソナタをピアノで弾きながら無意識のうちに「《トリスタン》!」と叫ぶ。両者に「神経痛の再発のような執拗に繰り返されるモチーフ」という共通点を見出したからであろう。それは後に見られるとおり、ヴァントゥイユのソナタのみならず七重奏曲にも見られる傾向なのだ(*RIII*, 764)。また、この「《トリスタン》!」という叫びは、ワーグナーの晩年の作品《パルジファル》で、クンドリーが「パルジファル!」と名を呼ぶ場面を思い出させる。クンドリーは、『失われた時』で言えば母とアルベルチーヌの役割を両方併せ持つ存在である。

《トリスタン》の梗概を示そう。コーンウォールのトリスタンは、伯父マルケ王の花嫁としてアイルランドのイゾルデを、船で連れて帰る任務を負っていた。イゾルデは婚約者モロルトをトリスタンに殺されながらも、傷ついた彼を介抱し、彼への思慕の念を捨てきれずにいた女性である。この船上でトリスタンとイゾルデは誤って媚薬を飲んでしまったため、愛してはならない二人が愛し合うことになってしまった。陰謀で仕組まれた、イゾルデとの逢引の場面を目撃され、トリスタンは決闘に傷つき故郷カレオールに運ばれ苦しんでいたが、ふと耳にした羊飼いの悲しげな笛の響きに「以前、聞いたことがある……」と意識を取り戻す。それはかつて父の死を告げた調べであり、母に末期が訪れた時に夜明けを渡ってきた調べである。船がやっと着いて駆け込んだイゾルデに抱かれてトリスタンは息をひきとり、イゾルデも彼の後を追って死ぬ。以上のような内容である。

とりわけ、プルースト自身に執拗につきまとっていると思われる、「《トリスタン》の第三幕第一場で、イゾルデの帰還の前のオーケストラの大合奏に先立って、半ば忘れ去られていた羊飼いの笛」(*RIII*, 667) が奏でられる部分に注目したい。ゲルマント公爵邸での晩餐会で話者が「常識はずれの批評は、ワーグナーの《トリスタン》をうんざりするほど退屈だと見なすくせに、そのなかから狩りの人びとが通る瞬間の「角笛の美しい音色」だけは救い出そうとするだろう」(*RII*, 762) という、この角笛と上記の羊飼いの笛は大きく異なるものである。この角笛は第二幕で急に夜に狩猟をすることになったマルケ王の一行のもの――わざと留守を装い、トリスタンとイゾルデの逢引の場面を仕留めようとするメロートの策略なのだが――であって、羊飼いの笛のように記憶を喚起するものではない。アルベルチーヌからの独楽が回るような電話の呼出し音は、「機械的で崇高な響き」をもつ、待ち焦がれていた恋人からのメッセージということで、《トリスタン》第二幕第一場のなかで打ち振られる肩掛けや第三幕第一場の羊飼いの笛にたとえられている (*RIII*, 129)。アルベルチーヌと車で出かけてブーローニュの森に着いたとき、「もしアルベルチーヌが私と一緒に外出したのでなかったなら、私は今頃はシャンゼリゼの円形劇場《シルク》でワーグナーの嵐のような音楽を聴くことができただろうに、と考えていた。あの嵐がオーケストラのあらゆる綱をうならせ、私が先ほどピアノで弾いた角笛のメロディを軽い泡のように自分の方に引き寄せ、それを宙に舞い上がらせ、こねあげ、変形し、分割し、徐々に激しくなる渦巻の中に引きずり込む、その一部始終を聴けただろうに」(*RIII*, 674) とワーグナーが聴けないことを残念に思うのだが、この「角笛」は明らかに《トリスタン》の第三幕、羊飼いの笛である。

川中子弘氏は、この羊飼いの笛の音を「最愛の人ともうすぐ会える痛ましい喜び」の象徴ととらえ、(17) トリスタンが自分を介抱してくれたイゾルデに、プルーストは母のイメージを見ているのだとしている。(18) 確かに、プルーストの作品の女性登場人物には母親の影が常につきまとっている。ここでさらに注目すべきなのは、トリスタンがかつて聞いたのと同じ調べを思い出していたこと、その羊飼いの笛の曲をワーグナー自身が記憶の中で見出し、それを作品に加え、それにすべての意味を与えた (*RIII*, 667) ということ、短く言えば「記憶に支配されている」ということだ。また無意志的記憶の開示で不揃いな敷石につまずいた時にサン＝マルコ広場が蘇るのだが、ワーグナーもマティルデとの恋愛が破局を迎え、傷心を抱きながら《トリスタン》を創作したのがヴェネツィアだったことも忘れてはなるまい。彼は好んで大運河《カナル・グランデ》のほとりに住み、サン＝マルコ広場を最も気に入っていたのである。(19) ワーグナーは一八五八年秋、逗留中のヴェネツィアで眠れぬ夜が明けそめる午前三時頃、リアルトから荒々しい嘆きのごとく響くゴンドラの舟唄の呼びかけを、そして遥か彼方の別の方角からはそれに対する応答を聞く。その後、ある夜遅くゴンドラに乗っていると船頭の胸の奥から悲嘆の声がほとばしり出て「おお！」と長く伸ばしたあと、素朴に音楽的に「ヴェネツィア！」と呼びかけて口をつぐみ、さらに幾つかの言葉が続いたことが強い衝撃となってワーグナーの脳裏に留まり、第三幕冒頭の羊飼いの角笛が長く引き伸ばす悲嘆の節まわしに直接影響を与えたのである。[20]このようなワーグナーの手法にこそ、プルーストが『失われた時』のモデルを見出していることは間違いない。

ここで一九〇七年十一月十九日「フィガロ」紙初出のプルーストの小品、「自動車旅行の印象」(*PM*, 63-69) を見てみよう。両親に息子の帰宅を知らせる、甲高い上に単調な自動車の警笛の音が、《トリスタンとイゾルデ》で第二幕のイゾルデが振る合図の肩掛けに、そして第三幕に出てくる羊飼いの笛の音にたとえられている (*PM*, 69)。注目すべきなのはそれらの音の特徴である。第二幕の方は「甲高い、無限の、ますます早まっていく繰り返し」であり、第三幕の方は「徐々に高まる激しさ、飽くなき単調さ」となっている。ここに鍛冶の神である、ローマ神話のウルカヌス、すなわちギリシャ神話のヘパイストスのイメージを認めることは容易なことだ。ヘパイストスは醜い姿に生まれたがために、母親のヘラにオリュンポスから投げ捨てられ足が不自由となったが、海の女神テティスに拾われて養育され、成長して鍛冶の神、工芸の守り神となる。黄金の玉座を作ってヘラに贈り、それに彼女が座ると金の腕が身体を締めつけ、その拘束はヘパイストスがオリュンポスの神々への仲間入りが許されるまで続いた。しかし結局、彼はオリュンポスよりもシチリアのエトナ火山の火口にある自分の鍛冶場の方を好んでよく働き後進を育て、人間たちに大いに尊敬された。[21] ヴァントゥイユのソナタを弾いていて語り手は「今しがた気づいたヴァントゥイユの小楽節とワーグナーのそれとの同一性と同様に、私はあのウルカヌス的な巧みさにも心動かされ興奮してしまった」(*RIII*, 667) と言うが、執拗に繰り返される単調な音が印象的なワーグナーの音楽そのものが、ヘパイストスの鍛冶場を思わせないだろうか。また少し後に《トリスタン》を弾き続けていると、「ジークフリートの永遠に若い笑いと鎚の響きのいっそう激しくなるのが聞こえてくる」とある。ジークフリートは四部作《ニーベルングの指環》の主人公であり、《ジークフリート》の第一幕には鍛冶屋の場面がある (*RIII*, 1734)。ルートヴィヒ二世が血道をあげて建てたノイシュヴァンシュタイン城の玄関ホール壁画にも、ジークフリート伝説の鍛冶場が描かれている。[22] 孤児ジークフリートは出自が明かされないまま、小人のミーメに育てられるが、実の母親に養育されなかった点でヘパイストスに似ている。しかし何よりもここで重要なのは、鍛冶場で出される音にプルースト自身が執着していたということだ。その理由は次章で明らかにしたい。

5 《パルジファル》第三幕〈聖金曜日の歓喜〉とヴァントゥイユの音楽

ワーグナー最晩年の舞台神聖祝祭劇《パルジファル》は一八八二年にシチリア島のパレルモにて完成され、七月二十六日、バイロイトで初演された。「聖金曜日」は復活祭（春分から最初の満月の直後の日曜日）に先立つ金曜日であり、十字架にかけられたイエスを記念する日である。一八九五年五月、シュゼット・ルメール宛の手紙でプルーストは、《タンホイザー》に出てくるローマ法皇の花咲く杖がタンホイザーの魂が救済されたことの証となっていることは、《パルジファル》の〈聖金曜日の歓喜〉で官能の誘惑から救済されたパルジファルの姿が春に蘇る花に象徴されていることと比較すべきだ、と言っている（*Corr.* I, 386）。

《パルジファル》は次のようなあらすじである。〔第一幕〕魔法使いのクリングゾルと出会った聖杯王アンフォルタスは、〝恐ろしく美しい女〟クンドリーに誘惑され、十字架のイエス・キリストの脇腹を刺した聖槍を奪われ、同時にその聖槍で脇腹に不知の傷を負った。これを治せるのは愚かで清い者、パルジ〔清い〕ファル〔愚か〕だけだ、という予言が最年長の騎士グルネマンツによって明かされる。そこへ猟をする若者が侵入してくるが、彼は名乗ることさえできない。これこそアンフォルタスの苦痛を解放できる人物では、との期待を抱いてグルネマンツは聖杯の儀式が行われる城に彼を招待する。しかしその若者は儀式に感動したとは見られず、失望したグルネマンツは彼を外に追放する。〔第二幕〕クリングゾルの魔法の庭で花の乙女たちが彼を誘惑しようとするがうまくいかない。クンドリーが入って来て、彼を「パルジファル」と呼び、これによって彼は自分の正体を知る。クンドリーはパルジファルを抱擁するが、それが逆効果となって彼はアンフォルタスの苦痛を理解し抵抗した。再度の誘惑も拒絶するとクリングゾルが現れ、パルジファルに聖槍を投げつけるが彼はそれを頭上でつかみ十字に振ることで、クリングゾルの城は地下に沈み、クンドリーにかかっていた魔法も解かれる。〔第三幕〕聖杯の領地で一人暮らす隠者となったグルネマンツは、茨の茂みで死んだように眠るクンドリーに気づく。そこへ聖槍をもち武者修行から戻ったパルジファルが現れる。素晴らしい春の朝に、聖槍の所有者としてアンフォルタスの後継者となったパルジファルがクンドリーに洗礼を授けると彼女は罪を償い、悪の呪いから解かれる。グルネマンツは驚いているパルジファルに、自然が聖金曜日の魅惑に変容するのだと説明する。三人でモンサルヴァートの聖杯城に向かい、パルジファルがアンフォルタスの傷に聖槍の先端を置くと傷口は閉じ、彼の手にした聖杯は光を放つ。聖歌隊は新しい王に賛辞を呈し、クンドリーは祭壇の間に倒れて息を引き取る。

『花咲く乙女たちのかげに』のタイトルのもととなったと思われる、第二幕のクリングゾルの魔法の庭で舞う花咲く娘たちの場面を、プルーストは一八九四年一月十四日のコロンヌ管弦楽団の日曜コンサートの演奏で初めて聞いた。《パルジファル》はそれまで遺族がバイロイト以外での公演を禁じていたのだが、ワーグナーの作品の著作権が切れたため上演が可能となり、いよいよパリのオペラ座で一九一四年一月一日に公開リハーサル、四日に初演という形をとって公演された。一九一四年一月二十九日のアーン宛の手紙によれば、例によってプルーストはこれを見に行くことができなかった（*Corr.* XIII, 87; *RIII*, 1733）が、公演そのものは一月末までに十一回もの回数を重ね、大成功を収めたのである。(23)

ところで一九一〇年から一九一一年頃、『見出された時』で様々な人物たちが長い時を経て別人のように登場する「仮面舞踏会」の前にプルーストは彼の美学の開示を置き、ゲルマント大公夫人邸でのマチネでワーグナーの《パルジファル》の第三幕の〈聖金曜日の歓喜〉が聞こえてきて、無意志的記憶が蘇り芸術的啓示を受けることを素描していた。

それでは何ゆえに最終稿で《パルジファル》への言及は削除されたのか？　ナティエによれば、《パルジファル》も『失われた時』も同様に贖罪の作品である以上、啓示を与えるきっかけになるのは、既に存在する他人の作品（ワーグナーの《パルジファル》）ではなく、プルースト自身の想像上の作品（ヴァントゥイユの《七重奏曲》）でなければいけないからだという。(24)また、ジヨヴァンニ・マッキアによれば、理解するのに努力を要してこそ読書の喜びは深まる、ということをプルーストはラスキンから学び、「すべてが見えてはならない」という法則のもとでそのようにしたという。(25)牛場氏によれば、カイエ五七では、ゲルマント大公夫人邸でのマチネの際、様々な階級の大勢の人たちがすし詰めになって開かれた教会になぞらえていた大ホールで〈聖金曜日の歓喜〉〔ヴァントゥイユのソナタと七重奏曲の最初の素描〕が演奏されるが、(26)決定稿では語り手に啓示をもたらす音楽がサロンの外の図書室という、外部に開かれた場所で聞かれることになる。したがってミサのような閉じた空間を必要とする〈聖金曜日の歓喜〉はそぐわない、というのである。(27) また、同じく牛場氏はプルーストの関心がワーグナー以外の音楽に移行したことも、《パルジファル》の削除の原因であると指摘している。一八八九年三月、ワーグナーの《神々の黄昏》がパリで初演されると、ロマン・ロランもクローデルも、同世代の青年たちと同様に、ワーグナーの雷鳴のごとく響く金管楽器の音の奔流に驚嘆しつつも陶酔していたが、もともとプルーストもユイスマンスもこのようなオーケストラの誇張的表現には受け入れがたいものを感じていた。一九一一年頃からプルーストはバレエ・リュスやドビュッシーに関心が移ると同時にワーグナーへの関心は薄らいでいき、『失われた時』の語り手が最終的に啓示を得るきっかけとなっていた《パルジファル》の〈聖金曜日の歓喜〉は削除されることになったという。(28)

さて、ここで留意したいのは、ヴァントゥイユなる人物はこれまでベルジェ、ヴァントン、ヴァンドゥイユ Vindeuil など他の名前で出てきていたが、最終的にヴァントゥイユ Vinteuil という名前で登場するのは一九一三年であって、上記の一九一〇年末から一九一一年にかけてカイエ五七が書かれた後の話であるということだ。一九一八年四月二十日、プルーストはジャック・ド・ラクルテル宛の手紙で、「サン＝トゥーヴェルト夫人邸での夜会の場面で、少し先で〔ヴァントゥイユの〕小楽節が出てくるときには、〈聖金曜日の歓喜〉を思い浮かべていたとしても私は驚かないでしょう」(*Corr.* XVII, 193; *EA*, 565) と述べている。ヴァントゥイユの音楽に関しては、ソナタにせよ七重奏曲にせよ、〈聖金曜日の歓喜〉の影響下にあるのだ。啓示を受けるきっかけになるのがヴァントゥイユの四重奏曲となり、ついには七重奏曲となってヴェルデュラン家の夜会の場面に移される。

一九一〇年末のカイエ五七の注意書きは、一九一三年から一六年の間に書かれたとされているが、プルーストはここに「重要――パルジファル流のひらめきのように見出された時の発見をスプーンや紅茶の感覚の中に提示すること。それと同様にドイツびいきや同性愛をたった一つの列挙にて想起させること」(*RTV*, 1389)[29] と書いている。

『見出された時』でスプーンの音や紅茶に浸されたマドレーヌの味によって引き起こされた時間の外にある喜びは、「パルジファル流」であり、ヴァントゥイユの「ソナタの小楽節」、そしてそれ以上に「七重奏曲の赤い神秘な呼びかけ」とも同一視されている (*RTV*, 456)。ここで皿にあたるスプーンの音が繰り返し出てくることに注目したい。これは〈聖金曜日の歓喜〉や《七重奏曲》の役割を担っていると考えて差し支えあるまい。皿にあたるスプーンの音を明確に意識的に芸術的啓示として設定することによって、〈聖金曜日の歓喜〉や《七重奏曲》を背後に追いやったのではないだろうか。プルーストにおいては、肝心なことはしばしば隠されるのである。読者は「あぶり出し」の作業をしなければならない。「というのも一人の召使が音をたてないように気をつけていたにもかかわらず、今しがた皿にスプーンをぶつけてしまったのだ。〔……〕これもたいへんな暑さの感覚だった〔……〕そこには煙の匂いが混じり、森のさわやかな環境の匂いが暑さを和らげていた。〔……〕皿にぶつかるスプーンの同じような音は、私が自分を取り戻す間もないうちに、小さな森を前にして汽車が止まっていた間、鉄道員が車輪の何かを調整していたハンマーの音のような錯覚を与えた」(*RIV*, 446-447)、「皿にあたるスプーンの音」(*RIV*, 450)、「フォークとハンマーの音」(*RIV*, 451)、「皿にふれるスプーンと車輪を打つハンマーとに共通する音」(*RIV*, 451)、「金属音」(*RIV*, 452)、「ナイフの音」(*RIV*, 454) と数箇所でこのことに言及されているが、フォーク fourchette《フルシェット》 やナイフ couteau《クト》 と混同されている箇所はあっても、正しくは「スプーン」cuiller《キュイエール》 (cuillère《キュイエール》) である。なぜなら「スプーン《キュイエール》」こそが「キュイ」という鋭い耳ざわりな音を思わせるからだ。コンブレのプッサン夫人とおぼしき人物は、キュイエールと発音するのは硬すぎるというので、「クイエール」cueiller と発音するほどである (*RIII*, 168)。車輪を打つハンマーの音も、ヘパイストスの鍛冶場やジークフリートの鎚の響きを思い起こさせるだけではない。これらの現在にも過去にも共通する感覚を味わっているとき、不意に水道管が鋭い音を発し、それは夏の夕方ときおりバルベックの沖合で遊覧船の響かせていた長い汽笛の叫び声を思い出させたのである (*RIV*, 452)。

　ミレイユ・ナチュレルは『見出された時』で啓示を受けるきっかけとなった、皿にかちあてたスプーンの音と同等のものを、フローベールの『純な心』で登場人物たちがトルーヴィルに滞在した時に聞いた塡隙工《てんげき》calfat〔船体の隙間に麻くずを詰める人〕がたてるハンマーの音に見ている。また『ボヴァリー夫人』でエンマとレオンがルーアンでブルゴーニュホテルに滞在した時にも船体をたたくハンマーの音が聞こえ、『純な心』と同様、タールの匂いを運んできたとしている。プルーストは皿にかちあてたスプーンの音が、「森の冷やりとした匂いによって和らげられた、煙の匂いの混じった暑さの感覚」（*RIV*, 446-447）、すなわち汽車の車輪を直すために鉄道員がたてていたハンマーの音を思い起こさせ、陶然となったとしているが、ナチュレルはその煙の匂いこそが、フローベールのテクストの「タール」の思い出に匹敵するものではないかとしている。ただプルーストの場合はそれらの感覚が語り手によって感じられたものであり、啓示につながるという点で、フローベールと異なってはいるけれども。(30)

それら鋭い音に見られるような、均衡を打ち破るような音、不安定な音をプルーストはワーグナーの音楽の特徴として認識していたに違いない。若きプルーストがレーナルド・アーンと一緒に滞在したのがきっかけで、フローベールの文体模写の第二段として執筆した「ブヴァールとペキュシェの音楽マニア」を読むとよく分かる。伝統と秩序の永遠の友たる愛国主義者ペキュシェが、革命主義者でワーグナー派のブヴァールに言う。「《ワルキューレ》がドイツにおいてさえ気に入られるかどうか、僕は疑わしいと思う……しかしフランス的な耳にとって、それは最も耐え難い地獄の責め苦であり続けるだろう――しかも不協和音だらけの！　更に、これは我々国民の自尊心にとって最も屈辱的なものだ。そもそもあのオペラは、全く不愉快な不協和音に、実に見るに耐えない近親相姦を結び合わせているのではないか?・」(*PJ*, 64)、また「トリスタン和音」と称されるものがあるが、これは「機能和声崩壊の象徴」としてとらえられるもので、ワーグナーは不協和な響きを和声進行とは関係なく強調しようとした。(31)

ミシェル・サンドラも鋭い音に注目し、それと共によく使われる「引き裂く」(déchirer)という動詞がヴァントゥイユの七重奏曲とワーグナーの音楽に共通して見られることを指摘している。(32) 七重奏曲は「海上に朝の空のまだ無気力な赤みを震わせ、非常に鋭く、超自然的に、短く響いた異様な約束が実現するよう、あえぐように懇願」(*RIII*, 759)しており、モレルの奏でるヴァイオリンは「奇妙に鋭く、ほとんど叫ぶような音」(*RIII*, 761)なのである。さて、これら耳ざわりな音は夏の暑さや光とも結びついている。(33) 七重奏曲は曙の叫びで始まる。朝、「雄鶏の神秘的な鳴き声」に似た、力強い楽節が、「永劫の朝のえもいわれぬ、しかし非常に鋭い呼びかけ」を喚起し(*RIII*, 754)、「しかし正午になれば、焼けつくようなつかの間の太陽に照らされて、暁の時になされた真紅の約束が、ほとんど田舎風の村の重々しい幸福感のうちに成就されているようだった。そこでは荒れ狂ったように鳴り響く鐘の音(コンブレの教会前の広場を熱で燃え上がらせるあの鐘の音に似て〔……〕)のよろめきが最も濃厚な喜びを現実化しているようだった」(*RIII*, 755)。後にアルベルチーヌに自動ピアノで弾いてもらうときも、「正午の鐘の音のよろめくような歓喜を示す楽節は、初めはあまり美しい旋律とは言えず、あまりに機械的なリズムのように見えたのだが、私がその醜さに慣れたためか、あるいはその美しさを発見したせいか、とにかく今では私が一番好きな楽節になっていた」(*RIII*, 875-876) と、ここでもまた「正午の鐘の音」のイメージを繰り返している。(34)

七重奏曲は「マンテーニャの描いた、緋の衣をまとってブッキーナを鳴らす大天使」(*RIII*, 765) にたとえられている。吉川一義氏によれば、これは画家がパドヴァのエレミターニ教会のオヴエターリ礼拝堂に描いた《聖母被昇天》である可能性が高く、ブッキーナとはローマ軍などで使われた細長いラッパ状の金管楽器だという。(35)「赤い神秘な呼びかけ」である七重奏曲が赤のイメージであるのと同様に、ブッキーナを鳴らす大天使は緋の衣をまとっているのである。ヴァントゥイユ自身が金管楽器と出会うことで、崇高なものがおのずから生まれ出るのだ (*RIII*, 759)。

プルーストが評論「ボードレールについて」においてボードレールを賛美するのは、金管楽器のずらりと並ぶ軍楽隊が勇壮な音楽を奏でる《小さな老婆たち》やラッパの音が鳴り響き、人々の心に法悦のごとくしみわたる《思いがけぬこと》などの詩篇においてであり、ここでボードレールならびにプルースト自身のワーグナー賛美を認めている (*EA*, 623)。トランペットの音が赤い色であることはアイスキュロスやエウリピデスのようなギリシャ文学に既に見られたことだった。(36) ランボーの有名な詩篇《母音》においても、I《イ》〔i〕という鋭い音の母音が赤色に割り当てられていた。プルースト自身、『サント＝ブーヴに反論する』に収録した批評「ジェラール・ド・ネルヴァル」において、ネルヴァルの『シルヴィ』*Sylvie* の色彩を深紅 pourpre と断定しており、シルヴィ Sylvie という名前がもつ二つのイの音〔yとi〕ゆえに、彼女は真の

「火の娘」であるとしている（*CSB*, 239）。一八九五年十月二十九日付、第一七九号の「ラ・ルヴュ・エブドマデール」誌に掲載され、小品集『楽しみと日々』に収められた「シルヴァニー子爵バルダサール・シルヴァンドの死」（*PJ*, 9-28）においても、シルヴァニー Sylvanie にシルヴァンド Silvande と、「イ」の音を多用しているのも偶然ではあるまい。おまけに称号の「子爵」vicomte にまで「イ」の音が含まれている。しかも子爵が好んで使う部屋には、薔薇とケシとたくさんの楽器がある（*PJ*, 11）。この「ケシ」pavot に注目しよう。もともとケシは赤い花であるが、ヒナゲシ coquelicot の花は雄鶏のとさかのように赤いことから、中期フランス語で「雄鶏」を意味する coquerico の異形である。さらに言えば、現代フランス語で coquerico —— cocorico とも言う —— とは雄鶏の鳴き声「コケコッコー」を意味する。こういった一連のイメージは、ヴァントゥイユの赤い七重奏曲が雄鶏の鳴き声に似ていた（*RIII*, 754）のと無縁ではあるまい。また、『失われた時』の冒頭の「就寝の悲劇」時にコンブレで母親が読んでくれた本は、「赤っぽい表紙」（*RI*, 41）のジョルジュ・サンドの『フランソワ・ル・シャンピ』*François le Champi*（一八五〇）であった。一九〇九年に執筆された草稿のカイエ六を見ると、この作品に落ち着く前に、同作家の純情無垢な作品『魔の沼』*La Mare au Diable*（一八四六）と設定されていたことが分かる（*RI*, 676）。しかし、結局のところこの『フランソワ・ル・シャンピ』に落ち着いたのは、「シャンピ」Champi の末尾に鋭い音「イ」が現れるために相違ない。シャンピという名前が、この少年に「生き生きとした緋色の魅力的な色」（*RI*, 41）を帯びさせているとプルーストは言う。(37)

夜は一人で寝なければならないという決まりを破って母を譲歩させた深い罪悪感――『フランソワ・ル・シャンピ』は、孤児フランソワが養母マドレーヌ・ブランシュを最終的に妻として迎える話であるだけに、近親相姦を思わせる――を伴い、『見出された時』でゲルマント大公の図書室で啓示を受けた直後に蘇るこの本は、確かに「赤っぽい表紙」であり、「ありきたりの赤い表紙をした一冊の本」(*RIV*, 463) であるが、実はいわくつきの赤い表紙なのである。

バルベー・ドールヴィイ(一八〇八―八九)の作品に出てくる登場人物が顔の赤みを伴っている(*RIII*, 877)のは、悪魔崇拝と結びついているためだ。ジルベルトの赤毛やラシェルの赤いそばかすに見られるように『失われた時』に登場する呪われた女性たちが、顔に赤色の特徴をもつのは、十九世紀から二十世紀初めにかけての小説の常套句である。ビザンチウムは真っ赤な血のような緋色に輝く暗いきらびやかな後陣を有しており、[38] ヴェルレーヌ自身が言うように、彼もデカダンスという緋色に輝く言葉を好んでいるのである。[39] 赤は聖と毒を併せ持った両義的《アンビヴァレント》な色である。赤は血や葡萄酒の色であることから聖なる色だが、同時に地獄や邪悪な情念の色でもあるのだ。[40]

『失われた時』の語り手はコンブレにてペルスピエ医師の娘の結婚式で憧れのゲルマント夫人の姿をようやく見ることができたのだが、そのミサの最中、ゲルマント夫人が微笑みながら歩む赤い絨毯の上に差す太陽の光が、愛とやさしさを付け加えていることに気を留める。その光は《ローエングリン》のいくつかのページ、ヴィットーレ・カルパッチョのいくつかの絵やボードレールがラッパの音に「甘美な」という形容詞を当てはめることができたわけを理解させてくれる、とある（*RI*, 176)。ここでカルパッチョの絵に言及されているのは、このヴェネツィア風俗を描いた画家が貴族の外套やトック帽やタイツなどに好んで赤を使ったからである[41]。そしてボードレールがラッパの音に「甘美な」という形容詞をつけたのは、詩篇《思いがけぬこと》の最後の一節においてであり、プルーストは評論「ボードレールについて」（「新フランス評論」誌、一九二一年六月号）の中でこの詩篇をワーグナーと合わせて取り上げている。《思いがけぬこと》の最後の一節は次のようになっている。

天国に魂の収穫《とりいれ》が行われる、荘厳な夕べには、
喇叭《らっぱ》の音色、いとも甘美に響きわたり、
法悦をさながら、その楽に頌《ほ》めうたわれる
　人々皆の身の奥深くしみ通る。（阿部良雄訳）

さて、《ローエングリン》でこれに関する場面といえば、第一幕の前奏曲で「聖杯」が地上に到着して、キリストの血潮をたたえたその中味から、神の愛の光が太陽の光のように差し込む場面であろう。

ワーグナーの音楽とヴァントゥイユの音楽には興味深い一致がある。プルーストが創造した

ヴァントゥイユなる音楽家の七重奏曲は、「色のついた未知の祝祭の、真紅の裂け目のある破片」(*RIII*, 877) のように見え、「赤い神秘的な呼びかけ」(*RIV*, 456) となっていた。一八六〇年一月、パリのイタリア座でワーグナーはオペラの下準備として、《幽霊船（さまよえるオランダ人）》の序曲、《タンホイザー》と《ローエングリン》の抜粋、《トリスタンとイゾルデ》の前奏曲を紹介する演奏会を開き、自らオーケストラとコーラスを指揮した。オペラを見ずしてこれらを聞いただけでボードレールはそこに「宗教的恍惚」を認め、感激のあまり、二月十七日、ワーグナー宛の手紙をしたためる。ボードレールがワーグナーを絶賛した部分を以下に引用する。

随所に、昂揚されたなにものか、昂揚させるなにものかがあり、さらなる上昇を渇望するなにものかがあり、過剰なるなにものか、極限のなにものかがあります。たとえば、絵画から借りた比較を用いるなら、私は目の前に暗赤色の広大な拡がりを想像します。この赤が情熱を表すとしますと、私はこの色がしだいに赤色と薔薇色のあらゆる推移段階を経て坩堝の白熱に達するのを見ます。これ以上に灼熱したなにものかに達することは難しく、不可能とさえ思えるでしょう。ところが最後の火箭が現れ、その背景をなす白色の上に、ひときわ白い一条の跡を曳きます。これは、絶頂に達した最高の叫びとも言えましょう。(42)

6 ヴァントゥイユ及びベートーヴェンの音楽との関連

第二章 2 のシャルリュスのところで、彼の女性性に気づく場面に言及した。ところで、一九一二年の段階ではシャルリュスの女性らしさを発見するのはオペラ座でワーグナーを聴いている時であった。そしてゲルマント大公妃邸で無意志的記憶現象により一連の啓示を受けるのは、一九一〇年から一九一一年のカイエ五七とカイエ五八の段階では、ワーグナーの《パルジファル》の第三幕の最初の部分の〈聖金曜日の歓喜〉を聞くことがきっかけとなっていた（*RI*, 1239, p.339, n.1）。

それらの真実そのもののいくつかは全く超自然的な被造物であって、偉大な芸術家が出入りできる神の世界からそれらを持ってくるのに成功したとき我々が無限の喜びをもって認めるものなのだ。それら被造物のひとつは〈聖金曜日の歓喜〉のこのモチーフではなかったか。暑いので少しあけた大広間のドアから私に聞こえてきて、私の考えを支えてくれたのだ。（*RIV*, 825）

しかし決定稿の『見出された時』のゲンルマント大公妃邸での場面ではワーグナーの《パル

ジファル》や〈聖金曜日の歓喜〉といった明確な言及はなくなり、無名の曲が演奏されるだけに留まる。〈聖金曜日の歓喜〉はヴァントゥイユの四重奏曲に置き換えられ、これが最終的には七重奏曲になり、『ソドムとゴモラ』に移動するのである。〈聖金曜日の歓喜〉のこの一節を『見出された時』の最終稿で削除した理由をナティエは、スワンを失敗に導くことになった〈ソナタ〉を拡大したもの——すなわち七重奏曲——を介して、芸術の絶対性が語り手に啓示されるという考えをプルーストがもったためとしている。現実に存在する作品よりも想像上の芸術作品のおかげで語り手は啓示を受けるのだという。(43) こうして『ソドムとゴモラ』の巻のヴェルデュラン家で聴いたヴァントゥイユの七重奏曲が、語り手に芸術的啓示を予告することになるわけだが、その記述を見るとかなり意味深長である。

七重奏曲は曙の叫びで始まる。朝、「雄鶏の神秘的な鳴き声」に似た、力強い楽節が、「永遠に続く朝の言葉にならぬ甲高い呼びかけ」を喚起している。しかも「鋭く叫ぶような歌、〔……〕時を告げる雄鶏の神秘の歌声のようなもの、永遠に続く朝の言いようもなくしかも尖鋭な呼びかけだ。〔……〕それはコンブレの教会前の広場を熱で燃え上がらせるあの鐘の音にそっくり〔……〕」(*RIII*, 754-755) とある。《パルジファル》第三幕の最初の部分の〈聖金曜日の歓喜〉では、パルジファルとグルネマンツが再会し、主人公の通過儀礼が終わるのだが、この時の穏やかなハーモニーも聖金曜日を思わせる鐘の音と混じり合う (*RI*, 1425)。ナティエはプルーストに多大な影響を与えたショーペンハウアーもワーグナーも贖罪と救済のテーマを作品に盛り込んでいることから、七重奏曲にも贖罪の機能が背負わされているとする(44)。そして七重奏曲の冒頭部分はドビュッシーの交響曲《海》の第一楽章〈海上の夜明けから真昼まで〉に標題からして関連を認めないわけにはいかないという(45)。

ペインターはここにセザール・フランクのピアノと弦楽のための五重奏曲へ短調を見ている(46)。

その雰囲気はソナタと同じでなく、問いかけの楽節はいっそうあわただしく不安げで、答えはいっそう神秘的になっている。まるで朝晩のしめった空気が、楽器の絃にまで影響を与えているようだ。モレルがどんなにみごとに弾きこなしても、彼のヴァイオリンの発する音は奇妙に鋭く、ほとんど叫び声に近いように感じられる。この鋭さは気持ちのよいものだった。ちょうどある種の声のように、人はそこに一種の精神的な長所やすぐれた知性を感じる。だがそれは不快感も与えうるものであった。(*RIII*, 761)

「問いの楽節」とは何だろうか。同性愛者が対面した相手を仲間かどうか見抜く時の、相手の趣味を問う仕草、例の特徴的な身振りを思わせないか。そして「ある種の声」とは何だろうか。我々がこれまで見てきた、同性愛者があげる鋭い叫びを匂わせているのではないか。同性愛者にはすぐれた知性が感じられ、同時に不快感も与えることも忘れてはならない。「この世のものとも思われぬつんざくような声」(*RIII*, 759)、このような暗に同性愛的趣向を隠しもった曲を同性愛者モレルが弾いているというのは因果を感じざるを得ない。さらにこの呼びかけがモンジューヴァンで同性愛行為に耽っていたヴァントゥイユの女友だちによって世に出たことも敢えて強調されているのをみると、同性愛と芸術創造との切っても切れない因果関係を認識せずにはいられない。

彼女〔ヴァントゥイユ嬢の女友だち〕のおかげで、私のところにまで奇妙なこの呼びかけが届けられたのであった。その呼び声はもう二度と私の耳を去ることはあるまい――私があらゆる快楽や恋愛のなかにさえ見出したあの虚無とは違うもの、おそらくは芸術によって実現できるものが存在するのだという約束として、また私の生涯が空しいものに見えようとも、少なくともまだそれが完了してはいないのだという約束として、私の耳にこびりついていることだろう。（*RIII*, 767）

ナティエが指摘しているように、「鋭さ」や「叫ぶような声」といった特徴をベートーヴェンの後期弦楽四重奏曲の中に見出すことは容易である。(47) プルースト自身、これらの曲に大変な思い入れがある。一九一三年二月十六日に弦楽四重奏曲一五番と一六番をパリのプレイエル・ホールでカペー四重奏団によって演奏されたのを聴き、病ゆえベッドに寝ていることが多くても一九一四年一月のアントワーヌ・ビベスコ宛の書簡では、「ベートーヴェンの弦楽四重奏が演奏されるときは、スコーラ・カントールムやコンセール・ルージュに出かける」(*Corr.* XIII, 49)と言う。斬新さゆえに容易に受け入れられず、後世に託した遺書のようなこの四重奏曲にプルーストが自ら遺す作品を重ね合わせ、同じような運命を見ているに相違ない。そしてこのような四重奏曲は予想どおりと言うべきか、同性愛者シャルリュスの愛好する曲でもある。サン＝ルーは次のように言う。

「あの叔父〔シャルリュス〕が、かつてベートーヴェンのいくつかの四重奏をもう一度聴いてみたいと思ったことがあるのだよ(だって叔父はいろいろと風変わりな考え方をする人だけれども、ばかどころか、たいそう才能に恵まれているからね)、そうして自分と何人かの友だちのために、毎週のように演奏家を招いてこれを弾かせたんだ。するとその年の一級のエレガンスは、小人数の集まりを開いて室内楽を聴くことになってしまった。〔……〕」(*RII*, 110)

シャルリュス同様、プルーストも一九一六年の春には同じ曲をプーレ四重奏団に自宅で弾いてもらっている。そしてこの歓喜のモチーフの「そのリズムはよたよたと地上に身を引きずっており……」(*RIII*, 755)という描写を見ると、第一次世界大戦中に話者がパリで見かける、老いさらばえたシャルリュスを思わずにはいられない。「引きずる、つまずく、びっこの」といった語は、『失われた時』におけるキーワードである。話者が不揃いな敷石につまずいたり、スプーンを皿にかちあてたりといった、平衡がふと揺らいだ時に不思議に啓示を得るのである。コンパニョンは『失われた時』を「不均衡の（足を引きずる）左右対称」symétrie boiteuse をもつ、と称している。(48) また同性愛という苦難の十字架を背負った者が足を引きずるように障害に耐えている姿も思い浮かぶ。さらに、ヴァントゥイユのソナタとベートーヴェンの四重奏曲は、耳慣れない傑作であるがゆえに理解されるのに歳月を要することで共通していることも語られる。

五十年の歳月をかけてベートーヴェンの四重奏曲の聴衆を生み出し、それをふくらませてきたのは、ベートーヴェンの四重奏曲自体（一二番、一三番、一四番、一五番の四重奏曲）であり、それらはこんなふうにしてすべての傑作と同様に、たとえ芸術家の進歩とは言わぬまでも、精神の社会の進歩を実現したのであって、その社会は今日では、傑作出現当時には見出しようもなかったもの、すなわちそれを愛することのできる広汎な人びとによって構成されているのである。（*RI*, 522）

同性愛は幾多もの試練や障害を乗り越えているからこそ真実のものであり、これが芸術創造と通じていることは次の文章で明瞭に語られる。

障害にたえて生き残る同性愛、屈辱的ないやしめられた同性愛のみが真実のものであり、これだけがその人間の洗練された精神的特質に応じうるものだ。純粋に肉体的な嗜好のわずかなゆがみ、ある感覚の微かな欠陥などによって、ゲルマント公爵には完全に閉ざされていた詩人や音楽家の世界がシャルリュス氏にはいくぶん開かれているという事実が説明づけられると思うと、人は肉体的なものと精神的な資質とのあいだに関係があるのではないかと考えて慄然とする。そのシャルリュス氏が、小さな装飾品（骨董品）の好きな主婦のように家のインテリアに趣味を持っているとしても、何も驚くにあたらない。だがベートーヴェンやヴェロネーゼに通じるのもこのわずかな隙間なのだ！（*RIII*, 710-711）

シャルリュスのもつ「純粋に肉体的な嗜好のわずかなゆがみ、ある感覚の微かな欠陥」が芸術的才能の基になっているという指摘は、ニーチェがワーグナーを「一種の神経病」と評したことと合致するものではないだろうか。そしてニーチェのいう「神経病」の一つに同性愛も含まれるのである。フランスにおける精神分析学の偉大な権威者であるアンジェロ・エスナール博士は、自著『同性愛の心理』（一九二九）の中で次のように言う。「同性愛と神経症は、基本的な精神生物学からみれば同一の障害の、隣りあう二つの局面である。その障害とは、幼年期の情感と欲望への固着を望む異常な傾向である」[49]であるから、神経症者を引きつけるワーグナーの音楽は、同性愛者に熱狂的に称賛された音楽であった。よく知られているのがバイエルンのルートヴィヒ二世であり、オイレンブルクもワーグナー・サークルに接近していた。ベルリンでの教養ある同性愛者たちの集会でも、ワーグナーの音楽が全員一致で称賛されたことはもちろんだが、軍隊の男性的美を称揚するナチス支配下のドイツでのワーグナー賛美は、ファシズムと同性愛が同類であることを雄弁に物語るものである。

さて、先に引用した断章では、シャルリュスを小さな装飾品（骨董品）の好きな主婦と同列に置いているが、これには深い意味がある。骨董趣味はジャン・ロラン、オスカー・ワイルドなど世紀末の作家にも、またデ・ゼッサントのサロンやドリアン・グレイの閨房など世紀末小説の主人公にも共通して見られる傾向である。さらに骨董屋は同性愛者が好む場所でもある。

彼〔シャルリュス氏〕はジュピヤンをまじまじと見つめたが、それはこんなふうに言いだそうとしている人の特別な目つきであった、「ぶしつけで失礼ですが、お背中に長い白糸が下がっておりますよ」あるいはまた、「間違いっこありません。あなたもチューリッヒのかたのはずです。よく骨董屋の店でお会いしたような気がしますが」こうして一分おきに同じ質問がシャルリュス氏の流し目のなかでジュピヤンに対して強烈に発せられているように見えたのだが、それは同じ間隔をおいて際限なく繰り返され、新しいモチーフや転調や「再現」を――過剰なまでに豊富な準備をして――導き出すことを目的とした、ベートーヴェンのあの問いかけの楽節のようであった。（*RIII*, 7）

「ベートーヴェンのあの問いかけの楽節」をナティエは弦楽四重奏曲第一六番へ長調第四楽章のエピグラフだと特定しているが[50]、いずれにせよ、同性愛者が同類であるかを問う眼差しであることは疑い得ない。前述したヴァントゥイユの七重奏曲にも問いかける楽節があったが、同性愛者が好む、同性愛者を思わせる、鋭い音を含んだ音楽（「鋭く叫ぶような歌」）（*RIII*, 754）をプルーストが意図的に効果的に配置していることがよく分かるのである。

注

（1）Françoise Leriche, « Musique », *Dict. M. P.*, p.664.
（2）プルーストとショーペンハウアーに関しては、アンヌ・アンリの著作を参照のこと。Anne Henry, *La Tentation de Marcel Proust*, PUF, 2000.
（3）金沢公子「フランス文学におけるワグネリスム成立過程の一考察―ボードレールのワーグナー論について―」『年刊ワーグナー1981』、福武書店、一九八一年、七五頁。本章ではこの論文を大いに参考とさせていただいた。
（4）Charles Baudelarie, *Œuvres complètes II*, Gallimard, 1976, p.784.
（5）『失われた時を求めて2』鈴木道彦訳、集英社、一九九七年、四四一頁。
（6）Akio Ushiba, « Proust et *Parsifal* de Wagner », *Marcel Proust 6*, Minard, 2007, p.149-165.
（7）海野、前掲書、二一七頁。
（8）デュ・ピュイ・ド・クランシャン、前掲書、一三〇頁。
（9）『ボードレール全集Ⅳ』、筑摩書房、一九八七年、一五三－一五六頁。
（10）プラーツ、前掲書、三九一頁。
（11）三光長治他監修『ワーグナー事典』、東京書籍、二〇〇二年、一六七－一六九頁。

(12) タディエ、前掲書、上、二一九頁。
(13) ワーグナーの反ユダヤ主義に関しては、山本淳子「舞台神聖祝祭劇《パルジファル》に見られるワーグナーの反ユダヤ観」『ワーグナーヤールブーフ1999　特集アンチ・ワーグナー』、東京書籍、一九九九年、五五－七二頁を参照のこと。
(14) 三光長治「序章　出自」『リヒャルト・ワーグナー　大島洋写真集』、国書刊行会、一九八九年、二五頁。
(15) アドルノの講演「ワーグナーのアクチュアリティー」によれば、グルネマンツの語り方に見られる「人を辟易させるような長談義」のような好ましくない点は、作品の核心的な部分と絡み合っているゆえにカットできない、という（三光、前掲書、二九頁）。
(16) フィリップ・ゴドフロワ『ワーグナー―祝祭の魔術師』三宅幸夫監訳、創元社、一九九九年、六〇－六四頁。
(17) Hiroshi Kawanago, « De la petite phrase de Vinteuil au chalumeau de Wagner », *BMP*, n° 48, 1998, p.116.
(18) *Ibid.*, p. 110, 113.
(19) 『リヒャルト・ワーグナー　大島洋写真集』、前掲書、一三五頁。
(20) リヒャルト・ヴァーグナー『わが生涯』山田ゆり訳、勁草書房、一九八六年、六七八－六七九頁。渡辺護『リヒャルト・ワーグナー―激動の生涯』、音楽之友社、一九八七年、一三三頁。
(21) バーナード・エヴスリン『ギリシア神話物語事典』小林稔訳、原書房、二〇〇五年、二二〇－二二一頁。
(22) 『リヒャルト・ワーグナー　大島洋写真集』、前掲書、六〇頁。
(23) タディエ、前掲書、下、二四七頁。
(24) ジャン＝ジャック・ナティエ『音楽家プルースト』斉木眞一訳、音楽之友社、二〇〇一年、八〇頁。
(25) Giovanni Macchia, « Proust et le silence sur *Parsifal* », *Paris en ruines*, Flammarion, 1998, p.320.
(26) Bernard Brun, *Matinée chez la Princesse de Guermantes*, Gallimard, 1982, p.397.
(27) A. Ushiba, « Les deux grands concerts de Vinteuil », *Marcel Proust 6*, Minard, 2007, p.173.
(28) 牛場『マルセル・プルースト』、前掲書、四五－四六頁。
(29) B. Brun, *op.cit.*, p.318-319.

(30) Mireille Naturel, *Proust et Flaubert: Un secret d'écriture*, Rodopi, 1999, p.293-296
(31) 三光長治他監修『ワーグナー事典』、前掲書、二四六頁。
(32) Michel Sandras, « Variations sur une phrase de *La Prisonnière* », *BIP*, n°37, 2007, p.97.
(33) M. Sandras, *op.cit.*, p.96.
(34) 時を刻む鐘の音の重要性については、牛場氏が『マルセル・プルースト』（前掲書、二三―二四頁）において詳述している。
(35) 吉川『プルーストと絵画』、前掲書、五三頁。
(36) Stephen Ullmann, *Style in the French Novel*, Cambridge, 1957, p.189.
(37) Geneviève Henrot, *Délits / Délivrance. Thématique de la mémoire proustienne*, Padova, CLEUP, 1991, « "François le Champi" ou le champ / chant du Signe », p.49-74を参照のこと。
(38) プラーツ、前掲書、五三七頁。
(39) ジュリアン『世紀末の夢』、前掲書、三四頁。
(40) Georges Matoré et Irène Mecz, *Musique et Structure romanesque dans la* Recherche du Temps perdu, Klincksieck, 1972, p.333.
(41) 吉川『プルースト美術館』、前掲書、一一七頁。
(42) クロード・ピショワ／ジャン・ジーグレール『シャルル・ボードレール』渡辺邦彦訳、作品社、二〇〇三年、五一二頁。
(43) ナティエ、前掲書、七四頁。
(44) 同書、二一〇頁。
(45) 同書、一五〇頁。
(46) ペインター、前掲書、下、二五一頁。
(47) ナティエ、前掲書、一五四頁。
(48) Antoine Compagnon, *Proust entre deux siècles*, Seuil, 1989, p.13.

(49) フェルナンデス、前掲書、一二三頁。
(50) ナティエ、前掲書、一五四―一五五頁。

終章

プルーストの『サント＝ブーヴに反論する』は完成に至らず放棄され、作者の存命中に出版には至らなかった、批評とも小説とも見分けのつかない、ジャンル分けの困難な作品である。と言うよりも、後の大長篇小説『失われた時』の準備段階でありエチュードであり、それの雛形の相を呈していると言うべきだろう。その『サント＝ブーヴに反論する』の冒頭部分、「序文草案」には、無意志的記憶で蘇ったものがいかに詩情を伴っているか、後の『失われた時』の根幹となるテーマが既に詳しく提示されている。ここで注目すべきなのは、無意志的記憶とは反対に位置する、意志的観察による描写の典型的な例としてバルザックが挙げられていることだ。

今でも覚えているのだが、旅行中のある日、汽車の窓より、私の目の前を過ぎていく景色から印象を引き出そうとしていた。田舎の小さな墓地が眼前を過ぎるのを見ながら書いていた。木々に当たった太陽の光の縞目模様や『谷間の百合』に出てくるものに似た、道に咲く花々を書き留めた。それ以来、光の縞模様のできた木々や村の墓地を思い出しながら、しばしば私はその日のことを思い起こそうとしたのである。その日そのものを、という意味であって、それの冷たい亡霊ではない。ところが私は決してそれに至らず、成すことは絶望的だとあきらめていたのだが、先日、昼食時にスプーンを皿に落としてしまった。するとあの日、停車中に汽車の車輪を叩いていた転轍手のハンマーの音とまさに同じ音がした。と、同時に、その音が鳴っていた、強い光で焼けつき目のくらむような時間が、そしてその詩情をもってあの日全体が私に蘇った。そこから除外されたのは、村の墓地、光の縞模様のついた木々、道端のバルザック的な花々のみであった。それらは意志的な観察によって得られたがゆえに、詩的蘇生からは抜け落ちてしまったのである。(*CSB*, 213-214)

すなわちここで既にプルーストは、バルザック的書き方とは逆の方向を模索しようと宣言しているのである。「意志的な観察」によるのではなく、「詩的蘇生」すなわち無意志的記憶の蘇りによってである。「木々に当たった太陽の光の縞目模様」とは、事物をそのままに描いた結果としての描写、つまりレアリスム特有の描写を意味しているのではなかろうか。それとは対比的に「停車中に汽車の車輪を叩いていた転轍手のハンマーの音」が語られる。実はこれと似た場面が『見出された時』に現れる。語り手がサナトリウムからパリに戻る途中、野原の真ん中に止まった汽車から空しく木々を眺める部分(*RTV*, 433-434)であって、ここでは文学そのものへの失望感が語られるのである。この失望感はタンソンヴィル滞在時に読んだ未刊のゴンクールの日記がきっかけであった。ゴンクール兄弟が自然主義文学の代表者であることは、つとに知られている。ところで世紀末文学は、内容的にはレアリスムや自然主義などの現実に即した題材を否定しているが、事細かな描写をいとわないという技法においては自然主義文学とも無縁ではない。世紀末文学の百科事典と言われる『さかしま』の著者ユイスマンスも、もともとは自然主義文学の首領ゾラが主宰するメダンの夕べのメンバーであった。

ところが「仔細に観察する」という作家の態度、より正確に言えば観察だけで踏みとどまってしまう作家の態度は、プルーストによって否定的に評価される。ゴンクールの熱心な観察ぶりとプルースト自らの姿勢との違いは次の文章に決定的に現れている。

私の内部には多少なりともよく見つめることのできる人物がいるのだが、それは間歇的な人物である。その人物にとって滋養と喜びとなる、複数の事物に共通の普遍的なある本質が現れた時にしか生気を取り戻すことはない。それゆえこの人物が見つめたり聞いたりするのはある深さに達した時であって、観察だけではそれを有効に活用できないのだ。(*RIV*, 296)

ゲルマント大公夫人邸の図書室で啓示を受けた時にも、同様のことを述べている。

今や私は理解した。表現すべき現実は主題の外観にあるのではなく、その外観など取るに足らない深さにあるのだと。皿にあたったスプーンの音や、ナプキンの糊のついた硬さのように。〔……〕ある者は小説は事物の映画的な羅列のようなものであればいいと言う。この考え方はばかげている。そのような映画的な見方以上に我々が実際に知覚したものから

遠く隔たったものは何もない。(*RIV*, 461)

単なる観察、そしてそれに基づく事実の列挙が、無意志的記憶の啓示からは最も遠いものであることがここで明らかにされている。

ところで観察の名手はと言うと、シャルリュスである。「シャルリュス氏は彼をして私と正反対のもの、対極的なものにせしめるものを「所有」していた。それは仔細に観察し、細かいところまで見分ける能力である」(*RIII*, 712)。そしてそれだけの才能をもつシャルリュスがいっさい物を書かないことは残念だと嘆く話へと続くのである。だがそのようなシャルリュスが仮に本を書いたとしても、いわゆる傑作には程遠いことも予測される。「彼は物を書くことによって、たぐいまれな役立つものを提供してくれたことだろう。というのも彼はすべてを見分けることができ、識別できたもののすべての名前を知っていたからだ。〔……〕もし彼が本を書いたなら、たとえ出来の悪いものであっても——そうなるとは私は思わないが——何と心地良い辞書、何と汲み尽くし得ない一覧表になったことだろう!」(*RIII*, 714)。この「辞書」や「一覧表」は、まさに博識者、言うなれば偶像崇拝者が作成するものであって、プルーストが理想とする作家がつくりあげるものではない。物を見分け、既存のものと照らし合わせて名前を見出し、その名前が稀少なものであればあるほど博識ぶりが披露できるわけだから、それだけで満足してしまう。したがって偶像崇拝者は珍しい物を蒐集するのと同様に、骨董的価値のある稀少な言葉を集めることに余念がない。彼らに愛書家が多いのも大いにうなずける話である。プルーストが言う「名の時代」は、まさしく「偶像崇拝の時代」と言ってよいだろう。他方、決まり文句や紋切り型表現を多用するルナンやルコント・ド・リールもこの範疇に入ると考えられる。

珍しいものを集めては悦に入っている人たちと自分とは違うのだと、プルーストは声を大にして言っている。それはゲルマント家の図書室で『フランソワ・ル・シャンピ』を見つけた時である。その本自体がたどった歴史の方でなく、自分がその本によってたどった歴史の方が重要なのだと（*RIV*, 465）。前者に拘泥するのはまさに世紀末的なドリアン・グレイのやり方であろう。骨董趣味は異国趣味へと容易につながっていくのだ。

世紀末デカダンはスノッブと親戚である。我こそは愚劣な輩、とりわけ世俗的なブルジョワとは違うのだという選民思想に支配されている。ルグランダンやシャリュスのような衒学的なダンディが登場する所以である。であればこそ偶像崇拝者は知的スノビスムに支配されていると考えてよいだろう。プルーストは「読書の日々」（「フィガロ」紙、一九〇七年三月二十日）の中で、実は「スノビスムと後世の作品」（*EA*, 532）という論文を書こうとしていたことを明らかにした。「後世の作品」posterité とは、後世にまで残る偉大な文学作品のことであり、この一件を見てもプルーストはスノビスムと文学とを対立的に考えていたことがよく分かるのである。

世紀末の芸術は、古代ギリシャ・ローマから、中世から、ゴシックから、ルネサンスから、過去の遺産をすべて受け継ぎ、すべてを取り込もうとし、過去の芸術を集大成化している。この「すべて」を求める全体性は、十九世紀末のパリに現れた前衛的美術家集団であるナビ派に見られるような宗教性とも通じているのではなかろうか。ナビはヘブライ語で「預言者」を意味する。宗教性が強い時代であるからこそ、神と悪魔の間を大きく揺れ動いたユイスマンスのような人物が現れ、プルーストに見られるように同性愛という悪徳に対してより一層強く罪の意識を感じるということが起こる。世紀末の数多くの芸術家たちが手がけたテーマ、「サロメ」に代表される宿命の女《ファムファタル》に見られる残酷さは、聖なるものと紙一重の所にある。ところでプルーストには常に、すべてを求める全体性が感じられるが、それはバルザック、ボードレール、マラルメといった十九世紀を体現する文学者からの遺産であると同時に、このような世紀末ならではの宗教性からも継承されているのではないか。

さて、先のシャルリュスが作りあげたであろう「辞書」や「一覧表」と関連して、細部の羅列や過剰な列挙で思い起こされるのはワーグナーの音楽である。過剰と過密、飽くことなき反復、そして「諸公式の大収集家」ワーグナーを前にして、傾倒したはずのドビュッシーもついには辟易してしまう。アンチ・ワグネリスムのマニフェストとして生まれたのがドビュッシーの《ペレアスとメリザンド》だった(1)。

世紀末芸術は幻想的で北方を源流とする。世紀末を代表する音楽家ワーグナーはドイツ人であるし、モローはフランス人でありながら、明晰さを旨とする一般のフランス人からは外来種扱いされていた。そしてプルーストは断片的に書いた草稿をつなぎ合わせるに際して常に二項対立や構造化を目指しつつ、啓示が下る瞬間には必ず、「つまずく、よろける」といった均衡を乱すものを介入させている。啓示をもたらすきっかけとなった、皿にスプーンがあたる音、ハンマーがたてる音や敷石につまずいたりすることは、まさに平衡、良い趣味、完全な調和、慎みを理想として掲げるフランス精神とは相反するものだ。このフランス文化の特徴である左右対称を乱すドイツ的なものが、逆説的にも全体の構造化に大きく貢献しているのである。そしてそのドイツ的なものの中に同性愛も含まれることを忘れてはならない。その証拠にカイエ五七の注意書きで、プルーストは「重要：パルジファル流のひらめきのように見出された時の発見をスプーンや紅茶の感覚の中に提示すること。それと同様にドイツびいきや同性愛をたった一つの列挙にて想起させること」(*RIV*, 1389, p.799 n.1) と書いている。当時、ドイツのベルリンは同性愛者の巣窟であった。

『失われた時』には偶像崇拝的な博識者が数多く出てくるが、彼らは大なり小なり同性愛と関わりをもっている。世紀末をいかに越えるかの問題は、偶像崇拝をいかに越えるか、同性愛をいかに克服するかという問題でもある。同性愛の克服と言っても、無理に異性愛者になることを目指すのではない。世に認められない同性愛、本人には避けて通れない同性愛と真剣に真正面から向き合い、敢えて文学作品の題材とし、格闘することで克服を図るのである。そして偶像崇拝を越える方策こそは、名前やレッテルに左右されない、文脈を考慮に入れた、あの無意志的記憶ではないだろうか。

プルーストは世紀末ととことん付き合い、極限まで推し進めるやり方で世紀末を越えたに違いない。このとことん付き合う様子は、あの一連の模作に現れている。それが極限まで達したときに、『見出された時』で「扉がおのずと開く」ように啓示を得て全く異なる次元へと移行したのであろう。これはいわゆる臨界現象ではなかろうか。さらに、あちこちに見られる彼のユーモアは自嘲とも無縁ではない。特定の作家を批判しつつも、批判の矛先が文学に根源的なものに向けられている以上、自分もその批判から免れることはできないことを知っていたのだ。『失われた時』は文学そのものへ投げかけた根源的な問いと言えるのではなかろうか。

注

(1) ワーグナーを越えようとしたドビュッシーに関しては、青柳いづみこ「フランス世紀末のワグネリズムとドビュッシー」『ワーグナーヤールブーフ1999』、日本ワーグナー協会編、東京書籍、一九九九年、三六—五四頁に詳しい。

あとがき

筆者とプルーストとの出会いは大学一年の時、紅茶に浸したマドレーヌの味と匂いからこれまで忘れ去られていた過去がありありと蘇ったという有名な文章をフランス語で読んだ時だった。ようやく初級文法を終えるという頃、文の長さに圧倒されながらも辞書と格闘し一つ一つ積み重ねていけば分かるという爽快感は何ものにも替えがたいものだった。このマドレーヌ体験と似たようなことは過去に経験していたので、一見つまらないと思えることでもこんなふうに深く掘り下げて堂々と文学作品の題材にしていいんだ、ということが分かったことも衝撃だった。そして大学二年の春休みはこの『失われた時を求めて』を翻訳で読むことにした。当時は個人訳が存在せず、訳注もなかったが、キラッと輝く名文句をあちこちに見つけては悦に入り、毎日少しずつ読み進めていった。従来のいわゆる小説という枠組をはるかに超えていることは少し読めば明白であり、ひょっとするとプルーストは小説を書くというよりも、「私」なる語り手の口を借りて次から次へと弁舌をふるいたかったのではなかろうか、そんな気がしてきた。脱線に次ぐ脱線、エピソードからエピソードへというアナトール・フランス流の方法に読者は否応なく付き合わされるわけだが、そこからさらに一歩進んで、大聖堂を思わせるような作品の構造化に腐心したところにプルーストの独自性がある。あの有名な無意志的記憶をとってみても、一読して忘れがたい内容もさることながら、物語の構造化に一役も二役も買っていることは間違いない。

そしていよいよ卒論ということになるのだが、全篇を読むに際して、プルーストを読むことが「無上の快楽」では済まなくなってきた。「ソドムとゴモラ」という迷宮に入り込んでしまったのである。あの同性愛は、おいそれとは理解できず、当時の大スキャンダルだったドレフュス事件に端を発したユダヤ人問題、第一次大戦中の敵国ドイツとの関係、貴族とブルジョワが熾烈な火花を散らし、女優や高等娼婦をも巻き込んだ階級社会、そして当時流行した膨大な芸術作品や文学作品など、様々なベクトルがこれでもかこれでもかと錯綜し、思わせぶりな表現が次から次へと出てきて一度通読したくらいでは何が何だか分からない。ここは何か深い意味があるに違いない、と思える箇所にいくつもいくつも出くわしたものの、立ち止まる時間は十分になく、とにかく最後まで読むことが先決だった。そうこうしているうちに最終篇の『見出された時』に達して啓示を受ける大団円に至ると、読者もこれまでの労苦がようやく「報われた」という感じになり、めでたしめでたしということになるのだった。

論文執筆の出発点においては、ジャン＝ピエール・リシャールによる『プルーストと感覚世界』、ジル・ドゥルーズの『プルーストとシーニュ』、ジョルジュ・プーレの『プルースト的空間』、そしてバシュラールの現象学を読みふけった。しかしそうこうする間にパリの国立図書館に収められたプルーストの草稿の解読が進み、エスキスと称して新しいプレイヤード版にも研究成果が次々と収められると、単に「印象」を追いかけるだけでは済まされなくなってきた。筆者の博士論文のタイトルは『「失われた時を求めて」における物音』*Les bruits dans* A la recherche du temps perdu であったが、これは精神分析も援用し、従来のテーマ批評を生成研究の成果を踏まえてとらえ直したものである。図らずもこの拙論を中村栄子氏が『プルーストの想像世界』（二〇〇六）の一六三頁以降で取り上げてくださった。耳障りな甲高い音の描写の裏にはプルーストの母親に対する罪悪感が隠されており、それが最終的な芸術的啓示へとつながっていることを指摘したものである。

　その後、プルーストが多感な青年時代を送った時代の文化、すなわち世紀末も視野に入れる必要性を感じて広範に調べ、単発的に論文を書いてきた。多くは紀要などに発表したものを大幅な加筆修正を施した上で本書に組み込んだが、新たに書き下ろした部分も多く、初出一覧は設けなかった。なお紀要論文などは国立情報学研究所のＮＩＩ論文情報ナビゲータ〔サイニィ〕http://ci.nii.ac.jp/ja で検索可能である。さて世紀末に視点を置くと、両性具有、同性愛といった、男女の区別ないし境界を越えたものにも注目する必要が出てきた。その間にも、博論のテーマである「耳ざわりな物音」は常に筆者の耳に執拗に鳴り響いていた。心地良いメロディには程遠い、秩序を乱すような、やかましい不協和音である。具体的に言うと『失われた時』のなかで「自分には才能がない」と自信を喪失し文学にも失望している語り手をして「作品を執筆すべし」という芸術的啓示へと導いた、皿にかちあてたスプーンの音である。その音からノルマンディ地方の保養地バルベックで船の汽笛がたてていた音、森の中で汽車の車輪をハンマーで叩いていた音、水道管の音が蘇るのである。その音はプルーストの耳に残っていたのと同様、筆者の耳にも執拗に響いていたのだった。そしてこれらと無縁ではない、焼けつくような暑さの中で響く正午の鐘の音のようなヴァントゥイユの七重奏曲、同性愛者の高い声、そしてワーグナーの音楽と、ゲルマン的なものが見え隠れし、均整のとれた秩序を重んじるフランス文化とは程遠いそれらの音は、筆者が若い頃扱うことのできなかった「同性愛」のテーマと通底していたのである。ワイルドがつくりあげたドリアン・グレイが好む「野蛮な音楽の耳ざわりな音程や甲高い不協和音」もこれと無縁ではあるまい。そして当時世に認められていなかった同性愛の趣向を有するがゆえに、プルーストはあれほどの罪悪感を母親に対して持っていたのだ。その罪悪感が原動力となって、あの途方もない超大作が生まれたのである。

バルト、クリステヴァが提唱したテクスト理論も忘れるわけにはいかない。テクストが常に別のテクストを取り込み織物状となって成立しているとの見解は、テクストとテクストとの関係に還元されるのであれば、テクストが同一作者の別のテクストから生まれていることも当然、問題になる。他人の著作から借りてくるだけでなく、とりわけ同一の主題で何度も何度も書き直し、自分の過去のテクストをそのまま再利用したり加工したりすることの多かったプルーストにおいては、この間テクスト性の研究に格好の材料を提供することになる。アニック・ブイヤゲがジュネットの詩学の延長上に、引用、借用、模作、剽窃、パロディーなどテクスト間の関係を丁寧に整理して我々に提示してくれている。プルーストが大作『失われた時』に取りかかる前に他の作家の模作をしていたことは有名な話だが、「模作」と断らなくても他のテクストを何気なく下敷きにしていたり、そのまま拝借していたり、当時の流行、暗黙の了解、言外の意味、物真似が作品のあちこちに隠されていたりするため、『失われた時』は読者に常に再読を要求する。この大著を読んでいると「してやったり」とでも言いたげな作者プルーストがあちこちでウィンクしている、そんな気がしてならない。本書を執筆している最中にも、より深く考察すべき点、新たに調べるべきことが山ほど出てきた。それは今後の研究課題としたい。

既に故人となられた方々も含め、公私にわたり筆者を支えてくださった方々に、心から感謝を込めて本書を捧げたい。

二〇一〇年　九月

増尾　弘美

《著者紹介》

増尾 弘美（ますお ひろみ）

1960年、東京都生まれ。明治学院大学文学部フランス文学科を卒業後、筑波大学大学院博士課程文芸・言語研究科単位取得退学。パリ第3大学文学博士。現在、筑波大学大学院人文社会科学研究科教授。専攻、フランス文学。著書・論文に *Les bruits dans* A la recherche du temps perdu（駿河台出版社、1994年）（日本フランス語フランス文学会奨励賞）、「プルーストによる同性愛の偽装」（筑波大学大学院人文社会科学研究科文芸・言語専攻『文藝言語研究 文藝篇』第53号、2008年）など、訳書に花輪光編『詩の記号学のために――シャルル・ボードレールの詩篇〔猫たち〕を巡って』（共訳、書肆風の薔薇、1985年）などがある。

プルースト

―世紀末を越えて―

©2011年2月25日　初版発行

検印省略

著　者　**増尾　弘美**

発行者　**原　　雅久**

発行所　**朝日出版社**

〒101-0065 東京都千代田区西神田3-3-5
TEL (03)3263-3321（代表） FAX (03)5226-9599

乱丁、落丁本はお取り替えいたします

ISBN978-4-255-00563-8 C0097 *Printed in Japan*